Gotthold Gloger
Ritter, Tod und Teufel

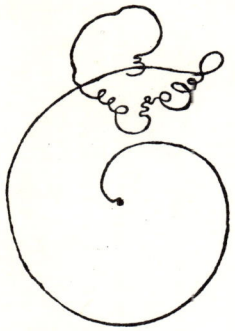

Ritter,
Tod
und Teufel

Das Leben
des Albrecht Dürer
gesehen und
aufgeschrieben
von Gotthold Gloger

Der Kinderbuchverlag
Berlin

ISBN 3-358-00250-0

ERSTES KAPITEL

Warum Vater Dürer so bekümmert ist,
Willibald der Spott vergeht
und ein umgekippter Stuhl gemalt wird

RATLOS und bekümmert sitzt Goldschmied Dürer vor Meister Wolgemut, dem weit über Nürnbergs Grenzen hinaus berühmten Maler. «Ich weiß nicht mehr, was ich noch tun kann! Der Junge findet keinen Gefallen an meinem Handwerk, das schon mein seliger Vater ausübte. Albrecht will lieber zeichnen und malen. Nichts ist ihm lieber als Bilder, die fein koloriert sind, und das kränkt mich sehr.»

Aufgeregt springt er von seinem Sitz. «Dabei macht er als mein Lehrling seine Sache schon so fein und präzis, daß ich schwierige Arbeiten lieber ihm als dem Altgesellen gebe. Das ist es ja, daß mein Albrechtle für die Goldschmiederei so veranlagt ist wie kein anderer, mit seiner geschickten Hand, aber in meiner Werkstatt ist er nicht glücklich. Zuerst hat er mich mit seinem Widerspruch nur geärgert, dann aber sah ich, wie er verbissen seine Arbeit tat und sich quälte. Nur um mich nicht zu kränken, tat er alles, was ich ihm auftrug.»

Meister Wolgemut redet begütigend auf ihn ein. «Nun, daran wird er sich mit der Zeit gewöhnen und endlich froh sein, in die Fußstapfen seines Vaters getreten zu sein.»

«Oder auch nicht», sagte der Vater, dem das Glück seines Jungen am Herzen lag. «Sein Pate, der Koberger, hat auch als Goldschmied begonnen, und was macht er jetzt? Bücher. Siehst du, und das Albrechtle hat schon mit acht oder neun Jahren angefangen, mit der Feder auf Papier zu kritzeln. Wenn er kein Opfer für seine Zeichenwut fand, stellte er sich selbst vor den Spiegel und zeichnete sein eigen Konterfei, wie diese Zeichnung hier», sagte der Goldschmied und zog ein Papier aus der Tasche, worauf sein Sohn mit Silberstift sein Abbild geworfen.

Der Maler nahm das Blatt und betrachtete den Jungen, wie dieser sich selbst gesehn. Beinahe wie ein Engel sah der Knabe

5

aus. Sehr ernsthaft schaute er drein, wie er mit dem Finger seiner Rechten über die Zeichnung hinaus ins Ungewisse deutete.

«Viel zu lang ist dieser Zeigefinger, und der Faltenwurf erst, den hat der Junge bestimmt irgendwo abgekupfert», meinte er, als er die Zeichnung zurückgab.

«Nun, ob das Gekritzel meines Jungen gelungen ist oder nicht, darauf kommt es, glaube ich, nicht an», sagte der Vater. «Ich meine nur, wenn der Junge später etwas Großes erreichen will, dann muß er doch von früh an mit Leib und Seele an seinen Plänen hängen. In meiner Goldschmiede ist er nur mit halbem Herzen dabei. Wenn ich nun wüßte, daß er es auch in der Malerei zu etwas bringt, will ich ihm nichts in den Weg legen.»

«Schön und gut», brummte Meister Michel. «Manches an diesem Gekritzel ist schon gekonnt. Erstaunlich sogar, wie er diese Figur auf das Blatt brachte. Manches wiederum ist scheußlich ungeschickt. Kurzum, von einer Zeichnung allein kann ich noch gar nichts sagen», entschied sich der Meister.

«Er ist ja noch jung, mein Albrechtle. Im Mai wird er fünfzehn. Da kann sich noch manches ändern», sagte der Vater liebevoll. «Wenn Ihr mir helfen wollt?»

«Was kann ich für Euch tun?» fragte Meister Michel. «Soll ich ihm seine Possen und Hirngespinste ausreden?»

«Ja, bitte helft mir!» beschwor ihn der Vater. Die Goldschmiedekunst ernährt auch ihren Mann, sagt ihm das. Wenn er aber gar nicht darauf eingeht, prüft bitte seine Anlagen zur Malkunst. Wenn es mir auch schwerfällt, in Euer Urteil will ich mich schicken. Nehmt keine Rücksicht auf mich.»

Nürnbergs hochberühmter Maler erklärt sich einverstanden. «Morgen abend bringt mir den jungen Herrn Künstler mit allen seinen Werken. Danach werden wir mehr wissen.»

Albrecht, der Sohn des stadtbekannten Goldschmieds, und Willibald Pirckheimer, der Sproß eines reichen Kaufmanns, kannten sich schon lange. Bevor Dürer das Haus in der Burggasse kaufte, wohnte die Familie neben Stall und Kutscherhaus der Pirckheimers, gewissermaßen im Schatten des vornehmen und weitläufigen Hauses des Herrn Rats, der vierspännig fuhr, wenn er über Land seine Geschäfte erledigte.

6

Willibald, um ein halbes Jahr älter und weitaus kräftiger als Albrecht, wurde der «Wilde» genannt, weil er sich in seinem Übermut auf den Gassen wie ein Fuhrknecht prügelte. Mit allen Kindern raufte er sich, während der stille und schmächtige Albrecht mit seinem Engelsgesicht viel vornehmer wirkte als der Patriziersohn, obwohl auch er manchen Backenstreich für seinen Freund einstecken mußte und dann, wenn er in Wut war, auch nicht gerade schlecht seine Schläge verteilte.

Heute hatten sie sich vorgenommen, auf dem Markt den Vischerschen Eisengießerknechten zuzusehen, wie sie den kunstvoll gegossenen Brunnen zusammenfügten, der von den Marktweibern jetzt schon «der Schöne» genannt wurde, obwohl er noch gar nicht fertig war.

Aber Albrecht hielt es nicht lange an diesem Platz. Ihn drängte es, dem Freund ein Geheimnis zu entdecken.

Auf dem kürzesten Weg begaben sie sich deshalb in die Burggasse, wo sie sich gottlob unbemerkt die Treppe hinauf in Albrechts Kammer stahlen.

Unter dem Dach war es eng, aber es war ausreichend Platz für Albrechts Studier- und Zeichenutensilien. Auf dem breiten Tisch lag weißes Papier, darüber aufgeschlagen das Lateinbuch. Federkiele, daneben Fäßchen mit Tusche und Tinte. Albrecht legte dazu vorsichtig drei Eier auf den Tisch.

«Jetzt werde ich dir das Geheimnis verraten!» sagte er voller Eifer zu Willibald, der ihn mit großen Augen und ein wenig spöttisch anschaute. «Diese Eier nehme ich zum Malen!»

«Wozu?» Willibald lachte laut auf. «Ich dachte, Eier sind zum Essen da.»

«Und für die Kunst», ergänzte Albrecht unbeirrt ihre Verwendungsmöglichkeiten. Er schüttete braune Farbe in einen Napf, gab das Eigelb dazu und rührte mit einem Pinsel den Brei an.

«Pfui Teufel», bemerkte Willibald angewidert, sah dann aber doch deutlicher hin. «Stinkt das nicht auf dem Bild?» fragte er.

«Keine Spur, überzeuge dich.» Die Farbe, die er auf das Papier tupfte, bekam einen seidigen Glanz. «Du kannst es deckend benutzen, aber auch lasierend, so...», erklärte Albrecht seinem Freund und zog einen dünnen Strich.

Willibald hielt Albrechts Liebe zur Malerei für Possen, die nichts einbrachten. «Aus dir wird dein Lebtag kein Goldschmied, wenn du nicht mit dem Zeichnen und deiner blöden Kleckserei aufhörst.»

«Ich will ja auch Maler und kein Goldschmied werden», gab Albrecht zurück. «Für Herakles war der Löwe bestimmt und für Prometheus der Adler. Ich bin sicher, daß ich ein großer Maler werde, mindestens so berühmt wie unser Meister Wolgemut.»

«Papperlapapp! Du wirst schließlich gar nichts werden», spottete Willibald, der wohl wußte, daß es Albrecht sehr Ernst war.

«Und du willst mein Freund sein!»

«Albrecht, ich sage das doch nur, weil du mir leid tust. Ich will ja auch kein berühmter Feldherr werden und davon träumen, jede Schlacht zu gewinnen. Schön bescheiden will ich zuerst Sekretär und dann später vielleicht ein Geheimer Rat wie mein Vater werden.»

Wie Willibald so satt und selbstgefällig dastand, wie belehrend er seine Weisheiten zum besten gab, wäre ihm Albrecht am liebsten an den Hals gesprungen, wenn er nicht zu gut gewußt hätte, daß der viel stärkere Raufbold nur darauf wartete, angegriffen zu werden.

Da war es nur ein Glück, daß Mutter Barbara Dürer heraufkam und schon von der Treppe her rief: «Albrecht, wo steckst du, bist du oben?»

«Meine Verehrung, Frau Meisterin», begrüßte sie Willibald mit der weltmännischen Art, die er seinem Vater abgeguckt hatte. «Soll Albrechtle sich waschen, vielleicht gar ein neues Wams anziehen? Sicherlich soll er zur Beichte gehn und seine Dummheiten endlich mal abbüßen?» meinte er amüsiert. Doch sein überlegener Gesichtsausdruck änderte sich sofort, als Mutter Barbara berichtete, daß Albrecht heute Meister Wolgemut vorgestellt werden sollte.

«Gib acht und bereite dich vor, mein Junge, du wirst heute einen wichtigen Schritt in deinem Leben tun. Kämm dich, bürste dich und vor allem zieh dich sauber an. Nimm deine Bilder und deine Zeichnungen. Alles, was du hast, pack ein, auch Papier, Federn und das Tintenhorn, damit Meister Wolgemut dich auf dein Talent prüfen kann. Der Vater hat gesagt, wenn du dieses

Selbstbildnis; Silberstiftzeichnung   1484

9

Examen bestehst, sollst du seinetwegen die Malkunst erlernen. Wenn man dich auslacht, bleibst du hier in der Werkstatt.»

Da verging Willibald das Lachen und auch der Spott.

Albrecht war von dieser Neuigkeit so freudig überrascht, daß er sie zunächst gar nicht glauben wollte.

«Aber es ist wahr», wiederholte noch einmal die Mutter.

«Was ich gesagt habe! Hörst du es, Willibald? Was du mir nicht glauben wolltest, jetzt ist es soweit!» triumphierte er.

Doch Pirckheimer murmelte nur: «Ob dich Meister Wolgemut auch nimmt, das ist noch die Frage.»

Albrecht sagte deshalb so liebenswürdig wie möglich: «Wenn du später einmal ein berühmter Rat bist, Willibald, werde ich mich herablassen und dir das Konterfei abnehmen.»

Es war höchste Zeit, daß Willibald ging und Albrecht sich daranmachte, sich zu waschen, zu kämmen und sauber anzuziehen.

Mutter Barbara hielt ihm das ausgebürstete Wams hin. «Beeil dich, der Vater wartet schon.» Und als es dann soweit war, sah Albrecht frisch gestriegelt aus wie ein junges, zum erstenmal aufgezäumtes Pferd. Unten stand der Vater in der Diele. Würdig sah er aus in seinem schwarzen Rock mit den silbernen Knöpfen.

Mit dem ersten Glockenschlag des Vesperläutens von St. Sebald traten sie aus dem Haus, um sich in die Werkstatt Wolgemuts zu begeben, die von der Burggasse und dem Dürerschen Haus gar nicht weit entfernt lag.

Bald traten sie bei Wolgemuts ein und durchquerten erst einmal die Druckerei, wo es bitter nach Schwärze roch. Die Lehrjungen, welche Lampenruß in Terpentin kneteten, sahen schwärzer aus als die Köhler im Wald. Wie Pech klebte der Druckerdreck an den Birnbaumstöcken, und Albrecht, der widerborstige Sohn des Goldschmieds, mußte sich eingestehen, daß es daheim in der Werkstatt seines Vaters viel sauberer zuging als hier bei dem Maler Wolgemut.

Meister Wolgemut mochte ein paar Jahre älter sein als Vater Dürer. Sein Sohn betrachtete den berühmten Maler voller Ehrfurcht. Ja, er staunte ihn an wie ein Weltwunder. Albrechts

Augen wurden groß und ließen nicht ab von der beeindruckenden Gestalt. Seine Augen, halb ängstlich, halb voll Bewunderung, prägten sich die Erscheinung des Meisters ein, die rötlichen Haare und die Sommersprossen auf der straffen Haut seines Gesichts, seine wasserblauen, mild blickenden Augen und den mit Farbtupfen beklecksten Malerkittel. Am besten gefielen ihm seine schmalen, feingliedrigen Hände, die jetzt in dem Packen seiner Zeichnungen blätterten. Als der Junge sah, daß Meister Wolgemut ein wenig Druckerschwärze am Handballen haftete, da dachte er, es ist etwas Menschliches an einem so großen Maler.

«Hast du Angst, daß ich dir deine Zeichnungen beschmutze?» fragte Meister Michel, der den beobachtenden Blick des Jungen genau verfolgt hatte.

Wie ertappt ließ Albrecht die Augen sinken. Angst hatte er vor etwas ganz anderem. Zum Beispiel vor seinen unsauberen Strichen der Umrißzeichnung, die der Meister bemerken und tadeln könnte. Zwar hatte Albrecht später versucht, diesen Mangel hinter der Reinzeichnung zu verstecken, aber ob der Meister sich dadurch täuschen ließ?

«Eine geschickte Hand hat er zweifellos», lobte Wolgemut den Jungen. «Doch finde ich seine Zeichnungen recht getüftelt. Man merkt ihm bei jedem Strich den Goldschmiedesohn an. Du machst deinem Vater alle Ehre.»

Für Albrecht war das ein zweifelhaftes Lob. Er legte keinen Wert darauf, mit seinem Vater verglichen zu werden. «Meister Michel, dieses Bildnis habe ich nach meinem Konterfei auf dem Spiegel abgezeichnet», fing nun plötzlich der Junge an, mit allem Eifer dem Maler seine Absicht zu erklären. «Ich gebe zu, daß ich mein Konterfei zunächst etwas größer gesehen habe. Hier dieser Strich», Albrecht deutete auf die Zeichnung, «diese Linie von der Kappe bis zum Ärmel, sie ist weit von der Wirklichkeit entfernt, aber sonst habe ich mir alle Mühe gegeben.»

Die Fehler der Jugend kannte der erfahrene Maler genau. Meist bissen sie sich an der genauen Wiedergabe von Einzelheiten fest, erfaßten aber das Ganze nicht. «Was möchtest du denn am liebsten malen, Albrecht?» fragte der Meister den Jungen und reichte ihm einen Bogen Papier. Wolgemut war darauf gefaßt, zu hören, daß er die Himmelfahrt der hochgelobten Jungfrau mit allen

Michael Wolgemut Gemälde 1516

Engeln und himmlischen Trabanten oder gar das Jüngste Gericht zu malen wünschte. Gewöhnlich waren die Ziele der jungen, in der Malkunst beflissenen Leute maßlos. Meister Wolgemut wunderte sich deswegen nicht wenig, als der Junge ihm einfach antwortete, er wünsche zu malen, was ist.

Die wasserhellen blauen Augen blickten ihn verwundert an. «Was soll das heißen, was ist?»

«Was ich sehe. Es sollte mich nicht überraschen, wenn in jedem Gegenstand, auch in dem häßlichsten, etwas Schönes steckt.»

12

«Aber die gewöhnlichen Gegenstände lohnen den Aufwand der Kunst nicht», belehrte ihn Meister Michel.

«Ich bin überzeugt, daß auch die Heilige Familie zunächst wie gewöhnliche Menschen ausgesehen hat», verteidigte sich Albrecht.

«Glaubst du Neunmalklug vielleicht, daß ein Maler das Haupt eines gewöhnlichen Menschen nur mit einem Heiligenschein zu umgeben braucht, und schon hat er etwas Abbildungswürdiges?» fragte der Alte und wollte damit den Jungen aufs Glatteis führen.

Die Falle, welche in dieser Frage steckte, bemerkte Albrecht wohl, doch er dachte nicht daran, mit seiner Antwort auszuweichen. «Ja, so ungefähr stelle ich mir das vor. Nur weiß ich natürlich genau, daß ein Heiligenschein noch keinen Heiligen macht. Ein nackter, völlig unbekleideter Körper kann ebenso Leid, Armut oder edles Wesen ausdrücken, ohne daß der Maler diesem Mann eine Goldkrone aufsetzen muß.»

Sieh einer an, dachte Wolgemut, was sich so ein kleiner Kerl schon für Gedanken macht! Albrechts bestimmte Antwort erstaunte den Meister. «Wenn du mit dem Zeichenstift auch so erfahren bist wie mit deinen Worten, will ich dich gern bei mir aufnehmen. Los, Bub, nun zeig mal was. Ich möchte dir gerne dabei zusehen», sagte er und ermunterte den Jungen, einfach aufzuzeichnen, was ihm gerade in den Sinn käme.

Auch hinter seiner Freizügigkeit, Albrecht gewähren zu lassen, verbarg Michel Wolgemut seinen Argwohn. Sollte der Knabe zeichnen, was er wollte; denn hatte er sich für die Prüfung etwas eingelernt, oftmals geprobt, um mit seiner Geschicklichkeit glänzen zu können, wird er malen, was er besonders gut kann, sagte sich der Meister. Auch an einer solchen Hochstapelei werde ich erkennen, wie es mit dem Talent des Knaben wirklich bestellt ist.

Hatte sich Michel schon über die gescheiten Antworten Albrechts gewundert — noch mehr setzte ihn in Erstaunen, was der Knabe nun aufs Papier brachte.

Nun kann nur noch der heilige Lukas helfen, dachte der Junge, aber ich werd's ihm schon zeigen. Eine Unterlage auf den Knien, saß Albrecht in Wolgemuts Atelier. Das Tintenhorn in der linken und die Feder in der rechten Hand, hatte er sich in dem Raum umgesehen, so, als wüßte er noch nicht, was er zeichnen sollte. Wie in allen Malerwerkstätten gab es auch hier ein Durcheinander von Gegenständen, angefangene Bilder, Studien, Ballen von Leinwand und Farben, Tonnen voll Kreide und Bodenflaschen voll Öl. In dem Durcheinander suchte Albrecht so lange, bis endlich ein umgekippter Stuhl seine Aufmerksamkeit fesselte. Albrecht zeichnete weder die hochgelobte Jungfrau noch das Jüngste Gericht oder die Himmelfahrt aller Heiligen, sondern nichts als einen auf der Erde liegenden Stuhl.

In das fragende Gesicht Meister Wolgemuts hinein bemerkte Albrecht ein wenig anzüglich, daß dieser von ihm gezeichnete Stuhl der Ausdruck einer gewissen Unordnung sei. «Ein ganz gewöhnlicher Gegenstand, ja, aber ich habe ihn mit Bedacht ausgewählt. Stellen wir uns dazu Kriegsknechte vor, wie sie unsern lieben Herrn Jesus stäupen, ihn, unseren Heiland, der an die Schandsäule gefesselt ist. Durch diesen Vorgang allein vermag ich nicht die Unordnung zu zeigen, welche in die Herzen der Menschen gekommen ist. Der umgefallene Stuhl soll die Verwirrung ihrer Gemüter zeigen. Er soll der Darstellung einen tieferen Sinn geben.»

Höchst sonderbar und zweifellos gar nicht üblich fand Meister Wolgemut die Zeichnung des Knaben, und noch erstaunlicher war, wie er sie deutete. Gottlob gab es auch etwas zu tadeln. So kritisierte er Lage und Richtung des umgefallenen Stuhls. «Diese Linie ist falsch und dieser Strich auch. Einen umgefallenen Gegenstand mußt du so aufs Papier bringen, daß er liegt, daß du die Luft hinter ihm mitzeichnest. Der Stuhl muß auch eine Beziehung zum Raum haben, ob er hinten steht oder nach vorne gefallen ist, das muß herauskommen, aber nicht so», schimpfte er. Zugleich aber fügte Meister Michel, an den Vater gewandt, seine Anerkennung hinzu. «Dein Bub, Goldschmied, kann sich schon sehen lassen. Er besitzt ohne Zweifel eine geschickte Hand, und einen noch geschickteren Kopf hat er auch. Nun muß er fleißig sein und Schritt vor Schritt machen. Zur Kunst hat er noch einen weiten Weg.» Ohne langes Reden war damit der Knabe in Wolgemuts Werkstatt aufgenommen. Und Vater Dürer stand auch zu seinem Wort.

14

ZWEITES KAPITEL

Albrecht bekommt keinen Tadel.
Es gibt schon einen berühmten Goldschmiedesohn,
und eine neue Zeit fängt an

IN alter Gewohnheit schloß am St.-Wygberts-Tag die Lateinschule, und Willibald, der sein maturum mit «summa cum laude» bestanden hatte, empfing von seinem Vater das zum Schulabschluß versprochene Geschenk, ein olivfarbenes Wams mit Pelzchen am Kragen, eine zweifarbige Seidenhose und einen Zierdegen. Fertig war das feine Herrchen. Studiosus der Universität Padua hoffte Willibald in Kürze zu werden. Sein Vater, der Herr Rat, hatte die Einschreibgebühren bereits vorausgeschickt. Die Pirckheimers warteten nur noch auf die Bestätigung, dann konnte für «Willilein» die Reise ins Welschland losgehn.

«Gratuliere, mein Willibald!» rief Albrecht erfreut, als er seinen Freund in großem Staat daherkommen sah. «Du siehst ja wie ein feiner Herr aus.»

«Danke für dein Kompliment, mein Lieber. Ja, ich freue mich auch, daß ich das Latein nun endlich hinter mir habe.»

«Und wann mußt du Nürnberg verlassen?» fragte Albrecht bang, denn es bekümmerte ihn, für lange Zeit den Freund zu missen.

Willibalds Streit mit Albrecht wegen seiner Berufswahl war längst vergessen. Jeder bildete sich ein, auf seine Art das Glück zu finden.

«Ich kann es nicht erwarten, diese langweilige Stadt, wo nur alte Weiber auf der Straße sind, zu verlassen.»

«Versündige dich nicht, du Übermütiger. Hier hast du deine Freunde und dein Auskommen. Hier steht für dich immer ein gedeckter Tisch, was du in der Fremde nicht immer weißt», sagte Albrecht. «Sieh mich an, in meinem verdreckten Kittel bin ich restlos glücklich. Endlich kann ich das machen, was ich will, habe alles, was ich brauche, Feder, Tinte, Pinsel und Farben. Mein Meister sagt, ich habe schon Fortschritte gemacht.»

«Du bist ein ausgemachter Dummkopf. Auch du wirst dich erst in der Welt umsehen müssen. Ja, stell dir vor: Auf Wanderschaft beim Wein und Würfelspiel mit den Gesellen.»

«Das ist wüste Kumpanei, die mache ich nicht mit», versicherte Albrecht und schüttelte den Kopf.

«Dann tust du mir jetzt schon leid. In meinen Augen bist du dann ein trockener Tintenkleckser, zu nichts gut, als daheim hinter dem Ofen zu sitzen. Dein Wolgemut, meinetwegen, aber lerne erst mal bei den andern Meistern, sieh zu, wie man in Paris oder Rom malt. Ja, Junge, da sind die Maler Kavaliere, die wissen mit dem Degen ebenso umzugehn wie mit dem Pinsel.»

«Das glaube ich nicht. Das geht ja auch gar nicht, wie könnte ein solcher Raufbold eine Madonna malen?» fragte Albrecht entrüstet.

«Sicherlich wird er eine Freundin haben. Bei ihr wird er sehen, wie ein Weib beschaffen ist!»

«Hör schon auf!» rief der junge Dürer und wurde rot. Solchen liederlichen Ton mochte er nicht.

Bei Wolgemut wurde nur an Ort und Stelle in der Werkstatt fleißig gearbeitet, gemalt und gedruckt.

War eine Kirche außerhalb der Stadt mit den so gepriesenen Nürnberger Altarbildern zu schmücken, so wurden die fertigen Werke dorthin transportiert. Albrecht wollte einmal mitfahren, um dabeizusein, wenn der Altar, an dem auch er ein wenig mitgeholfen hatte, aufgestellt wurde. Aber da rief ihn der Meister zu sich: «Ich will dir einen anderen Auftrag geben. Von jetzt an wirst du in allen Kirchen, die wir mit unserer Kunst ausschmücken, die geschnitzten Heiligenfiguren abzeichnen. Nichts weniger will ich von dir als ein gezeichnetes Register aller Altäre und Figurengruppen. Nimm dir diese Arbeit gründlich vor. Studiere die Gesichter, die Körperhaltung und die Kleidung. Du wirst dich in unsere heimische Kunst einzeichnen. Das wird für dich wichtiger sein, als mit Farben und Leim herumzuspielen.»

«Seid Ihr denn unzufrieden mit mir, Meister?» fragte Albrecht. Es wäre ihm unangenehm gewesen, wenn Wolgemut sich bei seinem Vater beklagt hätte.

«Nur keine Angst, Albrecht», beruhigte ihn der Maler. «Aber du lernst so schnell. Sieh dich deshalb gründlich bei den Madonnen um, und versuche ihre Schönheit mit deinem Stift genau zu treffen. Vergaff dich aber dabei nicht in die hübschen Puppen. Es hat schon einen Bildhauer gegeben, der sich in seine Figur so verliebte, daß er erkrankte, als sie vom Käufer abgeholt wurde. Du zeichnest alles auf. Das soll harte Arbeit sein. Neben deinen Fingern wirst du auch deinen Kopf gebrauchen müssen. Aufmerksam mußt du hinsehn und zuerst herausbekommen, worauf es ankommt. Jeder Schnitzer hat nämlich Josefs Bart anders aus dem Holz gekerbt und den Haarlocken einen bestimmten Sinn gegeben. Wenn du mir diesen Unterschied aufs Papier bringst, Junge — ich sage dir, dann bist du ein großes Stück weitergekommen.»

Es war also gar kein Tadel, wie er befürchtet hatte, Albrecht durfte den neuen Auftrag seines Meisters als Auszeichnung betrachten. Er merkte es gleich an dem Neid der Lehrbuben. «Der Goldschmied kommt sich als was Besseres vor», so raunte es in der Werkstatt. Was sie von nun an hinter seinem Rücken redeten, ihr Gespött störte ihn nicht, wenn er sich allein in das Dämmerlicht einer Sakristei zurückzog, um eine heilige Barbara oder den Ritter Georg abzuzeichnen.

Hier konnte der junge Dürer nun wahrhaftig aus dem vollen schöpfen. In keiner Kunst wucherte die Phantasie üppiger als bei den Bildhauern und den Vergoldern. Schnitzkunst war einfach keine wortlose Sprache mehr, wie die Steinbildnerei vergangener Jahrhunderte. Wahrheit strahlte die Figur aus, so empfand es der junge Dürer, weil die Plastik ja nicht wie die Malerei eine Tafel, eine Fläche war. Eine geschnitzte Figur besaß Tiefe. Wenn er es wollte, konnte der Betrachter herumgehen und hinter der Figur stehen.

Albrecht empfand das als einen besonderen Unterschied zur Malerei, die immer flächig blieb und auf der Täuschung des Auges beruhte. Im Bild wahrhaftig zu sein, dazu gehörte ein großes Können, eine große Kunst. Beim Abzeichnen der Figuren begriff Albrecht, daß der Bildhauer dem Architekten näherstand als dem Maler.

Die Pfeiler der Lorenzkirche streben nach oben. Allem Irdischen entrückt, stehen Heilige, Kaiser, Könige, Ritter und Märtyrer auf hohen Steinsockeln, als wäre der Himmel nur für sie da. Albrecht liebt diese Kirche mit der herrlichen großen Rosette. Kunstvoll verschlungener Stein mit farbigen Fenstern. Unter der Madonna des Chores verweilt er länger als sonst. Ihm fällt auf, daß sie herausgelöst ist aus dem Verband der gewaltigen Säulenheiligen und Könige. Ihr reichgefaltetes Gewand wird von Engeln getragen. Als ob sie selbst Flügel hätte, füllt sie den Raum. Der Dürerknabe begreift die Größe dieser Kunst und zeichnet und zeichnet.

Ist Wolgemut mit seiner Arbeit zufrieden? Was sagt der Meister dazu, der den Jungen antreibt, von Altar zu Altar, von Bildnis zu Bildnis zu eilen und das, was er an Besonderem findet, mitzubringen auf seinem Papier. Meister Michel zeigt bei der Durchsicht, daß er mit dem Goldschmiedemeistersohn auch streng umgehen kann. Er will nicht das landläufig Hübsche und Pausbäckige haben, er will Hohes und Erhabenes. «Hier bei diesem Blatt hast du den flandrischen Einfluß gut getroffen», lobt er seinen Schüler, der die Georgsfigur vom Meister Lainberger getreulich nachgestrichelt hat.

Um Albrecht zu zeigen, worin der haarfeine Unterschied von der vornehmen flandrischen zu der hausbackenen süddeutschen Art besteht, holt Meister Michel aus einem festverschlossenen Kasten, den er wie eine Schatzkammer hütet, Zeichnungen und Kupferstiche heraus. So sieht Albrecht zum ersten Mal die berühmten Stiche Schongauers.

Und es kommt dem jungen Dürer aus Nürnberg vor, als öffne sich mit diesem Kasten für ihn ein Ausblick in eine andere Welt. Lange genug hat er die etwas plumpen, aber frommen Figuren seiner fränkischen Heimat gezeichnet, so daß ihm der Unterschied zu diesen fremden, flandrischen Vorlagen sofort in die Augen springt. Da gibt es Stiche von Dirck Bouts, Stephan Lochner und dem großen Rogier van der Weyden, darunter auch Kupfer, die aus der Werkstatt Schongauers aus Colmar kommen.

Jede Werkstatt von Rang besitzt solche Musterbücher mit den genauesten Abbildungen anderer Altarwerke und Figuren, denn alle wackeren Malerburschen, vom Gesellen herauf bis zum Meister und herunter bis zum letzten Malerknaben und dem allergeringsten Lehrling, richteten ihr Augenmerk verzückt nach dem, was in der Kunst den Rhein hinunter geschah bis hin nach Flandern und Brabant. In diesen Werkstätten wird hervorragend gearbeitet, und am besten bei Meister Rogier in Brüssel, von dem wohl auch Martin Schongauer beeinflußt wurde, als er seine Fahrt nach Flandern unternahm. Denn nach seiner Rückkehr wandte er das eben Gelernte in eigenen Arbeiten an. Seine Stiche begeisterten, sie wurden noch vollkommener als die berühmten flandrischen.

Von Wolgemut erfährt Albrecht, daß auch dieser Meister Martin ein Goldschmiedesohn ist, der die Werkstatt seines Vaters in Augsburg verlassen hat, um sich in den Dienst der Malerei zu begeben. Schongauer, der auch Martin Schön oder einfach «Hübsch Martin» genannt wird, schafft in Colmar Hunderte von Kupferstichen. Das Neue an ihnen, ja das Einmalige ist ihre malerische Wirkung. Zum ersten Mal werden nicht nur strichelnde Umrißzeichnungen, sondern plastische Bilder erreicht. Die Figuren sind feingliedrig und bestimmt, sogar ein wenig modisch aufgeputzt wie bei den Niederländern. Gleichzeitig aber atmen sie Würze und Kraft der naturnahen rheinischen Darstellungsweise.

Jetzt ahnt Albrecht, daß Willibald vielleicht recht hatte, als er ihn einen Dummkopf nannte, wenn er sich nicht in der Welt umsehen würde.

«Sieh es dir genau an», sagt auch Wolgemut zu ihm, «davon kannst du lernen!»

Der Meister meint es gut mit ihm und legt beim gemeinsamen Betrachten väterlich seinen Arm auf die Schultern des Jungen. «Nimm dich jedoch in acht, Albrecht, daß du die Gottlosigkeit der Flamen nicht übernimmst», ermahnt er ihn. «Diese Kapaunenfresser lieben es, die Heiligen ohne ihren Heiligenschein darzustellen. Wie sieht denn das aus, wenn die heilige Agnes nichts auf dem Kopf hat als Haare, die so nackt und bloß sind wie bei einem Marktweib. Hüte dich davor.»

Was Meister Wolgemut ihm sagt, will Albrecht sich merken, obwohl ihm die fehlenden Heiligenscheine bei Schongauer nicht so wichtig zu sein scheinen wie die Verteilung von Licht und Schatten oder der Rhythmus seiner Linien auf dem Papier. So leicht und zierlich sind «Hübsch Martins» Striche wie die Brüsseler Spitzen, welche die Damen der feineren Gesellschaft lieben.

Von nun an gibt Albrecht sein Herumstreifen in Kirchen und Sakristeien auf. Des jungen Dürers Zeichenkunst hat in den Colmarer Stichen eine Richtung gefunden, in der er sich übt. Ob beim Zeichnen oder beim Schneiden in die Kupferplatte kommt ihm seine Veranlagung, von seinem Vater, dem Goldschmied, geerbt, die Neigung zum Tüfteln und zur Genauigkeit, sehr zustatten. «Das hat Hübsch Martin gemacht im 1486er Jahr», schreibt Albrecht auf eine seiner Zeichnungen nach Drucken des Colmarers, die ihm Wolgemut aus seinem Kasten zum Kopieren überläßt.

Auch das längste Warten hat einmal ein Ende. Endlich kam die Nachricht aus Padua, daß Willibald angenommen war. Die Pirckheimers rüsteten zur Reise. Sparsame Leute, wie diese Patrizier waren, fanden sie für einen Studenten eine Reisekutsche in das Welschland zu teuer. Im Stroh eines Reisewagens in einem Kaufmannszug — solche Fahrt war wohlfeil. Natürlich war das nicht nach dem Geschmack Willibalds. Doch vertraute er sich dem Gedanken an das langsame Ruckeln und Zuckeln letzten Endes an, da noch ein anderer Studiosus, ein gewisser Heyland aus Frankfurt, mitreisen wollte. Heylands Vater war der Stadtkämmerer der Freien Reichsstadt, er hatte sich mit dem alten Pirckheimer verständigt, und so kam die Verabredung zu der Fahrt zustande.

Ja, es hieß Abschied nehmen. Willibald brachte den jungen Frankfurter mit, als er Albrecht zum letzten Mal besuchte. Er stellte ihn als seinen Kommilitonen vor.

Nun heißt es nicht mehr Freund, dachte Albrecht traurig, jetzt heißt es Kommilitone, und eine neue Zeit fängt an. Er fürchtete um ihre Freundschaft.

Willibald mochte an ähnliches denken. «Wenn wir auch getrennt sind, Albrecht, bleiben wir doch die alten Freunde», versicherte er. Und er setzte hinzu: «Wenn ich zurückkehre, werde ich dir sicherlich viel über Italien berichten können, besonders über die Malerei. Du weißt, auch dort gibt es viele berühmte Künstler.»

Nachdem Willibald die Stadt verlassen hat, findet der sieb- *Albrecht*
zehnjährige Dürer einen neuen Freund, der ihm beim Abzeichnen *Dürer d. Ältere*
Gemälde
hilft. Wolfgang Peurer, eines Schlotfegers Sohn, der eigentlich *1490*
Vergolder lernte, aber eine solche Begabung zum Zeichnen hat,
daß ihn Meister Michel in seine Werkstatt holte.

Am Fenster sitzen sie an einem Tisch und benutzen das gleiche Tintenfaß. Albrecht fehlt Willibald, und er braucht jemanden, mit dem er über das sprechen kann, was ihn gerade beschäftigt.

Er wird nicht müde, Meister Martin zu loben. «Da zieht einer einen Strich aufs Papier, eine Linie neben die andere, und erzählt uns dabei, was es Neues gibt, mehr noch, er erweitert unsere Kenntnisse von der Schönheit. Ich bin immer wahrhaft erregt, wenn ich ein Blatt von ihm sehe, verstehst du das, Wolfgang? Ein Blick darauf, und du hast das Gefühl, du bist auch dabei. Denn nicht um das Ergötzen geht es, sondern um das Finden des einzig richtigen Ausdrucks, damit auch alle begreifen können, was man mit dieser Arbeit sagen will. Das muß man können. Hier mühst du dich, quälst dich, es ihm gleichzutun, wenigstens ein bißchen von dem zu sagen, was Meister Martin nur mit drei Strichen auf das Papier schreibt», klagt Albrecht. «Wir stricheln und schraffieren. Wie wir es bei Meister Michel gelernt haben, tragen wir den Schatten ein, und dennoch werden unsere Figuren plump. Martin dagegen zieht nur einen Strich, und der sitzt.»

«Ach was, der ist auch schon älter und hat mehr gesehen als wir», gibt Peuret zu bedenken. «Was willst du, er kennt die Welt, während wir nur in Untermeisenbach waren.»

Ob's daran liegt? Albrecht überlegt. «Glaubst du nicht, daß es vielleicht eine besondere Gnade ist?» fragt er.

«Ach was, in jedem von uns steckt soviel Kunst wie in Meister Martin. Herausholen mußt du sie, hat mein alter Meister gesagt. Er war der Meinung, daß alles auf Bildung und Charakter ankommt.» Im übrigen ermüden ihn diese ausführlichen Unterhaltungen, die doch zu keinem Ziel führen. Er denkt lieber an die neueröffnete Badestube, wo er neulich eine so liebe und gefällige Maid kennengelernt hatte.

«Wenn du das Mädchen siehst, Albrecht, wirst du auf alle Colmarer Englein pfeifen.»

So ungern die gottesfürchtigen Stadtväter auch dieses sündige Bad eröffnet hatten und damit den lockeren und ausschweifenden Sitten Vorschub leisteten, so dringend notwendig war diese Neuerung jedoch, wenn sie ihre dem Welthandel offene Stadt Nürnberg attraktiver für die fremden Kaufherren machen wollten. Noch hieß es oft: Nürnberger Tand kommt in jedes Land.

Damit waren hauptsächlich die Lebkuchen gemeint, Spielsachen, aus Messing gegossene Lampen und Standbilder.

Aber schon fanden auch Druckerzeugnisse in der Fremde reißenden Absatz. Es gab Landkartenstecher in der Stadt, die Atlanten herstellten. Von hier kam auch die aus Wolgemuts Werkstatt stammende erste deutsche Bilderbibel. Eine Weltchronik war bei Anton Koberger in Vorbereitung.

«Schade, daß dich der Colmarer nicht interessiert», antwortete Albrecht seinem neuen Freund. «Was nun deine liebenswürdigen Engel aus den Badestuben betrifft, siehst du, glaube ich, auch nur die Hälfte. Dieses für mich lästerliche Treiben ist nämlich nur eine Folge des weiten Handels unserer Stadt und ihres Reichtums. Bei Kaiser und Königen, beim Papst, seinen Kardinälen und Bischöfen steht unser Geld in hohem Ansehn. Man möchte meinen, Nürnberg liegt in der Mitte des Reiches und der Welt überhaupt.»

Diese Behauptung war nicht übertrieben. Nürnbergs Kaufleute waren auf den Straßen Europas zu Hause. Sie brachten die Schätze des Orients über die Alpen und verkauften sie weiter nach Frankfurt, Köln und Antwerpen, sie hatten ihre Handelshäuser in Spanien und in Portugal, in den Niederlanden und in England, sie kauften in Polen, Mähren und Ungarn, sie waren in Lübeck bekannt wie in Lyon.

Die Kaiser hielten nach ihrer Wahl den ersten Reichstag in Nürnbergs Mauern ab. Die Stadt, voller Achtung das Venedig des Nordens genannt, war Heimat vieler berühmter Wissenschaftler, Künstler und Gelehrter.

All das weiß auch Peurer. Jedoch kennt er auch eine andere Seite des Reichtums und der Macht. «Freilich, so etwas wie eine Haupt- und Handelsstadt des Reiches ist Nürnberg schon», bestätigt er seinem Freund, «aber, wo unablässig die goldene Sonne der Dukaten scheint, gibt es auch schwärzesten Schatten — das Elend. Geld und Macht sind ja ganz schön, doch bedenke, der Glanz eines außerordentlichen Reichtums ruft ebenso abschreckende Armut hervor. Sieh dich doch um, die Spitäler liegen voll Hungernder, die der städtischen Wohlfahrt eine Bürde sind. Zu Tausenden heischen Bettler Einlaß vor den Stadttoren, ganze Armeen von Invaliden belagern die Kirchentüren und fordern drohend ihr Almosen. Und von wem sie nichts bekommen, dem wünschen sie die Pest an den Hals.»

Dieser Fluch mußte wohl sehr oft ausgesprochen worden sein, denn Nürnberg wurde bald von einer gefährlichen Seuche heimgesucht. Astrologen prüften Konstellationen und Konjunktionen am Himmel und kamen dabei zu der Erkenntnis, daß der Planet Jupiter, dessen Giftigkeit auch Uneingeweihte kannten, schuld an dieser Krankheit war.

Vierundvierzig Leute erlagen nach kurzer Zeit der Seuche. Um dem Unheil zu begegnen, ließ der Nürnberger Magistrat in Wolgemuts Werkstatt Flugblätter drucken, welche die Menschen vor dem Einfluß der Sterne warnen sollten. Es war des jungen Dürers erste selbständige Arbeit für Wolgemut, als er den Bösewicht in eine Holzplatte schnitt, so wie er hinter Wolken am Himmel hockte und nachts seine giftigen Pfeile auf die Menschheit schoß.

Die vom Magistrat herausgegebenen Blätter sollten der Aufklärung dienen. Aber es war ein schöner Aberglaube, der damit in Nürnberg verbreitet wurde. Der Holzschnitt sollte vor Krankheit schützen, soviel wußte man. Wer nicht lesen konnte, steckte das Flugblatt unters Hemd und trug das Papier als Amulett.

Im letzten Lehrjahr verlangte Meister Wolgemut von seinen Malerknaben sehr viel. Dringende Aufträge mußten erledigt werden, und wehe, wenn die Lehrlinge einen Hintergrund oder sonst eine leichte Arbeit verpatzten. Im Grunde war Albrecht froh, als er von seiner Lehre losgesprochen wurde, zugleich aber erfaßte ihn die Angst vor der unbekannten Fremde, in die zu ziehen er nun endgültig beschlossen hatte. Ihn plagte die Neugier, vor allem aber der Wunsch, zu seinem so verehrten Meister Martin nach Colmar zu wandern.

Natürlich hätte er auch bei Wolgemut in der Werkstatt als Geselle bleiben können. Meister Michel wäre froh darüber gewesen, aber ein Malergeselle muß sich eben in dieser Welt umsehen, ob ihm ein anderer Meister nicht noch mehr beibringen kann. Das war nun einmal der Brauch. Und Albrecht drängte es, noch mehr zu lernen.

DRITTES KAPITEL

Zu hohe Bierkrüge,
arme Teufel
und das Narrenschiff von Basel

RME Kerle sind diese Wanderburschen. Sie können einem leid tun. Mit nur wenigen Pfennigen wandern sie bei jedem Wetter über die Landstraßen. Bei Regen und Hitze, ob's stürmt oder der Sand ihnen ins Gesicht weht, sie müssen sich beeilen, vor Dunkelheit die Stadt zu erreichen, damit sie noch ein Nachtlager, was nichts anderes war als eine Strohschütte, erwischen. Die Wälder waren finster und schrecklich. Allerlei Gefahren lauerten am Wegesrand. Räuberbanden waren nicht selten und warteten im dunklen Tann auf ihre Opfer.

Angesichts dieser gefahrvollen Verhältnisse fand es Albrecht gescheiter, sich, wo es ging, Reisegruppen anzuschließen. So traf er hinter Augsburg auf eine Schar Pilger, die zur Heiligen Mutter nach Zweifalten wallfahrten wollten.

Das sind keine wehklagenden alten Weiber, die vor ihrem letzten Stündlein noch einmal Abbitte tun wollen, nein, Albrecht gerät in einen lustigen Haufen von Sündern, die sich mit viel Spaß auf die Reise machen. Man scherzt viel, lacht miteinander und foppt sich gegenseitig ausgiebig. Ob es der Bäcker ist, der das Brot immer zu leicht backt, oder der Gastwirt, der seinen Wein mit Wasser verdünnt. Und da sie nun mal beim gegenseitigen Aufrechnen sind, kommen die Rollkutscher, die so lästerlich fluchen können, auch an die Reihe, ebenso die Schuster, die, wenn sie in die Kirche gehen, Gott bitten, er möge die Schafe an einer Seuche sterben lassen, damit das Leder billiger wird. Am schlechtesten bei diesen Aufzählungen schneiden die Maurer ab, weil sie lieber aßen und tranken, als den Mörtel zu mischen oder mit Ziegeln eine Wand hochzuziehen.

«Ja, wenn die Kirchtürme nur einen Fuß niedriger wären und die Bierkrüge einen Fuß höher, so würde es den Kirchtürmen nicht viel ausmachen, den Maurern aber um so mehr», sagte der

Schneider. Das soll dann ja auch wahr sein. Unter solch kurz-
weiligem Geplauder wanderten sie von Dorf zu Dorf, von Stadt
zu Stadt, oft in einer Schenke rastend, den auf den Feldern arbei-
tenden Frauen und Männern Scherzworte zurufend.

Aber nicht immer herrschte eitel Sonnenschein auf ihren
Wegen. Gerade die Bauern konnten die ausgelassene Fröhlichkeit
der Vorbeiziehenden zumeist nicht erwidern. Albrecht verstand
das nicht und fragte sich oft, was sie so mürrisch und düster
werden ließ. Bis er wiederholt miterlebte, wie ein armer Teufel
von seinem auf hohem Roß sitzenden Herrn mit der Peitsche
geschlagen wurde, weil er nicht die geforderten Abgaben leisten
konnte, oder man säumigen Bauern die einzige Kuh aus dem
Stall trieb. Vom Händeringen der Frauen und Weinen der
Kinder drehte sich Albrecht mehr als einmal das Herz im Leibe
um.

Es ist Gott wohlgefällig, er wußte es von seiner Mutter, daß
Arm und Reich nebeneinander lebten, doch sollten die Armen
wirklich so arm sein?

In Ulm trennt sich Albrecht von den Wallfahrern. Er sucht sich
eine Herberge und übernachtet dort. Früh am Morgen läuft er
dann allein weiter.

Er beginnt jetzt mehr als bisher zu zeichnen. Was hoch auf-
ragende Felsengebirge und knorrige Bäume ausplaudern, was
reißende Flüsse ihm zurufen, erfährt er erst, wenn er es auf das
Papier gebannt hat. Es ist, als ob sein Verstand in dem Gänse-
federkiel sitzt.

Erschöpft erreicht Albrecht eine luftige Höhe. Für einen
kurzen Augenblick nur bewundert er die Landschaft, um gleich
hinterher begeistert und hochgestimmt wieder herunter-
zuspringen. Der Berge großartiges Bild hat er in sich aufgenommen. Von nun an wird das Ungewohnte, noch niemals
Geschaute einen unverrückbaren Platz in seiner Erinnerung
einnehmen. Dieses Bild, das er sich eingeprägt hat, wird er ein
wenig später in seinem Quartier durch eine Eintragung in sein
Skizzenbuch noch festigen. In den entstehenden Blättern seiner
Wanderzeit spiegelt sich deutlich der dauernde Wechsel von Ruhe
und Flüchtigkeit, von Behagen und Unbehagen wider. Blumen-

reiche Gärten, prächtige Häuser, ein bequem daherfließender Fluß und schroffe Felsen, sturmzerfetzte Fichten, Sturzbäche reißenden Wassers, unbequeme, ja gefahrvolle Aufstiege. Zerrissenheit und Chaos treten als Seelenzustände der Natur deutlicher hervor. Albrecht zeichnet alles: Fischerboote, Eisenhämmer und Wassermühlen, Mühlenknechte, Kühe mit mächtigen Glocken um den Hals und die Bewohner der Landschaften.

So nähert er sich langsam seinem Ziel: Basel. Auf einer überdachten Holzbrücke wandernd, überquert Albrecht den Rheinstrom. Er betritt diese Stadt, die für einige Zeit seine Heimat werden soll. Ihre Straßen steigen vom Flußufer hinauf, um irgendwo als kleine Gäßchen in den Weinbergen zu münden. Von diesen Hügeln herab hat der Wanderer die allerliebste Aussicht.

Basel ist eine lebendige Stadt der fließenden Wasser. Aus mehr als hundert Brunnen, kleinen und großen, springt, sprudelt oder ergießt es sich in kleinere oder größere Becken. Hübsch angezogene Mägde fangen das Wasser in Holzeimern oder Bottichen auf, um es in die Küche oder ins Waschhaus ihrer Herrschaft zu tragen.

Staunend über die Wohlhabenheit liest Albrecht die Inschriften der bunten Häuser und besonders die Namen der Gasthöfe, wie: «Zum Zähringer», «Zum Löwen», «Zum Doppelköpfigen Adler», «Zum Mohren» oder «Zu den Heiligen Drei Königen», welches der beste Gasthof war.

Sein sonst sparsamer Vater hatte ihm eingeschärft, «am Orte, wo du arbeitest, mußt du etwas vorstellen, da darfst du dich nicht lumpen lassen», daher kehrt Albrecht in den «Drei Königen» ein. Eine Weile ruht er aus, dann wird sich flink saubergemacht von der Reise, aber auch aufs sorgfältigste frisch angezogen, um sich zu dem höchst ehrbaren Magister und Druckmeister Johannes Amerbach zu begeben, für den ihm sein Pate Anton Koberger ein Empfehlungsschreiben mitgegeben hatte.

«Wer fleißig ist, wird auch vorankommen», sagte der Magister Amerbach zu dem jungen Mann, «hier kenne ich alle Druckereien, dahin kann ich dich empfehlen.»

Auf Fürsprache des Herrn Magisters erhielt Albrecht zunächst eine Stellung als Holzschneider bei dem «Heiligendrucker» Leo Eisenhut.

Das war mehr ein Jahrmarktsgeschäft bei diesem Kalender-
macher, Karten- und Sternedrucker Leo Eisenhut. Albrecht
gefiel diese unwürdige Arbeit nicht, er stellte höhere Ansprüche,
und so siedelte er nach kurzer Zeit, wieder auf Ratschlag und
Fürsprache Magister Amerbachs, zu Johannes Bergemann von

Olpe über, dessen Werkstatt «unter den Lauben» lag. Von dort gingen Bücher und ganze Bildfolgen in alle Welt.

Zum Unterschied zu den Augsburger und Straßburger Verlegern ließ Meister Bergemann seine Bücher nicht auf den Text illustrieren, sondern nur mit Randleisten und Vignetten garnieren. Bei ihm erhielt eine jede Seite eine bebilderte Kopfleiste, für die sich der Holzschneider allerlei ausdenken mußte.

Das sah sehr schön aus, aber Albrecht gefiel diese Handhabung des Holzschnittes gar nicht. Seine Arbeit, in der eine Menge Mühe und noch mehr Erfindungsgabe steckte, diente lediglich der Verschnörkelung irgendwelcher hübsch gedruckter Seiten. Keineswegs waren seine Holzschnitte eine erklärende Ergänzung des Textes, wie er es eigentlich wollte. Seiner Meinung nach mußte die Druckerkunst, die immer mehr in Mode kam, auch eine informierende Aufgabe haben.

In diesem Zusammenhang räumte er der Illustration eine größere Bedeutung ein als dem unverbindlichen und für alle Texte passenden Ornament. Da er dafür von seinem neuen Meister keinen Auftrag bekam, ging er dazu über, sich selbst literarische Szenen herauszusuchen, die er dann als eine ablesbare Handlung in den Holzstock schnitt. Sehr zum Verdruß Bergemanns, der aber den Nürnberger gewähren lassen mußte, weil es im Buchgeschäft an guten Holzschneidern sehr mangelte.

So brachte der Verleger Bergemann, Basel «Unter den Lauben», wie es im Impressum hieß, kurz nacheinander die gegen seinen Willen besonders reich bebilderten Bücher «Ida von Toggenburg», den «Ritter von Turn» und Sebastian Brants «Narrenschiff» heraus. Zu Bergemanns Erstaunen fanden alle diese Bücher einen schnelleren Absatz als seine bisherigen Erzeugnisse. Dürers Holzschnitte faßten das Bild mit seiner Handlung räumlich auf. Daß er die Tiefe des Raumes auf eine Druckseite brachte, geschah zum ersten Mal in der knapp fünfzigjährigen Geschichte der Druckerei. So versuchte Dürer, dem Leser den Eindruck des Theaterspielens zu vermitteln, eine vergnügliche wie auch erbauliche Unterhaltung, an welcher fortan jeder Buchbesitzer teilhatte.

Jetzt gab es freilich einen, der sich darüber ärgerte, daß seine Kunden den Wert dieser neuen Darstellungskunst besser und schneller erkannt hatten als er: Johannes Bergemann unter den Lauben. Dazu mußte er Albrecht noch einen schönen Batzen Geld versprechen, damit er die einmal angefangene Arbeit weiterführte. Wer etwas kann, kann sich auch teurer verkaufen als die anderen. Albrecht ließ sich nicht lange bitten, er nahm das Geld. Sein Logis in den «Heiligen Drei Königen» war teuer genug, und wer tagsüber fleißig war und so gute Einfälle hatte, wollte abends auch feiern.

Natürlich schmeckte dem knapp zweiundzwanzigjährigen Meister des Holzschnitts schon der feurige Thurgauer, und wenn er mal ein Schöppchen trinken wollte, suchte er die Gesellschaft fröhlicher junger Leute auf. Das tat er viel lieber, als sich in der verdrossenen Runde griesgrämiger Meister zu langweilen.

Aber auch geistige Genüsse waren es, die ihn anzogen. Dazu gehörte, daß er sich Blätter italienischer Künstler kaufte, welche die welschen Händler von Venedig über den St.-Gotthard-Paß nach Basel brachten. Meist waren es Stiche von oder nach so berühmten Meistern wie Andrea Mantegna, Antonio del Pollajuolo und Gentile Bellini.

Im ganzen jedoch schien Dürers Baseler Zeit ein Fest der Freudenbrunnen. Er liebte diese lebendigen Quellen und fühlte sich selbst so stark wie der wasserspeiende Simson, der dabei noch mit einem aufgerichteten Löwen kämpfte und siegte, indem er ihm den Hals umdrehte.

An diesem Brunnen trafen sich abends die Jünglinge, um angesichts des heldenhaften Löwenkampfes von den Kämpfen der Eidgenossen zu erzählen.

Albrecht traute seinen Ohren nicht, als er hörte, daß sich die hiesigen Bauern mit Hilfe der reichen Städte Bern, Zürich und Luzern von ihren Tyrannen mit Waffengewalt befreit hätten. Den Rittern und Burgherren, die sie so lange bis aufs Hemd ausgeplündert und über alle Maßen unterdrückt hatten, wurde kein Pardon gegeben, als sie um Gnade winselten. Die Bauern hängten ihre Peiniger auf und brannten die Burgen nieder.

Albrecht erinnerte sich noch genau an die auf der Wanderschaft miterlebten Schandtaten der Herren an ihren Untertanen. Aber blutiger Aufruhr? Unvorstellbar!

Bald jedoch sollte ihn diese Frage erneut beschäftigen.

Der ift eyn narr / der nit verftot
So jm vnfall zů handen gat
Das er fich wißlich fchyck dar jn
Vnglück will nit verachtet fyn

*Illustration zum
«Narrenschiff»
von Sebastian
Brant
Holzschnitt
1494*

Verachtung vngfelles

Manchem ift nit mit vnglück wol
Vnd ryngt dar noch doch yemer tol
Dar vmß foll er nit wunder han
Oß jm das fchiff würt vndergan

VIERTES KAPITEL

Steinerne Dichtung, Halsabschneider und blaue Enten und ein Blatt aus der Badestube

INE willkommene Abwechslung und nicht zuletzt auch eine Vermehrung seiner Eindrücke sind für Albrecht die Reisen, welche er mit seinem Meister, Herrn Bergemann, unternimmt. Der Buchdrucker schließt in den Kanzleien der Räte Verträge über den Druck von Verordnungen ab, oder er einigt sich mit anderen Verlegern über einen Austausch von Buchtiteln. Eines Tages müssen sie nach Straßburg fahren.

Auf dem Weg dorthin liegt Colmar, das eigentliche Ziel von Albrechts Wanderung. Doch hier kommt der junge Nürnberger zu spät. Martin Schongauer, den er so verehrte, ist seit zwei Jahren tot, und ein Bruder des Verstorbenen führt die ehedem so berühmte Werkstatt. Albrecht bleibt deshalb nur Stunden in der Stadt, nach der er sich in Nürnberg so gesehnt hatte.

Straßburg jedoch beeindruckt ihn wie noch keine andere Stadt. Das große Münster erinnert ihn an die Lorenzkirche daheim. Mit großer Rosette über dem Portal ist sie eine kleinere Kopie des Straßburger Münsters. Natürlich ist das Original viel hinreißender. Albrecht hat noch nie so belebten Stein gesehen. Er findet das Werk vollkommen und unvergleichlich schön. Hier ist nichts mehr hinzuzufügen, nichts zu verbessern, der Atem einer großen Kunst weht Dürer an, und dankbar atmet er diese Luft ein. An diesem gewaltigen Bauwerk gibt es nichts — keinen steinernen Bogen und keine Figur —, das ihn nicht anrührt. Am Engelsbogen kann Albrecht die Gottähnlichkeit der Sendboten des Himmels ablesen, während der Weltenrichter, welcher zu ihren Häupten thront, deutlich menschliche Züge trägt. Der körperliche Unterschied zwischen Menschen und Gott ist aufgehoben. Albrecht, der unter der strengen Aufsicht Michel Wolgemuts das Figurenzeichnen gelernt hat, kopiert nun das in Stein gehauene Universum des Münsters Stück für Stück. Er zeichnet verbissen, als wollte er sein ganzes Können danach einrichten, als wären die Seligen und die Verdammten in den Portalbögen Maßstab für alles, was er schafft und was er einmal schaffen wird.

Der rote Sandstein aus den Vogesen hört auf, Stein zu sein, und wird Dichtung. Hoheit und Würde einer jeden Figur und wie sie sich zueinander bewegen, notiert er in seinem Skizzenbuch. Erst jetzt begreift er so richtig die Rolle der Engel in der Kunst, sie sind Mittler zwischen himmlischem Ideal und irdischer Möglichkeit, ähnlich wie die Maler und Dichter, die ja auch Mittler sein sollen zwischen Anspruch und Wirklichkeit. Wenn Dürer später Engel zeichnen wird oder ins Holz schneiden wie in der «Apokalypse», werden es immer die Straßburger Engel sein. Das Schwingen und Schweben ihrer Körper, die gemessene Bewegtheit ihrer Gewandfalten lernt er jetzt. Unverdrossen nimmt sein Stift ihren Abriß und bringt ihn nicht nur auf das Papier. Vielmehr schreibt er sich diese Figuren ins Herz.

Er wird die Vielzahl dessen, was es am Münster zu bewundern gibt, später auch versuchen darzustellen: Dämonen, heilige und sündige Menschen, phantastische Tiere, Kaisergestalten zu Pferd, Tod, Ritter, Apostel, Engel, Teufel, einfach alles. Die Geburt eines Kindes, Neid und Eigennutz, die törichten Jungfrauen und die klugen, Friede, aber auch Krieg und Verdammnis, König Salomon und Daniel in der Löwengrube. Was immer im Himmel und auf Erden dargestellt werden kann, der gemeißelte Stein des Münsters hat es für die Ewigkeit aufgehoben und bewahrt.

Angesichts dieses wuchtigen Werkes muß den jungen Maler aus Nürnberg Mutlosigkeit beschleichen. Was soll er nach dieser Kunst noch zuwege bringen? Alles, was er aufs Papier zeichnet, mit dem Messer ins Holz ritzt oder auf eine Holztafel malt, wird eitel Stückwerk sein nach diesen vollkommenen Rundungen des Steins.

Traurig packt er Papier, Feder, Tintenhorn und seine Siebensachen ein und geht in sein Quartier.

Immerhin kann er seine Kunst noch forttragen. Das ist gegenüber den Steinbildnissen ein Vorteil, wenn auch nur ein kleiner, denkt Albrecht, und zu Hause angekommen, breitet er alles, was er an Zeichnungen, Kopien und Studien mit sich führt, in der Stube aus.

Das Münster ist unverrückbar, aber hier — seine auf das Papier gerissenen Figuren, seine Welt mit Felsen, Bäumen, Vögeln und Blumen konnte er über- oder untereinander legen.

Gemeißelter Stein gegen sein Zeichenpapier, fragt er sich, ist dagegen wirklich kein Aufkommen?

Tinte, Feder und ein Stück Spiegelglas her! Und weil kein anderes Blatt Papier zur Stelle ist, dreht Albrecht die Heilige Familie aus Colmar um und zeichnet sein Konterfei auf die Rückseite.

Wie schnell ist die kleine Skizze gefertigt. Albrecht scheint sie zu flüchtig zu sein, und er möchte noch weiterzeichnen, aber das Tageslicht verlischt. Schnell zündet er ein Licht an, aber die flackernde Kerze verändert die Schatten. Es geht nicht. Schließlich bläst er das Licht wieder aus und bleibt noch eine Weile im Dunkeln sitzen.

Dann rafft er sich auf und verläßt sein Quartier, ohne die ausgebreiteten Zeichnungen wieder zurück in die Mappe zu legen. Niedergeschlagen geht Albrecht dann durch die Gassen der Stadt. Hier in Straßburg hat er keinen, mit dem er sich aussprechen kann. Auch mit seinem Baseler Meister nicht, mit Bergemann, der bei einem Straßburger Buchdrucker und Streitschriftenverleger auf ihn wartet.

Als besondere Aufmerksamkeit seinen Gästen gegenüber führte sie der Verleger in eine Vesperandacht in der Thomaskirche, wo der berühmte Prediger Pater Geiler von Kaysersberg aus Schaffhausen seine aufrührerischen Reden hielt. Bis hin nach Basel ist sein Ruf gedrungen.

Als die Besucher in die altehrwürdige Kirche St. Thomas eintraten, herrschte dort ein Gewimmel wie auf einem Volksfest mit Rummelbuden und Marktschreiern. Es war so laut im Gotteshaus, daß keiner unserer drei Besucher sein eigenes Wort verstehen konnte. Nur die Lichter, die auf den Kerzenstöcken brannten, erinnerten daran, wo sie eigentlich waren. Das Drängen der Zuhörer war so groß, daß Kirchendiener mit Partisanen bereitstanden, um die Flut aufzuhalten.

Endlich betritt Pater Geiler die Kanzel. Atemlose Stille. Er spricht nicht über ein Bibelwort, sondern von «blauen Enten» oder darüber, wie die noblen Herren sich aus den armen Leuten einen Jokus machen, sie belügen, betrügen, bis sie schließlich einem armen Hund das Fell über die Ohren ziehen. Er spricht ein klares Deutsch wie das Volk und nimmt kein Blatt vor den Mund. «Von blauen Enten predigen», fängt Geiler an, «das heißt bei mir, geliebte Gemeinde, daß ihr betrogen werdet. Vor den Hochwohlgeborenen und den Pfaffen müßt ihr euch vorsehen, denn wie sie auch aussehen, eure Herren betreiben das Plündern mit Wissenschaft. Sie sagen nicht einfach, kommt her und gebt Geld ab, bezahlt dafür, daß ihr arm geboren seid, o nein! Diese Halsabschneider wollen sich an euch und mit eurem Einverständnis bereichern. Zuerst entwerfen sie ein schauriges Bild von den mannigfaltigen Gefahren, in denen ihr, liebe Gemeinde, schwebt; von Sünde und Todespein, aus der ihr euch nur erretten könnt, wenn ihr weiter so geduldig zahlt oder euren Zins liefert. Und ihr fragt nicht: Was ist das für eine Gefahr? Ihr kommt nicht auf den Gedanken, daß alles, was sie euch vormachen, erstunken und erlogen ist. Die Lumpen flunkern, daß sich die Balken biegen. Vor alten Zeiten log man durch ein dünnes Brett, heut lügen sie ganz andere Sachen, die so dick sind wie ein Haus. Von Stern und Sonnenkraft, so fabeln sie, und daß sein eigen Schicksal niemand selber zu bestimmen hätte. Von grausamen Türken erzählen sie, daß sie schon vor den Toren eurer Stadt stehn und euch, eure Frauen, eure Kinder ermorden wollen. Sie sagen, daß sie für alle Fälle gerüstet sein müssen zum Kampf gegen die heidnischen Muselmänner. Sie verlangen von euch Geld, Pferde, Leute, Kriegsgerät, damit wir die Heiden endlich zurückschlagen können bis weit in den Orient hinein. Wir wollen sie wieder aus Byzanz vertreiben, sagen sie, diese Lügner, das heiße ich einen Bären jagen. Ich aber sage euch, die richtigen Türken, die es zu verjagen gilt, das sind sie selbst. Sagt selbst, wie lange haben diese Teufel schon an uns verdient? Vertreibt sie! Also wenn euch wieder so einer von blauen Enten predigt oder von grünen Türken, jagt ihn weg, haut ihm den Arsch voll. Wehret euch, sage ich, damit ihr nicht geschoren werdet wie die Lämmer.»

Jubel braust auf, ein vielstimmiger, trotziger Schrei, und die

Kirchendiener können die Zuhörer mit ihren Partisanen nicht mehr aufhalten. Alles drängt sich um die Kanzel und um Pater Geiler. Hingerissen von der Wahrheit des Predigers, begeistert von seiner herben, volkstümlichen Sprache, die auch die ihre ist, stimmen sie ein Lied an oder sinken auf die Knie, um zu beten. Sie tun, wie es ihnen gerade ums Herz ist.

Die Stimmung in der Kirche hat etwas, daß Dürer es hier nicht aushält. Er läßt seine Freunde stehen und entfernt sich. Sicher liegt es daran, daß er von Nürnberg eine solche Wildheit im Gottesdienst nicht gewohnt ist. Diese Andächtigen kommen ihm fremd vor. Aufruhr ist nicht seine Sache. Aber wie, fragt er sich, soll den Armen denn geholfen werden? Wie kann man ihre Not lindern? — Die Herren müßten etwas von ihrem Reichtum abgeben! Jedoch, werden sie das freiwillig tun? Dann hat dieser Pater Geiler also doch recht? Albrecht weiß es nicht. Seine Zweifel plagen ihn weiter. Er greift noch einmal zum Spiegel, um sich mit seinen Ungewißheiten auf dieser Scherbe zu sehen und die angefangene Skizze zu vollenden. Er stellt sich als einen dar, der nicht mehr hofft, der ihn umgebenden Finsternis zu entrinnen. Es ist ein merkwürdiges Porträt, wie er sich, gequält von seinen Zweifeln, betrachtet.

In Basel war in den Wochen ihrer Abwesenheit viel Arbeit liegengeblieben. Neue Aufträge, und keine kleinen, waren inzwischen eingegangen. Bergemann übertrug seinem jungen Meisterstecher die Ausgestaltung eines Missales für das Kloster «Unserer Lieben Maria zu Einsiedeln». Dabei oblag es Dürer, eine Folge von zehn ganzseitigen Bildern aus dem Marienleben in Holz zu schneiden. Richtige Bilder wurden es, die er danach mit köstlichen Farben illuminieren sollte.

Albrecht freute sich auf diese Arbeit. Aber ihn beschäftigte schon wieder etwas ganz anderes, etwas Neues, der wohl schwierigste, aber auch erhabenste Gegenstand der Malerei: die Abbildung des unbekleideten Menschen.

Den Anstoß zu diesem Vorhaben gab ein Besuch der bisher von ihm so verabscheuten Badestube der Stadt. Nun begab er sich noch einmal dorthin und fand auch eine reizende Maid. Er begleitete das Mädchen auf ihre Schlafstube, wo er sie dann bar aller

Kleidung konterfeite. Ganz nackt war sie, und er zeichnete ihr festes Fleisch, verwirrt vor der Natur stehend, vor den verführerischen Erhebungen ihres Körpers.

Selbstbildnis Federzeichnung 1492/93

Niemals hat ein Maler bisher einen nackten Frauenkörper gezeichnet. Albrecht ist sich nicht sicher, ob er damit nicht eine Sünde begeht. Er muß sein Tintenfaß auf den Tisch stellen, weil seine Hand zittert. Er zeichnet mit der Feder auch nicht wie sonst eine klare Linie, vielmehr wirft er ein Gespinst von Strichen auf das Blatt. Da er sich öfters verzeichnet, wieder verbessert, neu anfängt, verrät er seine Unruhe. Ihre Arme machen ihm Schwierigkeiten, mit den Ellenbogen kommt er gar nicht zurecht.

37

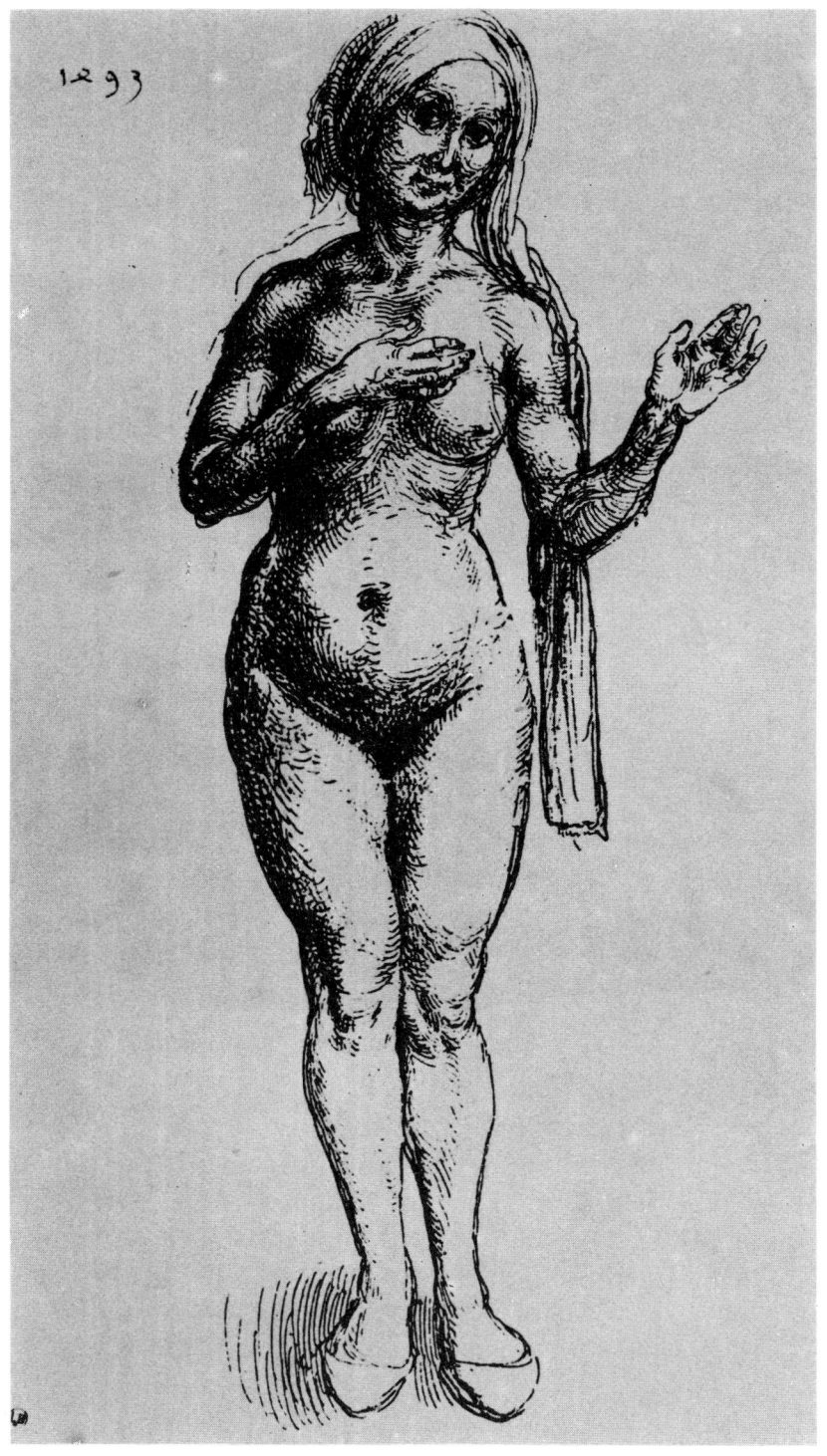

Er überzeichnet die Fehler wieder, bessert hier und da aus. Dadurch bekommt die Figur eine starke Kontur.

Das Mädchen ist wunderbar. Sie hält still, steht unbeweglich, mit halberhobenen Händen. Wie schlecht Albrechts Zeichnung auch werden mag, wie unbeholfen, grob und teilweise auch nicht vollständig ausgeführt, es ist das erste Blatt eines deutschen Malers überhaupt, der einen nackten Körper nach der Natur zeichnet. Dürer erleidet dabei Höllenqualen und geht danach gleich zur Beichte, um sich von dieser Sünde zu reinigen.

Kurz darauf erreichte ihn ein Brief seines Vaters, den der an Magister Amerbach geschrieben hatte. Der Inhalt war kurz und knapp. Er lautete: «Komm zurück, wir haben eine Frau für Dich.»

Diese Botschaft war unmißverständlich.

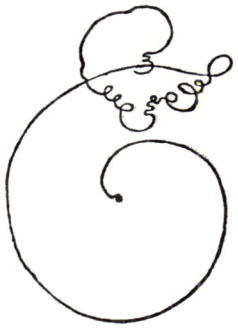

FÜNFTES KAPITEL

Albrecht feiert Hochzeit,
erlebt eine freudige Überraschung
und ist trotzdem verzweifelt

IELE Wege führen von Basel nach Nürnberg. Der nächste ist wohl der über das Land Zollern, über Reutlingen und Schwäbisch Gmünd zur Freien Reichs- und Handelsstadt.

Albrecht freut sich schon sehr auf sein Nürnberg, auf seine Eltern. Auch ist er neugierig, wen der Vater wohl für ihn als Braut geworben hat. Und er beschleunigt seinen Schritt.

Dann endlich, nach vier Jahren Wanderschaft, sieht er seine Vaterstadt wieder. Welch ein ergreifender Anblick für Dürer, der als Jüngling ausgezogen ist und als Mann wiederkehrt. Nunmehr erwachsen, betrachtet er die Stadtmauer mit ihren Toren und Türmen. Auf dem Wall blühen die Obstbäume, und von St. Sebald und St. Lorenz begrüßen Pfingstglocken den Heim-kehrer.

Der Empfang im elterlichen Haus in der Burggasse ist herzlich. Der Vater stellt ihm seine Braut vor, die Jungfer Agnes. Sie ist die Tochter des wohlangesehenen Stadtmechanikus und Musikus Hannes Frey. Wie die Mutter stolz erzählt, hat der Vater bei den Freys eine ansehnliche Mitgift von zweihundert Gulden aus-gehandelt, eine Summe, die reicht, um in der Stadt ein Haus zu kaufen.

Am siebten Juli wird die Hochzeit gefeiert. Das Fest richten die Schwiegereltern aus. Sie knausern nicht beim Hochzeits-schmaus, sie bezahlen die Musik, die Schankburschen und -mäd-chen. Am Tisch geht es vornehm zu. Hannes Frey steht den Senatoren, Räten und Stadtvätern näher als der Goldschmied, der froh ist, daß er seinem Sohn eine so gute Partie vermitteln konnte. Die Feier ist prächtig. Nach der Nürnberger Haus-, Hof- und Gesindeordnung dürfen Hochzeiten in Patrizierhäu-sern glänzender gefeiert werden als bei Handwerkern oder gar dem gemeinen Mann. Auf jeden Gast fällt ein Quärtlein Bier, zwei Eimer Wein. Wildbret, Braten und gesottene Kapaune kommen so viel auf den Tisch, daß längst nicht alles aufgegessen wird. Tagelang können es sich die Armen von den Resten wohl sein lassen.

Das wichtigste aber sind die Gratulanten für das junge Paar. Zu ihnen gehören die besten Familien der Stadt, darunter die Muffels, die Krells und die Tucher. Albrechts Pate Anton Koberger bietet ihm in seinem Druckhaus eine Stellung auf Lebenszeit an. Damit scheint seine Zukunft gesichert. Doch Vater Dürer wehrt die wohlgemeinten Ratschläge ab. «Noch hat der Junge in meinem Hause Platz», sagt der Goldschmied, «soll er erst mal zeigen, was er kann und was er unterwegs gelernt hat.»

Albrecht, der sich noch nicht festlegen will, ist dafür seinem Vater dankbar. Die größte freudige Überraschung ist jedoch für ihn das Erscheinen Willibalds, der zu einem kurzen Urlaub aus Padua nach Nürnberg gekommen ist. Pirckheimer schenkt dem jungen Bräutigam ein in Rom gedrucktes Vademekum mit sehr vereinfachten Lettern vom Typ «Cicero» und köstlichen Illuminationen. Aus diesen südländischen Bildern winkt Albrecht etwas Lockendes zu.

Willibald weiß viel vom angenehmen Leben im Welschland zu erzählen. Er rühmt die Küche der Toskana und preist besonders — wie könnte es anders sein — die feurigen Südländerinnen.

In den vergangenen vier Jahren ist Willibald größer geworden, breiter auch. Er hat «ausgelegt», wie man in Nürnberg sagt. Dazu trägt er ein stattliches, reich besticktes Gewand. Auf seine Kleidung ist er nicht wenig stolz. «Bestickte Seide wie diese wird in Florenz hergestellt», sagt er und fügt ironisch hinzu: «Wir Studenten pflegen einen besseren Eindruck zu machen als die armen Kerle von Professoren, die schlecht entlohnt werden.» Als rechter Stutzer trug Willibald einen Kavaliersdegen, mit dem er in Nürnbergs Gassen auffiel.

Da Pirckheimer nur kurze Zeit in Nürnberg bleiben konnte, sahen sich die beiden Freunde fast jeden Tag. Willibald hörte nicht auf, von den südlichen Provinzen zu schwärmen. Es ist nicht nur das angenehme Leben in dem sonnigen Klima, das ihn anzieht. Nein, er sieht auch die allerbesten Möglichkeiten für das Gedeihen des Nürnberger Handels. «Ich sage dir, Albrecht, unser

Geld steckt bereits in den Schiffen der Venezianer und Genuesen. Die einst so reichen Florentiner Banken sind heute an uns verschuldet. Du glaubst gar nicht, wieviel Gewinn uns dieser Handel bringt.»

Gemächlich erstiegen sie, in ihr Gespräch vertieft, den Burgwall. Albrecht hörte zu, was der Student ihm erzählte. Was die Kaufleute machten oder wieviel Gewinn die Bankiers erzielten, interessierte ihn auch, aber lieber hätte er etwas von Mantegna erfahren, dessen Stiche er in Basel schon kennengelernt hatte, oder gewußt, was die beiden Bellinis, die berühmten Venezianer, malten.

«Erzähle mir lieber etwas von den welschen Malern», forderte er seinen Freund deshalb auf.

Voll von Kunst waren die Länder hinter den Alpen. Willibald erzählte von den großen Wandfresken Giottos, die für ihn beeindruckender waren als alles andere, was er dort gesehen. «Überall, wo ich hinkam, in Mailand oder Florenz, in Padua oder Venedig, überall gab es kein geachteteres Handwerk als das der Künstler, Maler, Baumeister und Skulptoren. Sie tragen Seide und Pelzwerk und essen mit den Fürsten an einem Tisch. Sie sind Ratgeber der Mächtigen und mischen sich in die Politik.» Jeder sah eben nur das, was er sehen wollte.

Dennoch hörte er dem weltgewandten und weitgereisten Pirckheimer zu. Sie waren ja alte Spielkameraden. Auch Willibald mochte den in sich gekehrten Goldschmiedesohn, auch in der Fremde hatte er seinen wißbegierigen Freund nicht vergessen. Hier, bei den Eltern und unter der Verwandtschaft, dachte Pirckheimer, konnte Dürer sein Talent nicht weiterentwickeln. Deswegen wandte der Ältere alle Beredsamkeit auf, seinen jüngeren Freund zu überzeugen.

«Für Nürnberger steht die Welt noch allemal offen», sagte er enthusiastisch und legte im Überschwang seinen Arm um Albrecht. «Wissen bedeutet immer Stärke, und wer die Welt kennt, ist dem andern, der sie nicht kennt, überlegen. Im Augenblick begreifst du das noch nicht und meinst vielleicht, du hättest schon genug gesehen; aber du kennst nur einen kleinen, den alten, behäbigen und wohlhabenden Teil des Reiches. Auf der anderen Seite der Alpen bläst der Wind anders, mein Lieber, da geht es mächtig voran. Der Handel entdeckt neue Länder mit ihren Schätzen. So schnell wie die Welt größer wird, muß der Mensch klüger werden. Das kannst du nicht hier bei deinen Nürnbergern, die kaum ihre Nase aus dem Fenster stecken. Komm mit, mein Junge. Fahr nach Venedig, dort gibt es eine Nürnberger Niederlassung. Dort kannst du dich zuerst umsehen und vielleicht auch wohnen. Was meinst du, wie sie uns Deutsche da unten schätzen? Die Imhoffs haben dort auch eine Vertretung, wenn du willst, werden sie dir behilflich sein, mein Vater könnte dich empfehlen», redete Willibald auf Albrecht ein. Er versuchte ihm zu beweisen, daß alles, was er bisher gesehen und erfahren hatte, nichts war im Vergleich zu Italien.

Darüber erschrak Albrecht nicht wenig. Was, er sollte wieder fort? Er war doch gerade erst heimgekehrt und hatte vor einer Woche geheiratet. Nein, nein, daraus wurde nichts. Was würden die anderen sagen? Die übliche Wanderschaft eines Handwerkers dauerte gewöhnlich vier Jahre, nicht länger. Dann ließ er sich irgendwo nieder und versuchte den Meisterbrief zu erwerben. Konnte Willibald ihn nicht verstehen? Albrecht wollte endlich zur Ruhe kommen und zeigen, was er gelernt hatte. Er brauchte nur an seine Erfolge in der fremden Stadt Basel zu denken, um sicher zu sein, sie zu Hause wiederholen zu können.

Aber er konnte sich sträuben, wie er wollte, Willibald, der wußte, daß er recht hatte, ließ nicht locker. Zwischen seinem und Albrechts Verstand schienen Welten zu liegen. Welten der Einsicht und des Verständnisses. Ein Teil dessen fand seine Ursache natürlich auch in seiner Herkunft, Willibald war in der weltoffenen Atmosphäre eines Patrizierhauses aufgewachsen. Albrechts Vater, der Goldschmiedemeister, hing wie die anderen Handwerker am Althergebrachten. In ihren Köpfen ging das Licht langsamer auf, wie sollte es dem Studenten gelingen, Albrecht aus dieser Enge herauszulösen?

Vielleicht gelang es ihm mit List? Bevor Pirckheimer Nürnberg verließ, erzählte er seinem Freund so ganz beiläufig, daß der Kurfürst von Sachsen sich einen italienischen Hofmaler habe kommen lassen, weil ihm die deutschen Maler nicht gut genug waren. Der Mainzer und der Trierer Erzbischof hielten sich ebenfalls Künstler aus dem Welschland. «Wenn du hierbleibst, wirst du später höchstens für die italienischen Maler die Rahmen streichen dürfen. Wenn du damit zufrieden bist, dann bleib!» sagte er. Pirckheimer kannte seinen Freund so genau, daß er wußte, der Gedanke daran, nur Gehilfe der welschen Maler sein zu können, würde ihm einen Stich ins Herz versetzen.

Wie sehr er damit Albrecht getroffen hatte, konnte Willibald nicht mehr miterleben, denn er war längst wieder in Padua. In Nürnberg indessen hielten Eltern, Freunde und Verwandte ihre wohlgemeinten Ratschläge für das junge Paar nicht zurück. Sie redeten Albrecht in alle Sachen hinein. Besonders wild wurde er, wenn es um seine Holzschneiderei oder um seine Malerei ging. Entweder sollte er zu Koberger gehen oder sich eine eigene Werkstatt einrichten. Sein Vater, sein Schwiegervater und Koberger schrieben ihm vor, was er machen sollte, und sagten immer wieder, bei seiner Jugend könne er vieles gar nicht wissen und er sollte froh sein, wenn ihn so gutmeinende Männer beraten würden. Immer und immer wieder hörte er von ihnen: «Nun hast du genug gesehen, jetzt bleibe im Lande und nähre dich redlich. Eigner Herd ist Goldes wert, jung gefreit hat nie gereut ...»

Hört doch endlich auf damit. Glaubt ihr denn, diese paar Jahre Wanderschaft reichen für ein ganzes Leben? Mit Wonne bediente er sich der Argumente seines Freundes Pirckheimer. Wie sollte ich in dieser kurzen Zeit alles sehen? Ich habe lediglich Geschmack an der Fremde gefunden, denn es wurde mir unterwegs klar, daß ich noch nichts weiß und noch viel weniger kann. Dürer merkte jetzt, daß ihm Willibald wirklich helfen wollte.

Das konnte er seinem Vater, seinem Patenonkel und den anderen nicht erklären. Ihm schwebte ein harmonisches Bild vom neuen Menschen vor, der seine Steifheit verloren hatte und der sich in seinen Proportionen genau berechnen ließ. Dieses, eine Art wissenschaftliches Zeichnen, hatte Albrecht auf Kupferstichen Mantegnas und Pollajuolos gesehen. Von ihnen hatte er sich ein paar Blätter aus Basel mitgebracht und sie seinem alten Lehrmeister Wolgemut geschenkt, der sie mit einem Kopfschütteln in die Hand nahm und nichts mit ihnen anfangen konnte. Ja, wenn es Schongauer gewesen wäre ...

Niemand merkte, wie verzweifelt Albrecht war. Niemand begriff seine Angst vor dieser Enge, die schändliche Selbst-

Mein Agnes
Zeichnung
1494

genügsamkeit der ehrenwerten Bürger wurde ihm zur Qual.
Wenn sie doch nur mit ihren Ratschlägen und dem Auf-ihn-
Einreden aufhören wollten. Am allerwenigsten konnte seine
kleine Agnes dafür. Sie ahnte nichts von dem Drang nach Vollkommenheit. Ein junges, unbedarftes Mädchen, das nicht lesen
und nicht schreiben kann, ein halbes Kind noch, und jetzt war sie
seine Frau, eine liebende Gattin, die ihn immer nur anlächelte,

weil sie sich auf elterliche Weisung dazu verpflichtet fühlte. Ach, Jüngferlein, von dieser Welt ahnst du noch nichts, kennst keine großen Freuden, schwärmst nicht von güldenen Ringen und Ketten, von keinem bunten Tand. Sei froh, du kennst die Seligkeit noch nicht, also werden dir auch Enttäuschungen erspart bleiben. Du wirst dich an so schlimme Dinge wie Kummer, Leid, Hunger und Not gewöhnen, als seien sie selbstverständlich.

Er zeichnet sein liebenswürdiges Schäfchen und stellt sie voller Anmut dar. «Mein Agnes», schreibt er mit Besitzerstolz aufs Papier. Anschließend schenkt er ihr einen Ring, mit dem sein Gemahl entzückt fortläuft, um die kleine Kostbarkeit ihren noch unverheirateten Freundinnen zu zeigen.

Ihre junge Ehe beginnt vor dem düsteren Hintergrund des großen Sterbens. Der schwarze Tod kommt nach Nürnberg. In einem Monat fordert die Pest zehntausend Opfer. Unter ihrer Herrschaft welken die Blütenträume der Jungvermählten. Männer mit schwarzen, über das Gesicht gezogenen Kapuzen sammeln die Toten ein. Diese schauerliche Ernte nimmt kein Ende. In den Häusern und auf den Straßen liegen die Leichen herum. Das Sterbeglöckchen hört nicht auf zu bimmeln.

Niemand konnte sich wehren gegen den Tod. Die Krankheit verschonte weder Greis noch Kind, so daß bald keiner mehr da war, der nach der Nacht die Fensterläden der aufgehenden Sonne entgegen öffnete.

Wie man sonst gewöhnlich sagte, dies sei ein gutes Erbsen-, ein gutes Gerste-, Hafer- oder Weinjahr gewesen, konnte man von diesem vierundneunziger Jahrgang behaupten, heuer haben wir ein vorzügliches Pestjahr. Das beste seit Menschengedenken. Frische Friedhöfe wuchsen neben der Straße in diesem schwarzen Frühling. Gräber blühten so häufig wie gelber Löwenzahn im maigrünen Gras.

«Herrgott, vergib uns unsere Sünden», beteten die Alten. Sie sprachen von Heimsuchung und mahnten zur Buße. Die Jungen aber waren anderer Meinung. Für sie gab es nur ein Mittel, dem schleichenden Tod zu trotzen: das Vergnügen. Trinken, Lachen und Tanzen. Fröhlichsein war ihr Rezept. Narren und Possenreißer die besten Doktoren. Freilich wurden auch manchmal die

Lehren Hippokrates' herangezogen oder die Avicennas oder Galens. Es gingen ja so viele im Irrgarten der Medizin spazieren. Entweder verteilten sie Pülverchen oder vertrösteten ihre Patienten mit der Astrologie. Mit einer hoffentlich bald günstiger stehenden Konstellation der Sterne redeten sie sich heraus.

Aber so lange, bis die Sterne günstig stehen, will Albrecht nicht warten. Während der Pestwoche in Nürnberg hat er schon drei seiner Brüder dahinsterben sehen. Da erscheint ihm die von Willibald vorgeschlagene Reise nach Venedig als rettender Ausweg. Er flieht vor dem Pesttod, denn er will leben.

Zuerst gelingt es ihm, seinen Paten Anton Koberger zu überreden, dieser Reise zuzustimmen. Sein gestrenger Herr Vater sieht es dann auch ein, daß sein Sohn studienhalber noch ein halbes Jahr Urlaub machen darf. Diese Großzügigkeit weiß Albrecht zu schätzen, und er verspricht dem Vater feierlich, wenn er gesund aus Welschland zurückkommt, in seinem Haus eine Malerwerkstatt zu eröffnen.

Am schwersten ist es, die Mutter von der Notwendigkeit der bevorstehenden Reise zu überzeugen. Vor ihren vorwurfsvoll blickenden Augen hat Albrecht die meiste Angst. In der Küche kommt es zu einem Auftritt. Barbara, die zweifellos zu Agnes halten muß, wirft ihrem Sohn vor, ein junger Ehemann dürfe seine Frau nicht gleich nach der Hochzeit verlassen. Besonders in solch schweren und unsicheren Zeiten nicht. Da wüßte niemand, was er bei seiner Rückkehr vorfände.

Doch auch die geliebte Mutter vermag nicht, ihn umzustimmen. Daß er fährt, steht nun fest.

Vom alten Herrn Hans Tucher, er ist in seinem vierundsechzigsten Jahr, holt sich der junge Maler einen Empfehlungsbrief für die Niederlassung der Nürnberger Kaufmannschaft in Venedig ab. Auch die Imhoffs geben ihm einen Brief an ihren Vertreter mit. Albrecht will Empfehlungen haben, je mehr, desto besser. Er will nicht ein unbekannter Irgendwer sein. Deswegen sammelt er die Fürsprache von geachteten Leuten. Und weil er schon halb beim Reisen in die Lagunenstadt ist, macht er sich erbötig, Post mitzunehmen, Geschäftsbriefe und auch weniger wichtige, die vielleicht an eine reizende Venezianerin adressiert sind.

Albrecht zeigt sich gern gefällig. Weil er ein kluger und um-

47

sichtiger Bursche ist, kommen die Kaufherren auch ihm entgegen. Sie gestatten ihm, eine sehr kostbare Sendung Tuche, Goldborten, Litzen und Bänder in den Süden zu begleiten, die über Ingolstadt, das Inntal hinauf und dann über die Schneeberge hinweg nach Bologna rollen soll. Albrecht, im Wandern schon erfahren, kennt die Vorzüge, aber auch die Nachteile einer solchen Reisegesellschaft. Da er aber gewillt ist, diesmal nicht mit so wenig Gepäck zu reisen, ergreift er die günstige Gelegenheit.

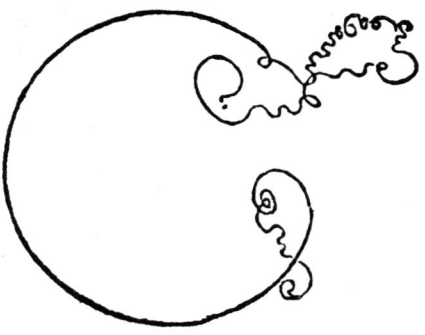

Innsbruck; Aquarell 1494

SECHSTES KAPITEL

Alle scheiden vom Liebsten, was sie besitzen.
Albrecht zeichnet viel
und widersteht allen Versuchungen

M frühen Morgen des zwölften Septembers knallen die Fuhrmannspeitschen über die festgezurrten Planen der fünf Rollwagen. Das Schreien der Knechte, die bis zuletzt noch zugeladen hatten, begleitet den Aufbruch, zu dem sich ein würdiges Publikum einfindet. Der Handelsherr selbst ist früh aufgestanden, sein Schreiber auch. Dann ist da noch eine Magistratsperson und der Goldschmied mit seiner Familie. Die da versammelt sind, scheiden vom Liebsten, was sie besitzen. Der Kaufmann schickt sein Geld auf Reisen, und es gibt nichts, was er lieber mag. Die Mutter nimmt Abschied von ihrem Sohn und Agnes von ihrem grad angetrauten Mann.

Die Ledereimer voll Wagenschmiere schlackern hin und her im Gleichmaß des Stapfens der Gäule. Mühsam bewegt sich die Kolonne die Straße hoch, das Gebirge hinauf, gen Seefeld, was schon im Land Tirol liegt.

Vierzehn Tage bereits war der Troß von Nürnberg unterwegs. Durchs Donauried sind sie gezogen, über aufgeweichte Wege bis Ingolstadt. Bevor sie nach Augsburg kamen, mußten sie zweimal durch Hochwasser. Von da ab ging es besser, zumal sie noch zusätzlich bayrische Knechte begleiteten, wehrhafte Kerle zum Schutz gegen die räuberischen Knappen des Bischofs von Freising.

Wüst waren die Handelswege, und allerlei Gestrauchelte trieben sich herum. Vagabunden, Bettelvolk und vereinzelt Glücksritter.

Dem Wagenzug voran schreitet Albrecht. Der Wind treibt ihm das falbe Laub ins Gesicht.

Sein Blick ist auf die sich steil auftürmenden Felsen gerichtet. Firnenglanz spiegelt sich in seinem Antlitz. Als sie ins Tal des Inns hinunterschreiten und ringsum die Kette der Alpenberge hoch aufwächst zu gewaltigen Wächtern der kaiserlichen Jagd- und Hofstadt Innsbruck, dankt Albrecht Gott für solch eine Schönheit, die er, um sie in seiner Erinnerung zu behalten, abkonterfeien möchte.

Da kennt Albrecht keine Hemmungen. Er nimmt Papier, Pinsel und Farben und setzt sich mitten unter das Volk auf die Straße und zeichnet die Häuser der Hofburg ab, in denen der Kaiser Maximilian wohnt. Das «goldene Dacherl», was ja sehr berühmt ist, auch, und zuletzt malt er, von Norden her über den Inn gesehen, das Panorama der Kaiserstadt Innsbruck mit dem schneebedeckten Patscherkofel im Hintergrund und den Stubaier Fernen.

Da, wo es schön war, gab's nur eine kleine Verschnaufpause. Der Oberroßknecht drängte seine Knechte zum Aufbruch. So liebenswert und gastlich sich Innsbruck und überhaupt das Land Tirol zeigten, in aller Früh sollte nun doch geschieden sein, wollte man den Brennerpaß noch bei einigermaßen günstiger Witterung überschreiten. Aus dem Süden eintreffende Wagen meldeten nichts als Nebel und Regen, aufgeweichte Straßen und über die Ufer getretene, reißende Bäche.

Also los, nur nicht gefackelt. Entschlossen ging's am Kloster Wilten und am Inselberg vorbei und dann immer die Sill aufwärts bis Matrei. Die sonst so brave und gemütliche Sill stürzte den Fahrenden entfesselt, donnernd entgegen. Auf hochschäumenden Wellen führte sie Äste und Strauchwerk mit.

Bei diesem Schauspiel bedauerte Albrecht, daß dicke Regenwolken die gewiß reizvolle Aussicht auf die Berge verhinderten. Das unwirtliche Gebirge und das schlechte Wetter trieb die Nürnberger an, riß sie vorwärts. Nur die Hoffnung auf den sonnenreichen Süden gab ihnen die Kraft, alle Strapazen zu ertragen. Es waren unerhörte Anstrengungen, denn manchmal mußte Albrecht mit anfassen und die Planwagen aus tiefen Pfützen oder Modderlöchern schieben. «Angefaßt!» hieß es, und dann zugleich geschoben.

Die körperliche Anstrengung verdarb Albrecht die gute Laune. Er wäre lieber freudetrunkenen Malerauges einhergeschritten, als schwitzend und keuchend die Wagen aus dem Dreck zu ziehen. Hinter dem Flecken Gries machte der Oberroßknecht den Maler darauf aufmerksam, daß sie sich hier auf der Wasserscheide zwischen Nord- und Ostsee und dem Mittelmeer befänden. Als sie dann oben auf dem Brennerpaß anlangten, riß die dicke Wolkendecke auf, und die Reisenden bekamen den strahlendsten Azur eines südlichen Himmels zu Gesicht. Auf dem Bergsattel stehend, nahm Dürer wahr, wie die Sill gen Norden floß und zu seinen Füßen der Eisack entsprang, der sich, behende über die Steine hüpfend, nach Süden wandte. Von nun an ging's bergab. Im Wasser des Eisack, der sie begleitete, wohnte eine Fröhlichkeit, welche die erschöpften Reisenden aufmunterte. Daß es nun besser ging, merkten auch die Gäule, die kräftiger ausschritten.

Rast machte die Wagenkolonne erst in der alten Bischofsstadt Brixen. Von dort aus fuhren sie weiter nach Klausen. Hier wurden die Pferde gewechselt und gleichzeitig das vom anstrengenden Kammweg strapazierte Geschirr ausgebessert. Der Oberroßknecht verordnete einen Tag Reparaturaufenthalt. Diese Zeit wollte Albrecht benutzen, um die Gegend auf seinem Zeichenpapier festzuhalten.

Er nimmt sich vor, von jetzt ab jeden Tag zu zeichnen. Zwei Stunden wenigstens will er das Gesehene in sein Skizzenbuch übertragen. Mit Papier, Tinte und Zeichenfeder wagt er sich hinauf in die Berge. Im «wälsch Gepirg» steigt er über schwindelnde Bergpfade hoch zur Kassiansspitze, weil er von ganz oben den besten Ausblick auf das anmutige Städtchen hat. Wie ein Vogel, der sich in die Lüfte aufgeschwungen hat, kommt er sich vor. Die Bürgerhäuser, die Kirchen und Burgen sind seinem Blick weit entrückt, so klein und winzig wirken sie, wie aus einer Nürnberger Puppenstube genommen. Er zeichnet den Eisack, die Brücke und das Stadttor mit dem langgestreckten Bau der Kapuzinerkirche dahinter. Dann den steilen Weg, der hinauf zum Kloster Säben führt, an Burg Branzoll vorbei und dem Schloß Fonteklaus. Dahinter wachsen Strich für Strich die Schluchten, bewaldete Hänge bis hoch zu den mit Schnee bedeckten Dreitausendern.

Er schreibt auf seine Zeichnung, daß die Felswände einen rötlichen Glanz haben und die Bäume mehr grau oder schwarz sind. Überhaupt fällt dem Nürnberger auf, daß in dieser Landschaft das Grün fehlt, das Grün seiner heimatlichen Pegnitzwiesen und das Blaugrün der fränkischen Landschaft mit ihren Hügeln und Wäldern. Von seiner Höhe herab beobachtet Albrecht, wie Bauholz den schäumenden Fluß hinunterschwimmt, lange Stämme, die ohne Befestigung im strudelnden Wasser treiben. Das Holz schießt herab und wird von geschickten Männern eingefangen und an der Klostermauer zum Trocknen gestapelt. Albrecht, selbst froh, wieder tätig zu sein, zeichnet ein genaues Bild der Landschaft mit ihren Menschen.

Nach dem Ruhetag setzte sich der Zug wieder in Bewegung. Immer dem Eisack nach. Hinter Bozen fließt er in die Etsch. Wo sich die beiden Wasser vereinigen, öffnet sich ein Tal voller Fruchtbarkeit. Auch hier fanden die Nürnberger Rollwagenkutscher die Dörfer menschenleer, die Türen in den Häusern standen offen, weil die Bauern auf den Feldern ernteten. Unter südlicher Sonne wuchs hier in Tirol ein starkknochiger Menschenschlag, bei welchem die Mannsleut Ohrringe trugen und Ketten mit Münzen über der Brust. Die blonden Weibsleut mit ihren breiten Gesichtern machten einen gutmütigen Eindruck. Was sich denn auch bestätigte. Sie waren herzlich und gastfrei.

Nach zwei Tagen kam endlich Trento in Sicht. Die erste wirklich südliche Stadt mit einem langgestreckten Dom, der schon von den Langobarden in grauer Vorzeit gebaut worden war. Vor dem Eingang bewunderte Albrecht zwei säulentragende Löwen, eine vierhundert Jahre alte Arbeit aus rotem Marmor.

Vergessen war die anstrengende Wanderung über die Alpen. Die Erinnerung an das Begehen eines zerklüfteten und unwirtlichen Gebirges bei Sturm und Regen verblaßte. Welche Lust war es, hier unten in einem von der Natur so überreich mit Schönheit ausgestatteten Lande zu leben. Selbst die Bettelmönche sprachen so geläufig von den Malern Fabriano, Masaccio, Mantegna und Bellini, als würde es für sie außer Gott und der heiligen Messe nichts Wichtigeres geben als die Kunst.

Wachen Auges genoß er seinen Aufenthalt in Trento. Der Empfehlungsbrief Imhoffs, des Bankiers, öffnete Albrecht die Tür der Lombardischen Handelsgesellschaft. Dürer hatte gut daran getan, seine Reise so gründlich vorzubereiten. Nun fühlte er sich auch sicher, so daß er dem Oberroßknecht ein «Auf

Wiedersehn» hinterherrief. Er ließ ihn mit seinen Planwagen weiter nach Bologna ziehen, indessen er sich noch ein wenig am milden Herbst des Alpenvorlandes erfreuen wollte.

Nachdem er bei der Lombardischen Gesellschaft geregelt hatte, daß sein Gepäck nach Venedig kam, reiste Albrecht nach Riva. Er wandelte dort unter Arkaden am Hafen und bestieg die Bastion der Scaliger «la rocca». Von der Burg genoß er den überwältigenden Ausblick über den Gardasee. Zeichnend nahm er das für ihn neue, bisher noch nie geschaute Bild dieser Landschaft in sich auf. Er zeichnete auch die Burg des Grafen Arco, wie sie sich über die zum Kastell gehörigen Olivenhaine erhob. Später versah er dann das Blatt mit einem Hauch von Farbe. Mit weichem Marderhaarpinsel malte er auch das Töchterchen des Grafen. Er schenkte das gelungene Porträt seinem Gastgeber, und die Welschen schenkten ihm dafür ihr Wohlwollen. Das waren Gaben zur beiderseitigen Zufriedenheit.

Dieses leichte Leben an den südlichen Hängen jenseits der schrecklichen Berge erfaßte Dürer wie ein Rausch. Tagsüber trug er die Landschaft mit ihren Bauwerken und Menschen in sein Skizzenbuch ein, abends tranken sie den guten Kalterer, einen

53

vorzüglichen Tiroler Landwein, aßen Schnecken und Fasanen, schmausten diese herrlichen Gerichte in altrömischen Thermen oder wallfahrteten zur Casa Catullo, zu jenem sagenumwobenen Haus, in dem sich der berühmte römische Dichter aufgehalten haben sollte.

In diese Tage, erfüllt mit Freude, drang freilich kein Gedanke an Pest und Tod, an die Krankheit, die zu Hause wütete. Nur einmal am Tag, wenn vom Turm die Glocke zum «Ave» geläutet wurde, gedachte Albrecht als braver Sohn seiner Mutter Barbara und manchmal auch Agnes', des jungen Mädchens, das er als junge Frau einsam zurückgelassen hatte.

Albrechts Anpassungsgabe und sein Lerneifer brachten ihn dazu, sich rasch mit den Fremden und ihrer Sprache zu befreunden. Auch daß er auf seinen früheren Wanderungen etwas Latein gelernt hatte, machte ihm das Parlieren leichter.

Es mangelte Albrecht keinesfalls an lockenden Angeboten, in Trento zu bleiben. Doch widerstand er allen Versuchungen, weil er Willibald versprochen hatte, nach Venedig zu gehen. Sie war die Mutter aller Kaufmannsstädte, mit ihrem weltoffenen Hafen. Auf diesem größten Markt traf sich das Morgenland mit dem Abendland, und Dürer war ausgezogen, Kunst und Leben dieser Stadt zu studieren.

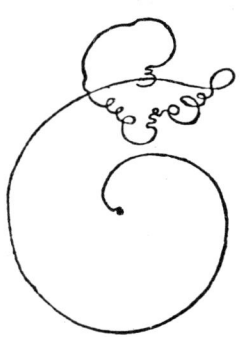

SIEBENTES KAPITEL

Einer Berühmtheit wird eine Lektion erteilt.
Dürer muß schöne Damen studieren und entdeckt,
wonach er suchte

ENEDIG — das war ein Zauberwort. Venedig, das hieß Reichtum und Macht, das waren Glanz und Luxus. Hier trafen alle Handelsstraßen und Seewege der Welt zusammen: aus Antwerpen, Athen und Alexandria, aus Tunis und Stockholm, aus Zypern, Kreta und Sizilien, aus Brüssel, Basel und Brabant. Die Stadt war das Zentrum des Handels und eine Metropole der Wissenschaften und der Künste. Von hier gingen neue Gedanken und Impulse aus, die Anregung waren für die Kunst des alten Erdteils.

Hier in Venedig, aber auch in Padua, Florenz und in Bologna, in ganz Italien hatte man etwas lange in Vergessenheit Versunkenes wiederentdeckt: sich selbst, den Wert der eigenen Gedanken und Gefühle.

Mathematik und Medizin, Physik, Geographie und Astronomie hatten die Dumpfheit und Mystik des Mittelalters verdrängt. Neue Instrumente wurden gebaut und bisher unbekannte Erdteile auf den Karten verzeichnet. All die neuen Entdeckungen wurden von Menschen gemacht, sie veränderten damit ihre Verhältnisse und sich selbst.

Das machte sie stolz und selbstbewußt. Und so sollte der Mensch auch dargestellt werden. Maler, Bildhauer und Dichter entdeckten dieses neue Bild in der Kunst längst verschollener Zeit: in der Antike.

Die Architektur der Griechen, ihre Plastiken und Heldengesänge lehrten sie: Der Mensch ist das Maß aller Dinge.

Vergessene Manuskripte wurden wiederaufgefunden über die hohe Kunst, die Gestalt des Menschen und seine Maße richtig darzustellen, so wie man ihn jetzt sah, voller Kraft und Selbstbewußtsein, voller Schönheit und Harmonie. Das Menschenbild der Antike, ja der Mensch selbst war wiedergeboren worden.

Auf Niegeschautes, auf eine Augenweide des Glücks und des Glanzes bereitete sich Albrecht vor seinem Einzug in die Lagunenstadt vor. Doch was er sich auch Wunderbares vorstellte, seine Erwartungen wurden weit übertroffen. Diese von allen Land- und Hafenstädten vielleicht erstaunlichste Stadt lag, von Wasser umgeben, mitten im Adriatischen Meer. Eine mächtige Flotte schützte den Reichtum der Bürger. Über den Dächern blinkten die kupfernen Kuppeln von San Marco so blank wie reines Gold in der Sonne, glitzerte die filigrane Fassade des Dogenpalastes wie kostbare Spitze an der Halskrause einer schönen Frau. Die ruhigen Wasser des Canale Grande wurden von Gondeln und Lastkähnen durchzogen. Vor San Giorgio und der Riva degli Schiavoni lagen Tausende von Kriegs- und Handelsschiffen.

Dem jungen Mann aus Deutschland war so feierlich zumute, als betrete er den Mittelpunkt der Erde, einen dem Geld geweihten Platz, in dem alle Handelsstraßen mündeten und von dem aus alle Wege fortführten bis in die entlegensten Winkel der Welt. Welch eine Geschäftigkeit. Er ließ sich von der bewegten Menge treiben. Durchgangsstelle für den breiten Fußgängerverkehr war die holzgedeckte Rialtobrücke. Ein Nadelöhr für Händler und Gewerbetreibende. Sie war so eng, daß nie mehr als ein Wagen die Brücke befahren konnte. Nicht weit davon lag das «Deutsche Haus», die Fondaco dei Tedeschi.

Die Fondaco bestand aus einem Verwaltungsgebäude und einem Lagerhaus, das zwei große Höfe umschloß, auf denen die Waren lagerten. Es war die Niederlassung aller deutschen Geschäftshäuser. Die der Imhoffs, der Fugger, der Welser und Tucher. Der Baumgärtner und Hirschvogels, der Brandstners und Hellers aus Frankfurt. Wenn diese Filialen nicht persönlich durch den Senior des Hauses vertreten waren, dann durch Söhne, Verwandte oder solche geschäftsfähige Personen, die «Prokura» besaßen. Meist wurde diese deutsche Handelsvertretung von Nürnbergern oder allenfalls von Augsburgern geleitet. Wer eben das meiste Geld besaß, hatte die gewichtigste Stimme. Die Vorsteher kommandierten alle Wagenkolonnen, Postreiter und Kuriere.

Mit seinem Empfehlungsbrief von Imhoff mußte sich Albrecht zuerst im Kontor melden. Sein besonderes Glück war, daß der augenblickliche Vorsteher der Fondaco, Asmus Griesbach, ein besonders kunstfreundlicher Kaufmann war, der ihn zu Meister Antoni Lyco, einem Nürnberger, ins Quartier gab. Dieser Signore trug nur den Venezianern zuliebe einen fremdländischen Namen, auf gut fränkisch hieß er Anton Kolb.

Messer Antoni trug eine venezianische Kappe, unter der seine langen Locken hervorquollen. «Bon giorno, va bene?» hieß er seinen Nürnberger Landsmann willkommen. Der Signore parlierte lieber welsch als deutsch. «Wie gefällt dir mein Venedig?» fragte er Albrecht.

Solche Frage mußte Dürer als Prahlerei aufnehmen. Sein Venedig, wie das klang! Doch antwortete er bescheiden: «Es ist sehr schön hier, mein Herr.» Er war eben noch sehr schüchtern.

An diese Prahlsucht mußte sich Albrecht erst gewöhnen, sich mit den Übertreibungen erst abfinden. Er bemühte sich um Anpassung an das so völlig anders geartete Leben. Der Glanz und der Reichtum der Lagunenstadt blendete seine Augen. Jedoch mit der Zeit rissen ihn die Feste und das Fröhlichsein, das Schmausen, das Trinken und der Tanz mit den schönen, lebenslustigen Damen mit. Er konnte gar nicht anders, als Teilhaber dieser Freuden zu werden.

Vor den Tavernen, den Speisehäusern, türmten sich Berge von süßem Rosinenbrot. Wildenten und Bekassinen aus dem Sumpf- gebiet vor der Stadt boten, mit vielen Früchten garniert, ein appetitliches Bild, Fische jeder Art und Größe und anderes Meeresgetier — Muscheln und Krabben sowie gepanzerte Hum- merkrebse —, Pistazienpasteten und Zuckerwerk, in Nürnberg ein teurer Artikel. Hier wurden kandierte Mandeln so wohlfeil verkauft, daß Albrecht sich daran gründlich satt essen konnte.

Der Palazzo des Tuchmachers und Spitzenhändlers Antoni Lyco hielt seine Pforten immer für Künstler geöffnet. Der Deutsche mit dem italienischen Namen verkehrte aber ebensooft und ungeniert bei den Nobilis, den ehrwürdigen und adligen Familien der Grimaldis, bei den Stenos und den Angelis, wie sie zu ihm kamen.

Gleich beim ersten Fest im Hause Lycos lernte Albrecht den gefeierten Künstler Venedigs, Meister Gentile Bellini kennen, der neben Carpaccio der bekannteste Maler am Ort war. Für den

jungen Dürer war es eine große Ehre, dieser Berühmtheit vorgestellt zu werden. Albrecht verbeugte sich achtungsvoll,
während Bellini ihm wie beiläufig seine Hand überließ. Er hatte
seinen Kopf den andern Gästen zugewendet, die auch den Meister
sprechen wollten.

Reden jedoch konnte Albrecht in dieser Sprache noch nicht. Er
hielt nur die Hand fest, als wäre sie etwas Besonderes.

Bellini stutzte. «Ein Deutscher?» fragte er Lyco.

«Ein Maler, Maestro, mit den besten Empfehlungen.»

Die Berühmtheit hörte belustigt zu. »Einen deutschen Maler
kann ich mir nicht vorstellen, verzeiht», sagte er und versuchte
ein Lachen zu unterdrücken.

Ob er wollte oder nicht, Signore Lyco übersetzte es, und was
er sagte, hörte sich in Albrechts Ohren wie eine Herausforderung
an. Die wollte er annehmen. «Ich würde dem verehrten Herrn
gerne zeigen, was ich kann, wenn er erlaubt, mir einen Pinsel und
Tinte holen zu dürfen», sagte er und verbarg seinen Groll, indem
er Bellini zulächelte.

Die Gäste horchten auf. Dieser junge Mann mit der steifen,
ungehobelten altfränkischen Tracht wollte dem ungekrönten
König aller Maler eine Lektion erteilen? Das konnte ja lustig
werden.

Die Gäste beeilten sich, Bellini die ungehörige Antwort des
Deutschen zu übersetzen. Was hat er gesagt? Mir etwas vorzeich-
nen? Jetzt nahm sich der große Meister überhaupt erst die Mühe,
den jungen Mann genauer anzusehn. «Wenn er will, soll er zeigen,
was er kann», sagte der Venezianer. Albrecht hielt seinem Blick
stand und wartete so lange, bis ein Diener seine Pinsel, die Tinte
und das Papier gebracht hatte.

Es sollte ja nur ein Spaß sein. Viele Gäste glaubten sogar, der
gastfreundliche Herr Lyco hätte diesen Scherz zur Erheiterung
seines Besuches eigens arrangiert. Wie lustig!

Im Mittelpunkt der Aufmerksamkeit so vieler aufgeputzter
Venezianer zu stehen machte Albrecht zunächst verwirrt, dann
aber sagte er sich, denen werde ich es zeigen.

Mit Bedacht nahm er sich den feinsten seiner Marderhaarpinsel
heraus mit einer unglaublich feinen Spitze, dann verbeugte er sich
vor Bellini und bat um eine Aufgabe. Dem großen Meister dauer-

ten die Vorbereitungen schon zu lange, außerdem wußte er immer noch nicht, ob es Scherz oder Ernst war. Nur aus Galanterie und ohne sich etwas dabei zu denken, deutete er auf die Dame des Hauses, die auch gleich errötete.

«Wenn Ihr auch nur einen Hauch der Grazie dieser Dame trefft, junger Mann, will ich Euch loben.»

Verlegen schaute Signora Lyco auf Albrecht, der ebenso überrascht war wie sie. Da nun alle auf seine Zeichnung warteten, zögerte er nicht mit dem Anfang. Er suchte sich einen Hocker, faltete sein Papier und zog zur Überraschung der Anwesenden mit seinem Pinsel haarfeine Striche. Damit legte er zunächst das Gewand an. Mit ein paar Schraffuren stellte er die Dame in den Raum. Locken fielen auf ihre Schultern, dann der Kopf, die Stirn — jetzt verzeichne dich nur nicht, dachte er —, Nase, Mund, Kinn und Augen deutete er nur an. In zehn Minuten beendete er die Zeichnung und überreichte sie dem Meister.

Der war ein gefürchteter Kritiker, verzog aber keine Miene. «Wenn Ihr wollt, könnt Ihr morgen schon in meiner Werkstatt anfangen», sagte er zu Lyco, der es übersetzen sollte. Bellini fügte noch hinzu: «Darf ich dieses Blatt mitnehmen, Deutscher? Ehrlich gestanden, so feine Striche habe ich in meinem ganzen Leben noch nicht gesehen.»

Gern überläßt Albrecht dem Meister die Zeichnung. Er ist gerührt über soviel Lob aus berufenem Munde. Bravo! Um den Nürnberger drängen sich jetzt die Gäste, alle wollen seinen Marderhaarpinsel sehn mit der unglaublich feinen Spitze, die fast unsichtbare Striche auf das Papier zaubern kann, so dünn. Dafür wird der Deutsche fortan bekannt werden.

Bei Signore Lyco versammelt sich die Blüte der venezianischen Republik. Schiffskapitäne, Dichter, Kaufleute und ritterliche Kavaliere.

Im Mittelpunkt seiner abendlichen Gastereien steht die gebildete Unterhaltung. Ein Schiffskapitän aus Famagusta auf Cypros erzählt Wunderdinge aus Arabien. Von vogelköpfigen Göttern der Ägypter berichtet er und von den Tempeln in Luxor.

Für Venedig ist das wellenbewegte Meer die Spenderin aller Weisheit und allen Reichtums. Auf den bunten und gebuckelten

Fayencen, die in Urbino und Faenza hergestellt werden, sind Muscheln, Seepferde und Delphine dargestellt, wie sie Fortuna in einem perlmuttschimmernden Wagen über schaumgekrönte Wellen ziehen.

Albrecht konnte keinen besseren Führer durch Venedig finden als seinen Landsmann Antoni Lyco. Er mußte bald erkennen, daß Lyco nicht nur ein einfacher Tuchhändler war, sondern daß er sich mehr als Forscher und Wissenschaftler fühlte. Er ließ Landkarten drucken, deswegen fesselten auch diesen deutschen Signore nichts mehr als Berichte von neuentdeckten Ländern, wie die portugiesischen Provinzen in Afrika, Senegalien und Angola. Man hörte soviel von den sagenhaft reichen Ländern am Kongofluß, über die bisher noch nichts bekannt war.

«Wie die Welt aussieht, das müßte man in eine maßgerechte und kunstvolle Perspektive setzen, eine Landkarte, in der sich die Menschen zurechtfinden können», sagte Signore Lyco.

«Wozu?» fragte Albrecht mißtrauisch. «Wozu brauchen wir Land- und Wegekarten, wenn uns die Schutzengel, welche der liebe Gott uns sendet, viel besser und viel sicherer ans Ziel bringen als jede Aufzeichnung, und wenn sie noch so genau ist. Am Segen der Heiligen sollte uns mehr gelegen sein.»

Dazu hatte Signore Antoni eine andere Meinung. «Ohne die genaueste Messung wirst du auch nicht mit den erprobtesten Engeln zum Ziel kommen», sagte er. Für ihn bestand die Welt nur aus Proportionen und genauen Zahlen, die sich berechnen ließen.

Mit der ihm eigenen hartnäckigen Verbissenheit verfolgte Signore Lyco den Plan, ein originalgetreues Abbild der Stadt Venedig zu schaffen. Aus der Vogelperspektive gesehn und fein beobachtet, gezeichnet und dann in Holz geschnitten, so stellte er sich das vor. Mit dieser etwas heiklen Arbeit, denn dieses Werk sollte einen Umfang von mindestens zwei Metern Breite haben, war von Signore Lyco der Maler Jacopo de' Barbari beauftragt. Da dieser nicht so recht weiterkam, mußte der Tuchhändler die Anwesenheit des im Holzschnitt so bewanderten Dürers als Glücksfall betrachten. Er beeilte sich deshalb, Albrecht mit Meister Jacopo bekannt zu machen, nachdem er ihm einen ansehnlichen Verdienst in Aussicht gestellt hatte.

Geldverdienen konnte niemals schaden, sagte sich Albrecht. Zumal es ja so bequem war, denn er konnte im Haus arbeiten. Auch gefiel Albrecht der venezianische Maler. Meister Jacopo mochte ungefähr Mitte Vierzig sein. Er war in Venedig nicht ganz so berühmt wie die Brüder Bellini oder Carpaccio, doch hatte er schon so manche Kapelle ausgemalt.

Beim Arbeiten verstanden sie sich ganz gut, der junge Deutsche und der Venezianer, zumal Jacopo etwas deutsch sprach. Als erstes einigten sie sich darüber, daß dieser Riesenholzschnitt mit sechs Druckstöcken zu drucken sei.

«So große Formate werden in Deutschland wohl nicht gedruckt?» fragte Jacopo und sah Albrecht erwartungsvoll an.

«Nein, so große nicht», antwortete Dürer. «Allerdings verlegt mein Pate Bücher, die über zwei Quart groß sind. Das sind natürlich alles Handabzüge.» Albrecht meinte damit die Weltchronik, die mit ihren farbigen Illuminationen größer als alle anderen Bücher war.

Jacopo zeigte ihm das für Fremde nicht auffindbare Venedig. Die Häuser der Levantiner oder das Viertel der Griechen mit der orthodoxen Kirche.

«Die Welt lebt bei uns in Venedig», sagte Jacopo stolz, «Slowenen, Griechen, Muselmänner, Deutsche, Franzosen und Spanier. Unsere Kaufleute kommen mit jedem aus.»

«Wenn ich mich nicht irre, möchte Signore Lyco diese Weltoffenheit und Vielfalt auf seiner Karte angedeutet haben», sagte Albrecht nachdenklich. «Nicht nur alle Straßen, Plätze und Häuser, sondern auch den Reichtum der Bewohner und ihre Großzügigkeit.»

Der Venezianer winkte ab. «Das ist einfacher darzustellen, als du glaubst, Deutscher. Bitte — laß den Meeresgott seine Schätze der Stadt darbringen, oder Merkur. Aus allen Himmelsrichtungen blasen Engel unseren Schiffen den Wind in die Segel. So etwas bringe ich gern und sooft du willst», sagte Jacopo.

Was der Maler sagte, war nicht ganz im Sinne des Auftraggebers. Nach Signore Lyco sollte die Karte von Venedig praktischer aussehen. Am Rand sollte vermerkt sein, wie viele Seemeilen die Kapitäne bis Alexandria segeln mußten oder wie weit es nach Paris war, in welchen Monaten die Wagenkolonnen am

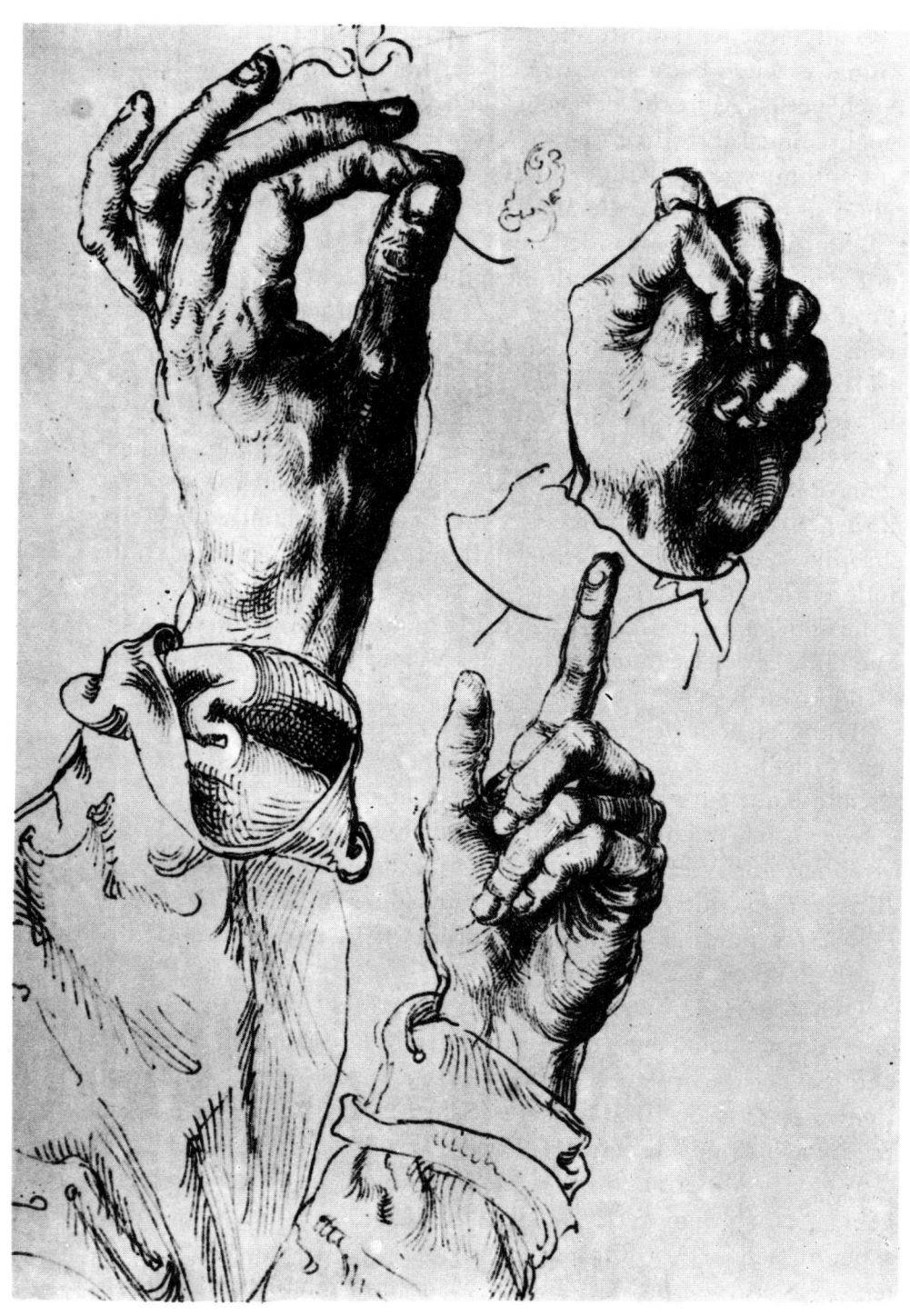

Studienblatt mit drei Händen; Federzeichnung 1494

sichersten fuhren, und was es an praktischen Ratschlägen noch gab.

Das verstieß gegen de' Barbaris Ehr- und Schönheitsgefühl als Maler. Als Zumutung empfand er es, denn er wollte allegorische Figuren darstellen, wie das dann allerdings in Holz geschnitten aussah, war eine andere Frage.

Nun konnte Albrecht zeigen, was er konnte. Mit seinem Messer riß er so feine Linien in den Holzstock, daß Jacopo an Hexerei glaubte, wenn er es nicht mit eigenen Augen gesehen hätte.

Diese genaue Darstellung der Stadt Venedig war etwas nach Signore Lycos Geschmack. Entzückt betrachtete er die wie mit einem Lineal gezogenen Striche. Phantastisch. Dürers Linien waren so leicht und duftig. Sie ließen alle Schwere des Holzschnitts vermissen. Und wie genau sie Straßen und Plätze zeigten. Sogar einzelne Tavernen waren noch gut erkennbar.

Auf solch einen Nürnberger war der Tuchhändler stolz. Als er den Holzschnitt gesehen hatte, durfte ihn Albrecht als Herr Kolb anreden. In dem Überschwang seiner Begeisterung ging Anton Kolb zu den Bellinis und zeigte ihnen die Arbeit seines Landsmannes.

Natürlich, Gentile Bellini erinnerte sich an den dreisten Zeichner, der eines Abends bei Lyco seine Anerkennung herausgefordert hatte. «Zweifellos ein Talent», sagte er zu seinem Bruder Gian, «aber nicht mein Geschmack. Ich mag diese deutsche Genauigkeit nicht.» Dennoch baten die beiden Brüder Albrecht zu einem Besuch. Er solle nur kommen und seine Arbeiten mitbringen.

Nur nichts Unfertiges vorzeigen, dachte Dürer. Albrecht hatte kein gutes Gefühl dabei, als er sich von Jacopo überreden ließ, auch die beiden letzten Holzschnitte, die er für Signore Antoni als Bravourstückchen geschnitten hatte, den beiden Kunstpäpsten Venedigs vorzuzeigen.

Beide Brüder stammten aus einer Malerfamilie. Sie galten als strenge Richter. Die Begabung der beiden lag auf recht unterschiedlichen Gebieten. Obwohl sie unverwechselbare Arbeiten vollbrachten, wetteiferten sie gegenseitig um ihre Vervollkommnung. Während Gentile, der übrigens auch ein erfolgreicher Münzen- und Medaillenschneider war, sich mehr der epischen Breite großflächiger Historienbilder zuwandte und dabei nicht unwesentlich den jungen Carpaccio beeinflußte, war Gian viel warmherziger und eher poetischer Natur. Der jüngere Gian hatte es in der strengen Zucht seines Vaters nicht ausgehalten, er war zu Mantegna nach Mantua gegangen, in dessen Werkstatt er dann weiterarbeitete. Erst nachdem der Vater gestorben war, kehrte der Sohn in das väterliche Haus nach Venedig zurück. Im Gegensatz zu dem ein wenig aufgeblasenen Gentile war Gian Bellini ein beliebter Lehrer, der großen Zulauf von jungen Talenten hatte. So befand sich unter seinen Schülern auch ein siebzehnjähriger Bursche, der sich Tizian nannte.

Albrecht klopfte zur verabredeten Stunde an die Tür des Palazzos. Ein Diener öffnete und führte Dürer in eine mächtige Eingangshalle. Eine hohe Flügeltür führte in das Atelier von Gentile. Dort arbeiteten eine Menge Gehilfen an unfertigen Bildern. Einzig der Meister behielt die Übersicht über dieses Durcheinander. Kahlköpfig stand der fast Siebzigjährige vor dem Nürnberger. Diesmal beeindruckte er Albrecht noch mehr. Er wirkte auf ihn wie ein Nobili, ein Senator der Kunst mit seinem perlengeschmückten Wams.

Gentile begrüßte seinen Besuch mit Herablassung und trug dem Diener auf, seinen Bruder herüberzubitten.

Als Gentile mit edelsteinberingten Fingern Dürers Zeichnungen in die Hand nahm, vergrößerte sich Albrechts Respekt vor dem alten Meister noch, der wie ein Fürst auftrat.

Wohlwollend äußerte sich Gentile über Albrechts Strich. Er lobte die Feinheiten seiner Zeichnungen. Weniger angetan war er von den getuschten Landschaften und den Städtebildern. Ausgesprochen mürrisch legte er sie, ohne ein Wort zu sagen, beiseite, um sich mehr mit den neuen Holzschnitten zu beschäftigen. Da sie so unglaublich fein und so präzis geschnitten waren, ließ sich Gentile von seinem Diener ein Vergrößerungsglas bringen, um die Arbeit genau anzuschauen.

«Hast du Signore Giovanni Bescheid gesagt?» fragte er den Diener, durch die Lupe blinzelnd und über das Blatt gebeugt. Es blieb offen, ob er die hinter seinem Rücken gestammelte und mit einer Verbeugung verbundene Bejahung verstanden hatte.

Nach längerer Prüfung wandte er sich an den Nürnberger. Dürers Aufwand an minutiöser Arbeit schien dem Venezianer

Selbstbildnis; Gemälde (alte Kopie) 1493

in keinem Verhältnis zum Ergebnis zu stehen. «Ich bin verführt, mehr Euren Fleiß zu bewundern, Signore, als das dadurch herausgekommene Kunstwerk selbst. Dennoch geben mir die Arbeiten Auskunft über Eure rechtschaffene und gottesfürchtige Gesinnung. Ich erfahre daraus jedoch leider nicht, wie nun eigentlich die Welt bestellt ist. Eure Technik ist verblüffend, und wer nur darauf sieht, wird sich an Euren Blättern sicherlich erfreuen.»

«Gewiß irrt sich hier mein gestrenger Herr Bruder, nur Mut, junger Mann, und nehmen Sie das nicht zu ernst», rief der eintretende Gian. «Ich kenne den alten Nörgler schon über sechzig Jahre und weiß deshalb, er nimmt es immer sehr genau. Ärgert Euch also nicht.» Er lachte und reichte Albrecht die Hand.

Die beiden Brüder Bellini waren wirklich sehr unterschiedlich. Gians freimütigem Auftreten fehlte jede Übertreibung. Angezogen wie ein Handwerker, trug er eine schlichte Kappe auf seinem kurzgeschnittenen, glatten Haar. Sein Rock war einfach, ohne auffallende Muster. Auch in der Beurteilung der Dürerschen Arbeiten ging die Meinung der beiden Brüder auseinander.

Während Gentile sie als etwas Fertiges betrachtete, sah Gian mehr darauf, was aus ihnen einmal werden könnte. Vor allem spürte der Jüngere darin die ganze Hingabe eines jungen Malers an seine Kunst. Was den venezianischen Meister besonders berührte, war, daß der ehrliche Deutsche unter eine Zeichnung, eine thronende Maria, geschrieben hatte: «Das hat Hübsch Martin gemacht.» So blendend es auch gezeichnet war, nicht er, sondern sein über alles verehrter Martin Schongauer war der Schöpfer dieser Maria. Solch demütig bescheidene Haltung ist hierzulande selten, dachte Gian, denn wenn so ein Schüler aus der Lehre kam, tat er nichts Eiligeres, als sich in seinem Namenszug zu üben, hinter den er dann sein «facit» setzte.

So ganz unrecht hatte der ältere Gentile allerdings nun auch nicht mit seiner Kritik. Auch Gian stellte fest, daß in Dürers Holzschnitten die Welt noch fehlte, ihre Beschaffenheit und das Neue, was man die Wiedergeburt der Antike nannte, wo der Mensch das Maß aller Verhältnisse war und alle Gegenstände, Bäume, Häuser, Sterne und Architekturen, maßvoll auf ebendiesen Menschen abgestimmt. Aufmerksam betrachtete Gian die

Zeichnung des nackten Bademädchens aus Basel. Ansätze waren also schon vorhanden. Er lobte Albrechts Kühnheit, obwohl ihm diese Nacktheit zu grob und zu natürlich zu sein schien und keinesfalls Verwandtschaft mit den schöngeistigen Liedern Catulls aufwies.

«Der junge Mann, scheint mir, braucht nichts anderes als Bildung und noch ein bißchen Übung», sagte Gian. «Soll er sich mehr in der Welt und ihren irdischen Dingen umsehn, denn nicht nur der Himmel muß uns interessieren, sondern auch das Leben hier unten auf der Erde, denn wir essen und trinken, lieben, lachen und weinen hier – das müssen wir malen! Die Straßburger Engel kennt er nun, jetzt muß er das Leben, jetzt muß er unsere schönen Damen auf der Riva piacetta studieren!» rief er gutgelaunt aus und ließ feurigen Wein kommen, der auf der Lava rund um den Vesuv gewachsen war. «Versucht erst mal diesen Tropfen. Er wird Euch bekommen. Hinterher habe ich eine lohnende Aufgabe für Euch», sagte Gian zu Albrecht, «der Wirt vom Salvadego auf San Marco nämlich hat bei mir eine Speisekarte bestellt. Sie soll die Gäste anziehn, sozusagen etwas Außergewöhnliches darstellen. Nun, jedermann in Venedig kennt meine Handschrift, bei mir kommt nichts Außergewöhnliches mehr heraus. Mein lieber Deutscher, Ihr seid doch neu, wenn Ihr sie entwerft, garantiere ich Euch, wird Euch dafür Signore Carducci fürstlich belohnen. Dort gibt es ein herrliches Essen, laßt mich nur machen, Ihr werdet es nicht bereuen. Das ist ein Auftrag, junger Mann, den ich Euch hiermit übergebe!»

Der Nürnberger nahm diese neue Arbeit mit einer Verbeugung an. Gern, Signore, und er stößt mit Gian darauf an, daß er nie arbeitslos wird. Als er dann spät am Abend mit seiner Mappe unter dem Arm in sein Quartier zu Signore Lyco schaukelt, hat er das Gefühl, den Abend bei nützlichen Gönnern verbracht zu haben. Er will sich der Freundlichkeit Gian Bellinis wert erweisen und Carducci, dem Wirt des Salvadegos auf San Marco, eine Speisekarte entwerfen, wie Venedig noch keine gesehn hat.

Am nächsten Morgen ist sein erster Gang zum Markt an der Riva. Nicht wegen der schönen Damen, die zu studieren ihm Gian Bellini empfohlen hatte – Albrecht nannte ihn immer «Sambelli» –, sondern er wollte nach der Natur Fische zeichnen.

Krebse, Krabben und Hummer, Krammetsvögel, Wildenten, persische Hühner, Hasen und Steinböcke, alles, was angeboten wurde, alles, was er sah.

Bevor er jedoch an die Arbeit ging, erkundigte er sich nach den üblichen Formaten solcher Speisekarten. Er suchte Gaststätten auf wie den «Goldenen Löwen» oder das «Lamm Gottes». Was er dort sah, befriedigte ihn nicht. Schließlich kam er auch zu Venedigs berühmtester Mittagstafel Campana am Rialto. Dort sah die Speisekarte wie eine Einladung zum Karneval aus, so bunt und witzig bebildert. Auf den schön gedruckten Seiten jagten die Tiere ihre Verspeiser. Der Zeichner hatte eine lustige Jagd auf den Kartenrand gezaubert. Die Hasen fingen die Jäger im eignen Garn.

Allerdings sind Schmausen und Zeichnen zweierlei Dinge. Sosehr sich Albrecht auch müht, Meerestiere oder andere Delikatessen aufs Papier zu bannen, es mißlingt. Einen Hummer zeichnet er, den Ritter aus den Wassern der Adria, als gepanzerten Reisigen, bösartig und raubgierig, jedoch keineswegs appetitlich. Die Krabbe dagegen nimmt er mit dem Pinsel auf. Leicht und duftig malt er sie, vorwiegend ocker oder hellgelb, fast weiß mit ein wenig Rosa. Das Kriechtier des Meeres erhält so etwas Gewichtsloses und Schwebendes. Was im Wasser des Adriatischen Meeres schwimmt, sieht Albrecht auf dem Markt. Muränen, Plattfische und Welse liegen in Körben. Seeigel und Seesterne gibt es kistenweise. Er mag die Leckerbissen so echt und natürlich zeichnen, es wird immer etwas anderes. Keine Nahrungsmittel, bei deren Anblick dem Schlemmer das Wasser im Mund zusammenläuft, sondern unheimliche, höllische Wesen, richtige Untiere, die den heiligen Antonius plagen könnten, aber niemals zum Essen taugen. Der junge Deutsche kennt eben diese «Früchte des Meeres» noch nicht. Auf seinem ersten Entwurf für die Speisekarte sehen sie ihn mit tückischen Augen an. Das ist keine Aufforderung zum Essen, sondern das Eintrittsbillett für eine Folterkammer.

Es ist zum Verzweifeln, auch der zweite Entwurf dieser Art mißlingt. Signore Lyco, der sieht, wie sich sein Landsmann abquält, schlägt Albrecht vor, diese Ungeheuer erst einmal zu essen, bevor er sie zeichnet. Sie schmecken gut, und wenn er auf den Geschmack käme, würde er diese venezianischen Spezialitäten mit andern Augen betrachten. Der Nürnberger spricht aus eigener Erfahrung.

Und wie recht er hat. Zwar kostet es Albrecht zunächst Überwindung und einen schönen Batzen Geld, denn auch in der Lagunenstadt sind die einheimischen Leckerbissen teuer. Dann kommt es aber über ihn. Er entdeckt auf diese Art eine neue Küche, er kostet Genüsse, die bislang seinem altfränkischen Gaumen fremd gewesen sind. Und er ist begeistert. Fortan wird Albrecht leidenschaftlich an den welschen Gewürzen hängen, und er wird sie nie mehr missen mögen.

Nun braucht auch Signore Carducci nicht mehr länger auf seine Speisekarte zu warten. Albrecht fühlt sich beschwingt, und ihm gelingen einige anziehende Blätter. Da seine Aufzeichnung von Leckereien wirklich etwas Besonderes ist, erhält .der Maler in Carduccis Lokal einen Freitisch.

Nun begann eine glückliche Zeit, in welcher zwei Entwürfe für die heilige Katharina entstanden. Seine Heilige war genauso angezogen wie die venezianischen Damen, die auf der Riva herumflanierten. Außerdem wurde Dürers Arbeit für Carducci ein solcher Erfolg, daß auch andere Gastwirte bei ihm Speisekarten bestellten. Albrecht sah sich von Aufträgen überhäuft. Er verdiente Geld, viel mehr als damals in Basel, was ihm nur recht sein konnte, denn er legte nun endlich seine plumpe altfränkische Tracht ab und kleidete sich wie ein venezianischer Herr.

Vormittags pflegte er seine Aufträge zu erledigen. Er zeichnete, schnitt oder druckte in einer Werkstatt, die ihm Signore Lyco empfohlen hatte. Sosehr er auf den Gelderwerb aus war, nie vernachlässigte er dabei seine Studien, denn keiner wußte besser als er, wieviel er noch zu lernen hatte. Auch wenn er müßig umherschlenderte, um sich neuangekommene Schiffe im Hafen anzusehn, trug er sein Skizzenbuch bei sich.

Abends verkehrte er regelmäßig bei den Bellinis, die ihn freundlich bewirteten und ihm sogar gestatteten, in ihren umfangreichen Sammlungen Studien zu treiben. Bei Gian pauste er Stiche von Mantegna ab oder kopierte Pollajuolos Zeichnungen. So wie er sich früher in Schongauers Arbeiten versenkt hatte, drang er jetzt in die neue Kunst der Alten ein. Er war dabei so beflissen, daß er bald imstande war, diese großzügigen Zeichnungen aus dem Gedächtnis, ja im Schlaf nachzuzeichnen.

Bei dieser Arbeitswut füllte sich seine Mappe unversehens. Aber nichts von dem früheren Lehrling Wolgemuts war darin mehr zu sehn, keine Demut und Stille mehr, die Bellinis hatten ihm einen anderen Weg gewiesen: den der Kraft und des Stolzes, den Weg des Mutes, des Selbstbewußtseins und der Freude.

Der adriatische Winter kam mit seinen Regengüssen und den unangenehmen Winden. Jetzt ließ es sich besser unter einem Dach leben. Notgedrungen gab Dürer das Herumstreifen in der Stadt auf. Durch Vermittlung Gians erhielt er die Erlaubnis, sich die Kunstwerke des Dogenpalastes anzusehn.

In der Wandelhalle verweilte er lange vor dem Adam und der Eva des Antonio Rizzo. Die Eva erinnerte Albrecht stark an sein Bademädchen. Es waren dieselben natürlichen Rundungen. Sicherlich hatte der Bildhauer die drallen Bauernmädchen seiner heimatlichen Lombardei im Kopf, als er den Frauenkörper modellierte.

Neugierig geworden auf diesen ursprünglichen Plastiker, fragte Albrecht Gian Bellini nach weiteren Arbeiten von Rizzo. Bellini verwies ihn auf das Grabmal des Dogen Niccolo Tron in der Kirche S. Maria de' Frari.

Ein stürmischer Wind treibt Albrecht Regen ins Gesicht. Er schlägt seinen Umhang um den Hals und kämpft sich durch das Unwetter. Unterwegs fragt er nach S. Maria de' Frari. Voller Unverständnis schütteln die Venezianer den Kopf. Er soll sich doch lieber unterstellen, bedeuten sie ihm. Mit viel Mühe erreicht Albrecht sein Ziel.

Welch eine Überraschung erwartet ihn. An diesem Grabmal findet er keine spitzen Bögen, keine aufstrebenden Pfeiler. Oben gibt es nur eine, das Grabmal überdachende Rundung. Bestimmend sind die horizontalen Gesimse, was dem Werk Ruhe verleiht. Unten steht die Hauptfigur, der Doge, und rechts und links davon die Figuren der beiden Tugenden. Voller Anmut sind sie und voller venezianischer Schönheit. Das will heißen, sie sind realistisch und sprechen den Betrachter auch ohne Himmel, Sterne oder Heiligenscheine an.

Das ist es, was er überhaupt suchte. Was er eigentlich schon lange wußte, entdeckt Albrecht erst in Venedig. Eigentlich holt er es nur aus seinem Unterbewußten herauf. Er erinnert sich an sein Bademädchen, das er damals in Basel mit so viel Reue und Selbstvorwürfen gezeichnet hatte. Diese Zeichnung war sein erster, zaghafter Schritt in eine Richtung, für die er erst jetzt die Bestätigung erfährt. Die Schönheit der Wirklichkeit gilt es in der Kunst zu bannen! Darauf kommt es an!

Da auch Bellini zuweilen nach einem Modell arbeitet, bittet Dürer, ihn mitzeichnen zu lassen. So entsteht im Palazzo Bellini seine bisher schönste Zeichnung von einem Frauenkörper. Fast nur freihändig mit dem Pinsel gezeichnet und dann die plastischen Konturen mit der Feder ergänzt. Gian lobt ihn dafür, worauf sich Albrechts Eifer verdoppelt.

Nach der Arbeit ging es in die Taverne. An der Riva degli Schiavoni saßen Seeleute und Lastenträger zusammen beim Wein und vergnügten sich beim Tarockspiel. Die Spielkarten dazu waren für Albrecht von besonderem Reiz, stellten sie doch die Klassen der römischen Gesellschaft dar. Die des alten — und die des neuen Rom. Also Jupiter und Minerva, Kaiser und Papst, Merkur und Venus, aber auch Herzöge und Kardinäle, Edelleute, Bauern und Bettler. Ungelenk gestochen umgab sie ein Kranz von Gestirnen, Planeten; Tierkreiszeichen und Erdgeistern. Das könnte man besser machen, dachte Dürer und zeichnete sie sehr sorgfältig nach.

Der Deutsche Signore Lyco, der sich öfter bei Jacopo oder Albrecht nach dem Fortgang der Arbeit an seinem riesengroßen Städtebild erkundigte, wurde von beiden Freunden damit vertröstet, wie schwierig es sei, das Bild einer Stadt so gewissenhaft aufzunehmen. Wieviel hundert Jahre hatte Venedig gebraucht, um so groß zu werden? Na also, dann werden wir es doch nicht in einem halben Jahr nachbauen können.

Dabei dachten die beiden gar nicht daran, die langweiligen Häuserzeilen irgendwelcher Vororte aufzunehmen. «Was werden wir heute abend essen? Was werden wir trinken?», so lautete die Hauptfrage de' Barbaris, und Albrecht fügte dem höchstens noch dazu: «Was werde ich heute anziehn?» Der eitel gewordene Nürnberger konnte sich einfach nicht schlüssig werden, welche seiner Kappen er zum Abendbrot aufsetzen sollte.

70

Galanteria — das große und einzige Wort, welches in dieser närrischen Lagunenstadt wirklich Bedeutung besaß. Diese irdische und eitle Gefallsucht führte zu übermäßigem Pomp und unvorstellbarer Prachtentfaltung. Was allein an Kerzen für ein Geld vergeudet wurde, wenn allabendlich Hunderte von Palazzi hell erleuchtet waren!

Ihre Hoheit Catharina Cornaro, Königin von der Kreuzritterinsel Cypros, läßt sich jeden Abend von venezianischen und ausländischen Kavalieren die Cour machen. Vor fünf Jahren hatte sie ihr Königreich an die Republik Venedig verkauft. Ihr glänzender Hofstaat, auf Musik, Kunst und Bildung bedacht, entfaltete sich in Asolo, wo es die schönsten Gärten geben sollte.

Auch Albrecht wird zu der «Illustrissima», zu der exotischen Fürstin eingeladen. Er darf sogar Pinsel und Zeichenpapier mitbringen. Dürer wird von der Königin in einer Privataudienz empfangen, in welcher er von ihr Zeichnungen macht.

Wenn die Zeichnungen ihr gefallen, wird sie entscheiden, ob Dürer von ihr ein Porträt anfertigen soll oder nicht. Catharina ist nicht nur eine anmutige Frau, sie ist auch klug. Von allen Venezianerinnen, die Albrecht bisher gesprochen hat, weiß sie am meisten über Nürnberg Bescheid. In einem ihrer Gartenpavillons bewahrt sie einen in Nürnberg hergestellten, in Kupfer getriebenen sogenannten «Erdapfel», einen Globus, so rund und beweglich, daß ihn der Betrachter wie eine Kugel drehen kann. Albrecht ist nicht wenig erstaunt, als er aus dem Mund dieser Dame erfährt, wem sie die Kenntnisse über seine Heimatstadt verdankt: Willibald Pirckheimer. Mit ihm steht die feingeistige Königin im Briefwechsel.

Es kommt Dürer schon sonderbar vor, daß er sich auf dem gleichen Parkett zu bewegen vermag wie der studierte Sohn des Nürnberger Ratsherrn. «Wir sind Jugendfreunde, Hoheit», erlaubt er sich zu bemerken. «Er war es auch, der mir den dringenden Rat gab, in Venedig meine Studien zu treiben. Seinen Rat habe ich befolgt.»

«Und noch nicht bereut?» fragte die Königin.

«Nein, Hoheit, mir ist, als wäre ich zum zweitenmal geboren», sagt Albrecht und verbeugt sich. Damit ist er entlassen.

Überall auf solchen Festen erhält Dürer neue Aufträge. Oft sind es auch nur Vorwände von verwöhnten Damen, die den hübschen goldlockigen Deutschen kennenlernen wollen. Daß man ihn begehrt, erhöht sein Lebensgefühl. Jeden Abend könnte er mit seinem Freund Jacopo irgendwohin gehen. Einladungen dazu gibt's genug. Signore Lyco zetert schon, daß die Arbeit an der Stadtkarte Venedigs nicht vorankommt.

Dürer wehrt sich dagegen. Schließlich ist die Stadtkarte Jacopos Angelegenheit. Gewiß, er will ihm helfen, aber er ist ja kein Handlanger. Da er ein vielumworbener Mann ist, kann Albrecht seinen Stolz herauskehren, und schon ist der Verdruß da. De' Barbari wirft ihm Undankbarkeit vor, denn er hatte ja nicht unwesentlich dazu beigetragen, Albrecht in Venedig bekannt zu machen. So zanken sich die Freunde, und davon wird die Stadtkarte auch nicht schneller fertig.

Aber warum sich ausgerechnet jetzt streiten?

Der Maler aus Nürnberg läßt sich mitreißen. Er gerät in den Sog des närrischen Taumels und tanzt und singt mit. Doch wird er jäh aus seinem Fröhlichsein herausgerissen. Ein Bote der Imhoffs gab einen Brief im Haus des Signore Lyco ab, der für Albrecht bestimmt ist. Danach hat die Pest in Nürnberg endlich ausgewütet. Der Vater schrieb ihm, daß er sehr lohnende Aufträge für ihn hätte. Außerdem wünschte der Goldschmied auch im Namen von Agnes und Mutter Barbara, daß er zurückkommen möge.

Ohne lange zu zögern, sagte Albrecht alle Verabredungen, die er für den Karneval getroffen hatte, ab und begab sich ins Kontor der Fondaco dei Tedeschi, um sich für den nächsten Transport nach Nürnberg anzumelden. Nachrichten, die vom Brennerpaß kamen, besagten nämlich, daß die Alpenpässe im Augenblick noch befahrbar waren. Dann begann er mit dem Einpacken seiner Sachen. Für ihn hieß es nun, Abschied von Venedig zu nehmen.

Bevor er aber aus der Lagunenstadt aufbrach, nahm er noch an dem Empfang teil, den der Doge dem Wesir von Alexandria bereitete. Dürer bot sich ein herrliches Schauspiel, als sich nach dem Lösen von Freudenböllerschüssen eine Flotte von Schiffen mit bunten Segeln vom Ufer des Canale Grande losmachte. Gondeln, Barken und Galeassen formierten sich zu einer Emp-

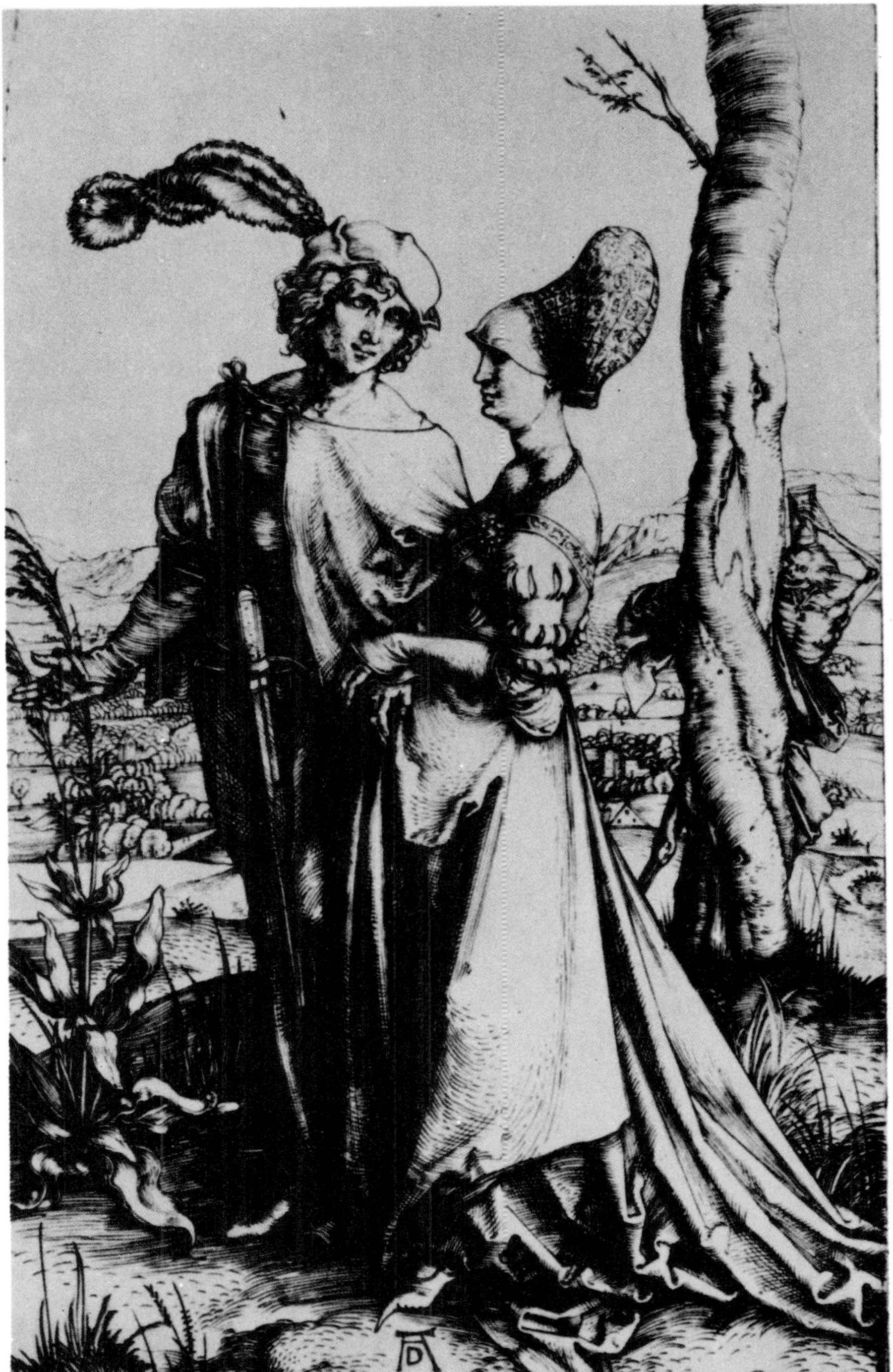

Der Spaziergang
Kupferstich
1496/98

fangsflottille, an deren Spitze sich eine Barke mit Musikanten befand.

Die trägen Wasser des Kanals waren in silbriggraues, manchmal perlmuttschimmerndes Zwielicht getaucht, auf dem die Farben der Segel prächtig leuchteten. Das Staatsboot des Dogen gleißte golden in der Wintersonne. Das Deck war mit roten Teppichen belegt. Von der Karavelle des großmächtigen Wesirs löste sich ein Beiboot, welches auf das Schiff des Dogen zusteuerte und daran festmachte.

Unter dem Jubel der Venezianer stieg der Wesir um. Von Hochrufen umbrandet, fuhr dann der Doge mit seinem Gast in den Palast.

Den Rest dieses denkwürdigen Tages, an welchem die Signoria einen Vertrag mit den Muselmännern unterzeichnete, tanzte das Volk auf der Piazetta. Für Albrecht war es das letzte eindringliche Erlebnis in Venedig, denn anderntags, in aller Frühe, fuhr er mit einem Eiltransport nach Hause.

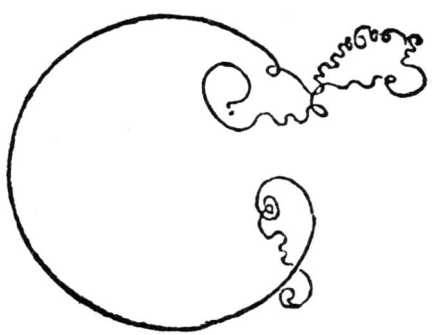

ACHTES KAPITEL

Der Vater grollt, die Mutter zetert,
und Albrecht ist empört. Er geht zu Koberger,
da sieht Nürnberg bald viel freundlicher aus

ATÜRLICH fragte sich der Goldschmied Dürer unwillig, wo sein Sohn Albrecht nur blieb. Wo stand geschrieben, daß ein Vater verpflichtet ist, seine Schwiegertochter durchzufüttern, wenn der Herr Sohn sich zu seinem Vergnügen in der Fremde herumtreibt? Ein langes halbes Jahr wartete Mutter Barbara geduldig auf ihren Sohn. Sie beschwichtigte den Vater und tröstete Agnes. Es wurde Mitte März Anno fünfundneunzig, als Albrecht endlich eintraf. Bepackt mit Andenken und Geschenken. Für sein Weib allerlei bunte Kleider und eine Kette aus Glas. Für Vater ein Musterbuch venezianischer Pokale, aber in der Hauptsache: Studien, ganze Mappen von Zeichnungen, Kopien und Entwürfen. Die zeigte Albrecht zuerst und vor allen Dingen vor. Das sollte für seinen aufgebrachten Vater der Beweis sein, daß er in der Fremde nicht müßig, sondern vielmehr fleißig gewesen war.

Das wolle er wohl gehofft haben, brummte der Alte, oder ähnliches. Was ihm aber an seinem wiedergekommenen Sohn hauptsächlich nicht gefiel, war, wie er gekleidet war. Im gelbseidenen Wams kam er daher, wie ein feiner Herr, auf dem Kopf eine gestreifte Kappe mit langen Troddeln. «Hol sie der Teufel, diese welsche Mode! So etwas paßt nicht zu einem tüchtigen Nürnberger Handwerker, der gottesfürchtig und bescheiden sein soll. Willst du unsere ehrbare Familie lächerlich machen? Marsch — geh und zieh das Zeug wieder aus!» befahl der Vater.

«Warum denn?» fragte der Sohn wütend und wollte dem Vater trotzen. «Warum soll ich wie ein Kapuziner aussehn, in einer abgetragenen, langweiligen, braunen Kutte?»

«Hoch hinaus will der Herr Sohn, und etwas Besonderes sein, hoho! Weißt du Galgenstrick nicht, daß Hoffart und Eitelkeit vor dem Fall kommen? Für südländische Possen und venedischen

Mummenschanz habe ich in meinem Haus keinen Platz.»

Welch eine bodenlose Einfalt, dachte Albrecht. Nur um seinen Kunden zu gefallen, hockte der Goldschmied schön bescheiden in seiner Werkstatt, in diesem engen Raum mit allen Lehrjungen und Gesellen. Fleißig huschten sie umher wie die grauen Mäuse in der Speisekammer, aschgraue Wichte, hämmerten, polierten, ziselierten und bosselten das schönste funkelnde Geschmeide. Herrliche Pokale entwarf der Meister, die prunkvollsten Becher aus gleißendem Silber, und selbst war der Goldschmied ohne Glanz, ohne den mindesten Rang, der ihm als einem so edlen Künstler wohl zustand, wenn er Medaillen schnitt oder Schaumünzen, die an die schwere Kette des Bürgermeisters gehängt wurden.

«Wenn ich Euch doch nur raten könnte, Vater, Ihr stellt Euer Licht zu sehr unter den Scheffel, und grau geht Ihr daher wie eine hungernde Kirchenmaus. Was treibt Ihr nur für eine Heuchelei, damit der Kanonikus sagt, wenn Ihr Euch mit gebeugtem Rücken nähert: Seht, das ist ein Goldschmied, wie bescheiden und gottesfürchtig er ist!»

«Und woher willst du für dich und später für deine Gesellen die Aufträge nehmen, was glaubst du? Meinst du, an einen Hanswurst wird Arbeit vergeben?»

«Ich bin kein Hanswurst, sondern ein Künstler!» rief Albrecht voller Zorn aus. «Die Malerei habe ich nämlich lange genug studiert. Latein habe ich gelernt und spreche auch die welsche Zunge nicht schlecht, kann Mathematik und Geometrie, was die Kuttenbrunzer hier alle nicht können.» Er wollte auf seinem Standpunkt beharren, doch der Vater erlaubte es ihm nicht.

«Du ziehst dich jetzt sofort um. Solange du hier unter meinem Dach wohnst, wirst du dich so anziehen, wie wir es gewohnt sind. Beeil dich und zieh dieses unwürdige Zeug aus, oder soll ich dir Beine machen?»

Das hatte er nun von seinem gehorsamen Zurückkommen, dachte der Sohn empört. Bei solch üblem Empfang in der Familie war Albrecht nahe dran, seinen überstürzten Aufbruch aus Venedig zu bereuen. Was mag Sambelli von mir denken, dem er lediglich durch Signore Lyco letzte Abschiedsgrüße hatte ausrichten lassen. Und Jacopo und Gentile? Seine Gewissensbisse konnte der Vater nicht verstehen.

Albrecht erwog, das elterliche Haus in der Burggasse zu verlassen, um sich eine Werkstatt allein aufzubauen. Um Rat wandte er sich deshalb an Pirckheimer und klagte ihm sein häusliches Leid. Willibald jedoch riet ihm dringend ab, es auf einen Bruch mit seinem Vater ankommen zu lassen. «Denn in gewissem Sinne hat er recht, man muß sich auf die Nürnberger einstellen. Selbst ich werde mich hüten, so aufgeputzt wie zum Karneval in meine Kanzlei zu gehn. Neuerungen brauchen Zeit, deshalb hab Geduld. Es ist nur eine Frage der Zeit, dann werden auch unsere Landsleute für venezianische Kunst und Kleidung aufgeschlossener sein.»

Daran glaubte Albrecht nicht. Daheim hatte die Mutter seiner Frau verboten, die Hemdchen, Bänder und Blusen zu tragen, welche er ihr aus Venedig mitgebracht hatte. Das gute Kind putzte sich so gerne und stand mit den bunten Tüchern vor dem Spiegel. Doch Barbara litt es nicht. Weil Agnes ihrer Schwiegermutter mehr gehorchte als ihrem Mann, gab es auch Spannungen zwischen den jungen Eheleuten. Albrecht redete auf Agnes ein. Er versuchte ihr die südländische Mode näherzubringen und zeichnete ihr die Tracht einer vornehmen Venezianerin auf. Dabei hatte er nur den Erfolg, daß Agnes ihn eifersüchtig fragte, woher er die Kleidung der Damen denn so genau kenne. Um sie zu beruhigen, malte Dürer auf das gleiche Blatt die viel einfältigere Kleidung der Nürnbergerinnen. Er konnte tun, was er wollte. Agnes hörte nicht auf ihn, sondern beharrte weiter in ihrem altväterischen Gehorsam. Schließlich verkehrte Albrecht bald mehr im Hause Pirckheimers als an seinem heimischen Herd.

Die Mutter zeterte und beklagte sich bei den Nachbarinnen, ihren Sohn hätten die Welschen verdorben. Der Vater grollte aber zu Albrecht sagte er nichts. Vielmehr arbeitete der Goldschmied verbissen in seiner Werkstatt. Er besserte die Abendmahlsgeräte von St. Sebald aus, reparierte Kelche und Hostienbehälter, die ihm Kanonikus Schreyer gebracht hatte. Er schimpfte über die Flickarbeit, die einem so erfahrenen Goldschmied wie ihm zugemutet wurde. Um seinen Ärger los-

Die Akelei zuwerden, ging er abends in den «Schwan». Dort beschwerte er
Aquarell sich bei Michel Wolgemut über seinen Sohn, der übergeschnappt
1526 sei und den Italien völlig verdorben habe.

«Nun nimm es nicht zu ernst», beruhigte ihn Wolgemut. «Dein
Albrecht hat gute Anlagen, danke Gott dafür, daß sich dein Sohn

für etwas begeistern kann. Er glüht ja förmlich bei dem Gedanken an die Wiedergeburt der Kunst und Kultur der alten Griechen. Bei uns Alten ist diese Flamme längst ausgegangen, wir machen brav, was die Kunden von uns verlangen.»

Aber auch in der Familie gab es einen, der Verständnis für ihn hatte. Das war sein Patenonkel, der Buchdrucker Koberger. Wie sollte er Albrecht auch nicht verstehn, war doch auch er von den neuen Gedanken aus Italien begeistert. Er hatte schon vor einem Jahr seine Lettern zur römischen Schrift umgießen lassen. Deswegen war er eher verwundert, Albrecht so früh schon wiederzusehn.

«Dir hat es wohl gar nicht gefallen, warum bist du schon da?» fragte ihn Koberger.

«Fang um Gottes willen nicht an, auch über meine Kleidung zu schimpfen. Das tun die andern schon genug.»

Der Buchdrucker musterte ihn. «Etwas komisch sieht das ja aus, wenn man es nicht gewohnt ist. Wenigstens riecht das nicht nach Pegnitzwasser», meinte er freundlich.

Vor seinem Paten konnte er sich sehn lassen. Albrecht promenierte vor ihm auf und ab und spreizte sich dabei, wie es die venezianischen Gecken tun, wenn sie über die Piazza laufen. Dürer blieb schließlich vor einem Buch großen Ausmaßes stehn. Unvermittelt drehte er sich um und sah Koberger an. «Glaub mir, es wurde höchste Zeit, nach Hause zu kommen. Wer nämlich länger dort bleibt, kann sich am Ende nicht mehr von Venedig trennen.»

«Ah — so sehr hat es dir dort gefallen?» fragte der Alte teilnahmsvoll.

«Ein gewisser Signore Lyco läßt dich grüßen. Er sagte mir, er würde dich kennen.»

«Vielen Dank, aber der heißt bei uns immer noch brav Anton Kolb.»

«Und von Sambelli — Giovanni und Gentile Bellini, wollte ich sagen — auch.»

«Sieh mal an, dann hast du ja in feinen Kreisen verkehrt.»

«Den allerfeinsten, Pate, kann ich dir versichern. Dagegen sind wir Nürnberger arme Wichte.»

«Nun», Koberger lachte, «auch in Venedig wird nur mit Wasser gekocht. Wenn du gedacht hast, wir schlafen hier, während du dich dort amüsierst, dann irrst du dich», sagte der Drucker und zeigte stolz auf das große Buch, die neueste Ausgabe seiner Weltchronik.

Den Plan und auch einige Andrucke davon kannte Albrecht schon, so etwas Ähnliches wollte Signore Lyco ja auch machen, nur eben viel größer und viel feiner geschnitten. Albrecht betrachtete aufmerksam die Städtebilder, die ein Nürnberger Arzt namens Schedel hatte drucken lassen. «Wie grob das ist», nörgelte Albrecht, «und so ohne alle Perspektive.»

«Sicherlich hättest du es wohl besser verstanden, ins Holz zu schneiden, als dein alter Meister Wolgemut?» fragte Koberger nicht sehr freundlich.

«So etwas Ähnliches habe ich ja gemacht», sagte Albrecht und nickte beflissen, «du kannst es dir nicht vorstellen, wie fein der Strich gekommen ist, und dann alles aus der Vogelsicht betrachtet. Man kann die Straßen sehn, und die Häuser werfen Schatten. Bei dir, das sind doch nur plumpe Umrisse und die Farbe draufgeklatscht. Nun ist es kein Gemälde, aber auch kein echter Schnitt. Tut mir leid, Pate.»

«Was ich dir zeige, ist das Allerneueste, Junge!» rief Koberger entrüstet aus.

«Das mag schon sein», lenkte Albrecht begütigend ein, «das Allerneueste ist meist schon alt, wenn es gedruckt ist. Deswegen muß man sich ja auch so beeilen. Paß auf! Für dich habe ich etwas besonders Neues», sagte er und lächelte verschmitzt. Er klopfte auf seine Mappe. «Hier sind die Neuigkeiten drin.»

Umständlich knüpfte er das Band auf, um sein Geheimnis zu lüften. Außer ein paar Zeichnungen von unterwegs enthielt die Mappe nichts als zweiundfünfzig Tarockkarten, wie sie in Italien üblich waren. Billige und bunt bemalte Spielkarten, die Koberger bereits kannte. Na und?

Dürer erklärte seinem Paten den umfassenden Plan und den Aufbau dieses Unterhaltungsspiels. Das erste Dutzend dieser Blätter diente der Darstellung aller Klassen irdischer Macht vom Kaiser bis zum Bettler. Das nächste Dutzend verkörperte die himmlische Obrigkeit. Jupiter und Juno waren die Höchsten, dann kam Apoll mit den neun Musen. Es folgten die Haupttugenden und Todsünden. Zuletzt erschien Kronos, ein Symbol

80

Maria, das Kind anbetend,
Dresdner Altar, Mittelteil; Gemälde   um 1496

für die schnell verfließende Zeit, die Sonne dazu, der Mond und die Planeten, alles war genauso, wie es Ptolemäus schilderte, in drei Sphären unendlicher Kreise dargestellt.

Und es war keineswegs die Kunst, welche den Reiz dieses ferraresischen Kartenspiels ausmachte. Aus der Gestaltung der Karten konnte man weder Meisterschaft noch ein besonderes Können ablesen, aber die Idee des «Spiels» mit antiken Göttern war schon großartig. Als Verleger erkannte Koberger sofort die Gewinnaussichten, die sich ihm boten. Vor allem konnte er seinen eingeschlafenen Schatzbehalter damit auffrischen, wenn es ihm gelang, Künstler zu finden, die aus der vulgären welschen Darstellung etwas ungewöhnlich Neues machten.

Als ob Albrecht die Gedanken des alten Buchdruckers erraten hätte, brachte er seine Nachzeichnungen zum Vorschein. Beileibe keine Kopien dieser armseligen Kunst, es waren freie Nachschöpfungen dieses Themas, einfach so, wie das Universum von einem Nürnberger gesehen wurde, der in Venedig zum ersten Mal mit der Kunst der Antike in Berührung gekommen war.

Immer und immer wieder mußte Koberger hinsehen. Es waren Arbeiten, wie sie in Nürnberg noch nie aufgetaucht waren. Einen Teil hatte Albrecht mit brauner und schwarzer Tusche gezeichnet. Mit nur wenig Deckweiß gehöht, standen sie schwerelos in ihrem Format. Kalliope und Thalia, Urania oder Melpomene, Apollo, dazu ein kriegerischer Mars und Jupiter, der Göttervater, mit einem Adler.

«Genauso habe ich sie mir vorgestellt!» rief Koberger begeistert.

Der Verleger wurde nicht müde, in Albrechts neuen Zeichnungen zu blättern. Bei seinen Figuren war nichts von der harten Nacktheit zu spüren, wie sie der welsche Künstler entworfen hatte. Um Anstößigkeiten zu vermeiden, hatte Dürer seine Helden alle bekleidet. Sie traten in Kostümen auf, um das Publikum, welches das Neue noch nicht gewohnt war, nicht zu erschrecken. Moderne, fast stutzerhafte Trachten kamen bei ihm vor. Der Edelmann trug ein elegantes Röckchen. Sogar die olympischen Götter versuchte Dürer einem einfältigen Publikum näherzubringen, indem er Merkur wohl eine Flügelmütze aufsetzte, ihm aber ansonsten den Rock des heiligen Rochus anzog.

Solche Kleidung kannte hierzulande jeder. Apoll, ihn stellte er im feierlichen Ornat dar und setzte ihm die burgundische Königskrone auf.

Diese Eingemeindung der klassischen antiken Figuren in deutsche Verhältnisse schien Koberger wichtig zu sein. In seinen Augen war es Albrechts wichtigstes Mitbringsel aus Venedig. Ohne zu zögern, erteilte er seinem Patenkind den Auftrag, diese Folge, wie er sie ihm angeboten hatte, für seinen Verlag in Kupfer zu stechen. Weil das ein gutes Geschäft zu werden schien, zahlte er Dürer auch gleich einen ansehnlichen Vorschuß. Für Dürer, mit seinen neuen guten Gulden in der Tasche und vor allen Dingen mit einem größeren Auftrag versehn, sah Nürnberg nun schon viel freundlicher aus. Mit seinem Erfolg bei Koberger vermochte Albrecht den Zorn seines Vaters zu besänftigen. Mit Vaterstolz nahm er das Lob des Buchhändlers zur Kenntnis. Wenn sein welterfahrener Gevatter nichts an der Kleidung seines Sohnes auszusetzen hatte, wollte er dem auch nicht mehr entgegenstehen.

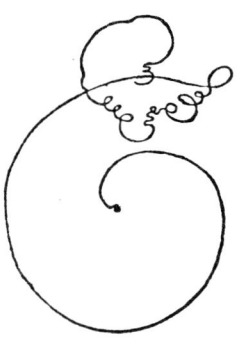

NEUNTES KAPITEL

Willibald hat große Pläne.
Es wird ein Heiliger entdeckt
und das kommende Jahrhundert gezeichnet

 OR allen andern war Pirckheimer der
erste Gratulant zu Albrechts gutem Start
in Nürnberg. Willibald fühlte sich mehr
oder weniger als Urheber dieses Auf-
schwungs, denn hatte er seinem Freund
nicht dringend geraten, nach Venedig zu
gehen? Hatte er Albrecht nicht als erster
von den griechischen Göttern und den
römischen Dichtern erzählt? Na bitte. Wo er hinkam, lobte
Pirckheimer seinen Freund und vergaß dabei auch nicht zu beto-
nen, daß er ihn auf den rechten Weg gebracht hatte.

Als Albrecht dem Freund die Zeichnungen seiner Spielkarten-
motive zeigte, sah Willibald sie sich voller Begeisterung an. «So
lebensnah, wie du sie auf das Papier gebracht hast, ist es die Liebe,
ja die Bewunderung für den Menschen in seiner Vollkommenheit.
Hier hast du alles, was schön ist!» rief er aus und umarmte Dürer
auf der Stelle. «Wie die Alten bewundern auch wir das Ebenmaß
eines Körpers und haben dabei sogar Verständnis für seine liebenswürdigen Schwächen.»

«Wir? Wer ist das?» fragte Albrecht, verwundert, hier in
Nürnberg von noch mehr Anhängern griechischer Kultur zu
hören.

«Geduld, Geduld.» Willibald lachte. «Du wirst die gelehrten
Herren bald kennenlernen. Du glaubtest wohl, nur in Italien
forscht man nach den Bildern der Alten, um ihre so lange vergessenen Kenntnisse über die Natur zu erfahren?

Aber nicht nur hier in Nürnberg gibt es solche Gelehrten, auch
in Augsburg und in anderen Städten. Der berühmteste heißt
Erasmus. Er lebt in Rotterdam. Ihn beschäftigen jedoch vor allem
alte christliche Texte.» Der Name war Albrecht zwar nicht
unbekannt, im Augenblick interessierten ihn aber mehr die
Kenntnisse der Griechen über die Natur, von denen Willibald
gesprochen hatte. «Ich wußte bisher nur, daß sie den Menschen

zum Maß aller Dinge gemacht haben. Was gibt es denn noch so Interessantes?» fragte Albrecht deshalb.

«Oh, die Kunst der Antike ist nur eine, wenn auch sehr wichtige und schöne Seite, uns interessieren auch ihre Philosophie, ihre Mathematik und Medizin und ihre astronomischen und geographischen Entdeckungen und Vermutungen. Albrecht, du glaubst gar nicht, was die griechischen Wissenschaftler alles vor uns erforscht und erkannt haben. Sie wußten schon von der Kugelgestalt der Erde, sie befaßten sich mit Geometrie, und sie entwickelten Formeln, um den Rauminhalt und die Fläche verschiedener Körper, etwa die eines Kegels, zu berechnen. Viele Griechen glaubten auch nicht, daß Krankheiten von den Göttern geschickt werden, um die Menschen zu strafen, sondern daß sie eine natürliche Ursache haben und man ihnen vorbeugen kann. Was war das für eine Zeit!» rief Willibald begeistert. «Die Künste und die Wissenschaften waren frei und nicht erstarrten, längst überholten und unbeweisbaren Theorien einiger verstockter Heiliger unterworfen, wie wir es heute noch kennen.

Aber das muß sich ändern, Albrecht, wir müssen das ändern!» Erregt springt Willibald auf. «Es geht nicht so weiter, daß die Lehren der Alten und die Entdeckungen unserer Wissenschaftler verfemt oder sogar verboten werden, daß weiter an die Heilkraft irgendwelcher Reliquien und an all den anderen Zauber geglaubt wird, nur damit das Geld weiter so munter in der päpstlichen Kasse klingelt.»

«Aber wie, wie wollt ihr das ändern?» Albrecht ist fast genauso aufgeregt wie sein Freund.

«Indem wir allen die Werke der Alten zum Lesen geben. Wir brauchen mehr Schulen und Universitäten, mehr Lehrer und vor allem — viel mehr Schüler, auf das alle die Enge unserer Welt erst einmal empfinden, dann wird sie auch verändert werden können.»

Albrecht lassen diese großen, aber sehr gefährlichen Gedanken nicht mehr los. Noch lange sinnt er über Willibalds Worte nach. «Veränderung durch Bildung!» Ist die Lösung so einfach?

Auch Koberger machte jetzt mit allen ihm zur Verfügung stehenden Mitteln sein Patenkind bekannt. Zunächst lud er

B·ILIBALDI·PIRKEYMHERI·EFFIGIES
·AETATIS·SVAE·ANNO·L·III·
VIVITVR·INGENIO·CAETERA·MORTIS·
·ERVNT·
M·D·XX·IV·

Nürnbergs Größen von Kunst, Politik und Wissenschaft ein, bei
ihm in seinem Druckhaus das Allerneueste zu betrachten, was
die heimische Kunst hervorgebracht hatte, die Zeichnungen

85

nämlich, mit denen Dürer aus Venedig gekommen war. Außer Michel Wolgemut, Albrechts hochgeschätztem ersten Lehrmeister, der wohl am neugierigsten war auf die Arbeiten, die von allen so gerühmt wurden, kam auch der Dichter Conrad Celtis mit seinen Freunden Peter Dannhauser, der Kanonikus Sebald Schreyer und Hartmann Schedel, Arzt, Schriftsteller und Verfasser der bei Koberger erschienenen Weltchronik. Natürlich auch Willibald, der Albrecht bei diesen erlauchten Geistern beistehn wollte.

So jung er war, hatte sich Willibald unter den Schöngeistern Nürnbergs bereits einen Namen gemacht. Vor allem durch seine Übersetzungen des Plinius und die sehr gelehrten Kommentare zu Plutarch erregte er die Aufmerksamkeit der Humanisten, wie sie genannt werden, deren berühmtester Nürnberger Vertreter Pirckheimer bald werden sollte. Dazu kam noch, daß diese hoch gebildete Gesellschaft seinen Rat in Kunstfragen schätzte, weil er während seiner Studien in Pavia am nahe liegenden, sehr feinsinnigen Hof der Sforza in Mailand verkehrt hatte und von dort den berühmten Baumeister Bramante und auch den Maler Meister Leonardo aus Vinci kannte.

Wenn Pirckheimer sich also für seinen Freund Albrecht verwandte, faßten diese in Dingen der Kunst tonangebenden Herrschaften seiner Heimatstadt Vertrauen in das Können des bislang unbekannten jungen Malers. Nachdem das anfängliche Zögern sich verflüchtigte und der Bann gebrochen war, kamen auch die ersten Aufträge. So sollte er für den Arzt und Schriftsteller Schedel eine Zimmerflucht mit Wandbildern in italienischer Weise schmücken, und die beiden Freunde Peter Dannhauser und Sebald Schreyer bestellten Porträts von sich in römischer Tracht, die ihr inniges Verhältnis zur antiken Welt jedem zeigen sollte.

Fortan redete man in der Stadt von Dürers Erfolgen und Aufträgen. Albrecht wurde berühmt und durfte sich nun auch zu dem Freundeskreis dieser Gesellschaft von Gelehrten und Künstlern zählen. Es spricht freilich für Albrechts Fleiß und seine harte Zucht bei der Arbeit, wenn er sich weniger mit seinen Bewunderern als mit dem einzigen Kritiker in dieser Runde verbunden fühlte, mit Pirckheimer, seinem alten Freund, der seine Rauflust von ehedem nunmehr auf seine Disputierfreude übertragen hatte. Aus seinem feisten Gesicht funkelten geistvoll blitzende Augen. Wehe, wenn er jemanden mit seinem Witz aufspießte!

Sie kamen regelmäßig zu fröhlicher, aber auch zu belehrender Unterhaltung zusammen. Zu dritt oder zu viert machten die Freunde Ausflüge in die Umgebung, wo sie nach römischem Vorbild Gelage im Freien abhielten. Das Gefühl, in der Natur zu sein, erhöhte ihre Lust beim Schmausen. Nomen est omen. Schmausenbrück, ein Weiler am Oberlauf der Pegnitz mit Steinbruch und malerischer Felsengruppe, war deswegen ein von ihnen bevorzugtes Ausflugsziel. Von wilder Felszerklüftung herab hatten sie ein treffliches Bild von ihrer Heimatstadt. Mit ein wenig Phantasie konnten sie sich vorstellen, in den Abruzzen oder im Campaniagebirge zu sein. Albrecht beteiligte sich oft lebhaft an den gelehrten Gesprächen, welche die Herren führten. Manchmal forderten sie ihn auch auf, etwas über Venedig und die Kunst dort zu berichten. Und Albrecht wußte nicht, was er lieber tat.

Inzwischen hatte sich Albrecht im väterlichen Haus in der Burggasse eine Werkstatt eingerichtet. Was er hier in seinen zwei großen Stuben ins Holz schnitt, druckte er entweder selbst ab oder brachte den Stock zu seinem Paten, der ihn dann abziehen ließ. Seine Arbeiten, aber auch die Gesellschaft, in der er verkehrte, machten ihn über die Stadt hinaus bekannt. Kundschaft, die bisher zu Wolgemut ging, wollte jetzt den neuen Mann einmal ausprobieren. So fielen ihm eine Menge Aufträge zu, die er allein gar nicht bewältigen konnte. Sogar aus Wittenberg kam eine Anfrage vom Kurfürsten Friedrich von Sachsen. Der hohe Herr wollte einen Altar für seine Hauskapelle bestellen, den zu schaffen sich Albrecht außerstande sah, weil ihm die Werkstatt, Schüler, Gehilfen und Gesellen fehlten. Wie sich der Sachse das nur vorstellte. Freilich hätte Albrecht mit Wolgemut sprechen können. Meister Michel, der ihn als seinen begabtesten Schüler schätzte und ihn bei jedermann als seinen Nachfolger pries, hatte ihm öfter bei sich einen Platz angeboten. Aber Albrecht wollte von seinem ehemaligen Lehrherrn nicht abhängig sein. Lieber schränkte er sich in seinen häuslichen Verhältnissen ein.

Zwei Stuben standen ihm zur Verfügung. Eine zum Schlafen, eine zum Arbeiten. Dort stand ein breiter Eichentisch fest auf vier Balusterbeinen, dann eine Anrichte, in der er sein Handwerkszeug, seine Pinsel und Stecheisen unterbrachte, auch Tinten, Farben, Harze und die Flaschen mit dem Öl.

Er konnte sich einschränken, wie er wollte, es nützte ihm nichts. Seine Erfolge lockten nicht nur Kunden an. Auch junge Leute kamen, die von ihm etwas Rechtes lernen wollten. So schickte ihm der sächsische Kurfürst einen Gehilfen, der Dürer bei dem von ihm erteilten Auftrag helfen sollte. Nun gut, einen konnte er im väterlichen Haus in der Bodenkammer unterbringen, mehr durften es nicht werden. Und doch kam es dazu. Da das Drängen nicht aufhörte, immer größerer Verdienst lockte und Albrecht allein die Aufträge nicht schaffte, stellte er der Einfachheit halber zwei Nürnberger Gehilfen ein, die in der Stadt ihr Logis hatten. Es war ein älterer Gesell, der Balthasar Fleck hieß. Auch er hatte bei Wolgemut gelernt. Mit seinen vierzehn Jahren war der andere fast noch ein Kind. Er hieß Hans Schäuffelein und war eines braven Nürnbergers Sohn.

Erst jetzt sieht Dürer sich in der Lage, seinen bisher größten Auftrag, den des sächsischen Kurfürsten, anzunehmen. Und um sich zu üben, konterfeit er gleich zweimal hintereinander seinen Herrn Vater. Dann erst will er sich mit dem Altarwerk beschäftigen.

An seinen Bildern kann der Vater die Fortschritte seines Sohnes ablesen. Das erste Porträt des Goldschmieds wird noch ungeschickt, er sitzt nicht richtig im Format, doch das zweite kann sich schon sehn lassen. Bevor sich Albrecht an den Altar macht, muß er jedoch noch die angefangenen Arbeiten erledigen.

Auf eine präzise Arbeitseinteilung kommt es nun an. Am Vormittag geht er mit Balthasar und Hans Schäuffelein zu Hartmann Schedel, dem Arzt, um bei ihm allerlei Allegorien an die Wände seines Arbeitszimmers zu werfen. Der sächsische Gehilfe bleibt indessen in der Burggasse, um Leinwände zu grundieren und abzuschleifen.

Die Wandbilder im Hause Schedels, die auf dem nassen Putz entstehen, ähneln den Figuren aus dem ferraresischen Kartenspiel. Albrecht malt nur die Umrisse an die Wand. Das Ausmalen

Der heilige Hieronymus in der Wüste; Kupferstich   1497

überläßt er seinen Gehilfen, denn er hat keine Zeit. Zu Peter Dannhauser muß er anschließend, weil er gleichzeitig ein Porträt von ihm malt.

Jede freie Minute, die ihm bei seiner vielen Arbeit und seinen häuslichen Pflichten bleibt, verbringt Albrecht bei Willibald. Dort hat er die Möglichkeit, die umfangreiche Bibliothek des Freundes, hauptsächlich aus Schriften der Alten bestehend, für ein intensiveres Studium der Kultur der antikischen Welt zu nutzen und überdies den großen Vorteil, die Meinung seines gelehrten Freundes zu so manchem Problem zu hören. Die Vorstellungen Willibalds werden so auch bald völlig die seinen. Jedoch scheinen Albrecht die neuen Ideen in scharfem Gegensatz zur gottgefälligen Demut und Bescheidenheit der christlichen Lehre zu stehen.

Er fühlte sich von den Göttern des Freundes ebenso angezogen wie von den herabgeflehten christlichen Heiligen seiner über sein Treiben beunruhigten Mutter. Auch der Vater riet ihm, Willibalds Bücher wegzulegen und zum einfachen, aber dafür ordentlichen Handwerk zurückzukehren.

Bei seinen Studien jedoch wurde Albrecht auf einen christlichen Heiligen aufmerksam, der, so schien es ihm, dem so verehrten Ideal des Strebens nach Weisheit und Erkenntnis entsprach: auf Hieronymus nämlich, den Heiligen und schriftgewaltigen Kirchenvater, der die Weisheit byzantinischer Wissenschaft in eine abendländische Sprache übersetzte.

Damals in Basel hatte er ihn schon einmal ins Holz geschnitten, ohne sich jedoch dessen besonderer Bedeutung bewußt zu sein.

Hieronymus gehörte zu jenen Heiligen, die in strenger Askese in die Wüste gegangen waren, um von allen weltlichen Versuchungen unangefochten sich zur ewigen Weisheit durchzuringen. Der Byzantiner galt als überaus klug, und kein Kunstbeflissener konnte es Albrecht verdenken, wenn er bei dem häufigen Umgang mit Pirckheimer diesen Heiligen nunmehr anders sah als damals vor fünf Jahren in Basel, wo er das Titelblatt der «Epistel beati Hieronymi» für den Verleger Bergemann ins Holz schnitt.

Nach der Legende hatte der heilige Gelehrte in der Wüste einen Löwen gesund gemacht, indem er ihm einen Dorn aus der Pranke zog. Fortan folgte ihm das dankbare Tier. In Basel hatte Dürer den Hieronymus in eine Studierstube gestellt, deren Möbel er dem Bild eines flämischen Meisters entnommen hatte. Der Löwe lag auf dem Fußboden und reichte ihm zutraulich seine Pranke. Seinen neuen Hieronymus führte Albrecht in eine wild zerklüftete Wüstenei, die nichts anderes war als die wohlvertrauten Felsen des Steinbruchs von Schmausenbrück.

War früher der Heilige mit dem Löwen ein hoher geistlicher Würdenträger im Ornat und einem Kardinalshut auf dem Kopf, war er jetzt ein bärtiger, fast nackter Eremit, sein Löwe, ein bißchen grimmig dreinblickend, kauerte zu seinen Füßen. Nun konnte sich Albrecht beruhigt weiter mit der Literatur der Alten beschäftigen, er hatte einen Kompromiß gefunden.

Wenn er ganz mit sich allein sein wollte, wanderte er hinaus nach Schmausenbrück. Albrecht liebte diese zerklüftete Einsamkeit und das Herumtreiben zwischen den Felsen des Steinbruchs. Mit Pinsel und Feder zeichnete er das «Italienische» dieser wilden fränkischen Landschaft ab, oder er tuschte — wenn er sich wieder zurück in die Niederung begab — Häuser aufs Papier und Baumpartien am Wasser der Pegnitz. Von allen Gebäuden, die dort in der Landschaft lagen, hatte es ihm besonders die Drahtziehmühle angetan, weil in ihr etwas Neues geschah, etwas noch nie Dagewesenes. In ihr wurde die Wasserkraft über ein Schöpfrad geleitet, welches, mit Wellen und Rädern verbunden, den Draht- und Nägelschmieden ihre schwere Arbeit erleichterte.

Jedesmal, wenn Albrecht hier vorbeikam, mußte er an Willibald denken, der Stein und Bein schwor und für das nächste Säkulum eine Ära des Wassers und seiner Kraft prophezeite. «Diese Kraft wird nicht nur bei Mühlen wirksam, sondern überall dort, wo der Mensch eine außergewöhnlich starke Kraft braucht», hatte Pirckheimer erklärt, «im Bergwerk zum Beispiel, um große Lasten zu heben, die Flöze auszuspülen oder das Gestein zu zerstoßen. Wasserräder bewegen sich auch für die Erzöfen, wo das Wasser sowohl den Blasebalg für das Feuer zum Atmen bringt als auch den mächtigen Hammer schwingt zum Schmieden des glühenden Metalls. Diese sinnreiche Erfindung», hatte Willibald ergänzt, «schont nicht nur die Menschenkraft, diese Maschine mit

ihrem wuchtenden Auf und Ab arbeitet schneller und billiger als jeder Mensch.»

Während Albrecht die Schmiede zeichnete, dachte er über die Worte seines Freundes nach, denn hier begann etwas, dessen Bedeutung seine Eltern nicht durchschauten. Ebenjene von ihnen so verspotteten gelehrten Bücherwürmer erfanden Maschinen, durch welche die Naturkraft zuerst gefesselt, dann der zu leistenden Arbeit angepaßt und schließlich mit Hilfe praktischer Erfahrungen zu nützlichen Werkzeugen von ungeahnter Kraft gemacht wurde.

Nachdem seine Zeichnung fertig war, verdünnte er mit dem Pinsel die Wasserfarben und malte zuerst mit feinen Strichen die Häuser aus, die zur Rechten seines Bildes den Wasserlauf verdecken. Später dann tritt das Flüßchen wieder hervor, weit hinten schlängelt es sich, von buschbestandenen Ufern gesäumt, durch grüne Wiesen. Weg und Steg legte er hellbraun an, oder mehr beige, gelb bis dunkelocker den Vordergrund. Einen Wanderer malte er sehr klein unter großen Bäumen. Das Wasser, das so träge ist, als ob es stillsteht, durchquert gemütlich ein Reiter, weiter hinten setzen sich Wiesen fort, Bäume und Häuser. Am

92

Horizont deutete er den Umriß einer Stadt an, rechts mit einem wehrhaften starken Turm.

Zum Trocknen der Farbe legte Albrecht das Papier mit der Zeichnung ins Gras. Er begab sich solange hinunter ans Wasser und folgte in Richtung Schmiede seinem Lauf, bis dahin, wo das Rumpeln stärker, zum ohrenbetäubenden Klappern und Kreischen der durch schwere Gewichte gespannten Metallfäden wurde.

Wie Teufel sahen diese Tagwerker aus, die Schmiede war mit beißendem Rauch gefüllt, der Beklemmung und Atemnot hervorrief. Vorsicht, nicht stolpern! rief man ihm zu. Am Boden waren die Drähte gespannt, ein Dutzend oder noch mehr nebeneinander. Speckig und dreckig glänzten die schwitzenden Leiber der Männer. Sie trugen schwere Stangen, mit denen sie sich gegen die Drähte stemmten. So ähnlich mag es in der Schmiede Vulkans, des griechischen Gottes, ausgesehen haben, dachte Albrecht.

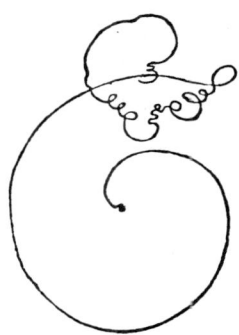

ZEHNTES KAPITEL

Eine Genehmigung wird erteilt,
ein Gönner findet sich,
und Albrecht malt die Wirklichkeit

B dieser Betrachtungen vergaß Albrecht jedoch nicht den großen Auftrag des sächsischen Kurfürsten. Dafür sorgte schon der seit einem halben Jahr bei ihm wirkende sächsische Gehilfe. Die Leinwände, nicht eben groß, waren schon lange grundiert und abgeschliffen. Auch lagen bereits Entwürfe vor, die er einem sächsischen Kommissionär namens Liebscher für Seine Hoheit mitgegeben hatte. Feine illuminierte Bildchen, eine Maria mit einem Jesusknaben und Englein, die über dem Kopf der Madonna schwebend eine Krone hielten.

Lange ließ Liebscher auf sich warten, aber dann brachte er endlich die Entwürfe zurück und auch die Genehmigung, obwohl, wie er sagte, der Kurfürst selber sich den Entwurf gar nicht angesehn hatte.

Albrecht nahm die wiedergebrachten Entwürfe an sich. «Wenn der Kurfürst sie nicht gesehn hat, wer hat sie dann genehmigt?»

«Hoym heißt der Mann. Er ist Friedrichs Erster Rat und nimmt seinem Herrn die meisten Geschäfte ab. Ich soll Euch ausrichten, Ihr erhaltet für den Altar ein Auftragshonorar von zehn Dukaten, und die Hofkasse ist angewiesen, Euch beim Gefallen der Bilder weitere siebzig Dukaten zu zahlen», sagte Liebscher und kramte in seinem Beutel. Er legte zehn Goldstücke auf den Tisch und verlangte eine Quittung.

Eine Menge Geld war das, fast soviel wie Agnes' Brautschatz, wofür man sich ein annehmbares Haus kaufen konnte, rechnete Albrecht schnell in seinem Kopf, ehe er ja sagte. Es war sein erster großer Auftrag mit der Aussicht auf sein erstes großes Geld. Albrecht zögerte nicht, dem sächsischen Kommissionär die gewünschte Quittung auszustellen. Obwohl in seinem Kopf die Gedanken durcheinanderpurzelten, unterschrieb er mit teilnahmslosem Gesicht, so als ob er es jeden Tag machte.

Nun galt es auch zu zeigen, was in ihm steckte. Kraft und Ausdauer würde es kosten, sagte er sich. Er rief seine Gehilfen zusammen, den Sachsen, dazu Hans und Balthasar. Denen zeigte er voller Stolz das Papier mit dem Kanzleisiegel des Kurfürsten. Noch viel eindrucksvoller aber waren die Dukaten, zehn an der Zahl und einer so groß und blank wie der andere.

Weil er der Jüngste war, gab er Hans einen Viertelgulden, damit er Bratwürste holen sollte und eine Kanne Wein. Nicht mit Fasten, sondern mit Frohsinn wollten sie das Werk beginnen.

Es war wie ein Kampf. Mit Kaseinfarben ging Albrecht die glattgeschliffene Leinwand an. In Grautönen entwarf er zunächst die Architektur. Maria und den Jesusknaben stellte er in die Fensternische eines weiten Raums. Auf einem Kissen lag das Kind, von Engelchen umfächelt und umschwebt. Viel kleiner Krimskrams war dabei, denn der Kurfürst war ja ein feiner Herr, der zu seinem Vergnügen auch eine Menge sehen wollte, was nicht unbedingt zu der Geburt Jesus' gehörte. Einen Ausblick aus dem Fenster stellte er dar und ein aufgeschlagenes Buch auf dem Lesepult.

Beim Malen hielt sich Albrecht streng an das, was er bei Meister Wolgemut gelernt hatte. Er legte lasierend Schicht auf Schicht der mit Eiweiß gebundenen Farben, so daß zuletzt nur Gott und Lehrlinge wußten, wie oft er übermalt und gefirnißt hatte.

Bei der Gestaltung der Figuren versuchte er vieles aus seinen venezianischen Skizzen zu ziehen. Dort unten hatte er alle möglichen Engelchen gezeichnet, auch bei Sambelli einen Jesusknaben kopiert. Aber sosehr er sich auch mühte, seine Farben zum Leuchten zu bringen, es gelang ihm nicht. Die Töne blieben trocken und gedeckt. Zuletzt stellte Albrecht fest, daß er in Komposition und Aufbau die flandrische Schule nachgeahmt hatte. Nur die Alten konnten das besser. Sein erstes größeres Bild brachte ihm wohl das Lob Wolgemuts ein, doch blieb bei ihm ein Rest Unzufriedenheit hängen.

Nachdem das Altargemälde nebst den beiden Flügelfiguren vollendet war, fuhr Dürer mit seinen Gesellen nach Dresden. Das Werk war für die kurfürstliche Hofkapelle bestimmt, dort galt es an Ort und Stelle irgendwelche Beschädigungen beim langen

Transport auszubessern und die Tafeln in das vergoldete Rahmenwerk einzupassen.

Es sollte lange dauern, bis der Kurfürst mit seinem hochlöblichen Rat Hoym kam, um sein Urteil abzugeben. Wie der Wittenberger sich entschied, so entschied sich auch die kurfürstliche Kasse zum Auszahlen oder nicht. So lange mußten sie sich schon gedulden. Gott weiß, wie langwierig das Regieren war.

Da Albrecht langsam das Geld ausging und er seinen sächsischen Gehilfen nicht länger bezahlen konnte — die Arbeit war ohnehin beendet —, schickte er den Mann fort, nachdem er bei der Hofkasse auf die hoffentlich erfolgende Zahlung einen Vorschuß erbeten hatte. Viel Glück wünschte er dem Scheidenden und zählte nachträglich die Kreuzer, die ihm noch geblieben waren.

Geldlosigkeit focht sie nicht an. Da die fast sichere Aussicht auf eine größere Summe bestand, vertrieben sich die drei Nürnberger die Zeit mit Naturstudien, wofür Dürer sich ein Zeichenbuch anlegte, oder sie wanderten vergnügt in die Umgebung der Stadt, um gegen Abend in einem Gasthaus einzukehren.

An den Gesprächen der Lehrjungen beteiligte sich Albrecht selten. Ihn beschäftigte seit langem schon eine neue Idee. So war es oft — kaum war die eine Arbeit beendet, saß er über neuen Plänen, machte wieder Entwürfe. Jetzt hatte er vor, die Mutter Maria, die Schmerzensmutter, darzustellen. Eine Folge von Bildern schien ihm dazu am geeignetsten. Erste Vorstellungen hatte er schon skizziert, aber wer würde solch ein großes Werk bezahlen? Es bedurfte nur eines Gönners, der ihm solch einen Auftrag gab ... Vielleicht der Kurfürst? — Nun, man würde sehen.

Ein paar Tage später kam endlich ein Bediensteter aus dem Schloß zu Dürer, um zu melden, daß Seine Hoheit eingetroffen sei und darauf brenne, das Altarwerk zu besichtigen. Gleich nach der Frühmesse befahl er die Nürnberger an Ort und Stelle. Dort würde dann die Entscheidung fallen.

Schon früh und nicht wenig aufgeregt begab sich Albrecht dann, begleitet von Balthasar und Hans, in die Kapelle. Da die Lichtverhältnisse schlecht waren, öffneten sie Türen und Fenster.

Der zwölfjährige Jesus im Tempel, Wittenberger Altar; Gemälde 1495

Lange brauchten sie nicht zu warten, denn bald fanden sich viele Höflinge ein, die dem Schauspiel einer Bildbegutachtung beiwohnen wollten. Jemand, der sich den Malern als Ludewig Vitztum von Trothe vorstellte, meldete Dürer zunächst den Ersten Rat Seiner Hoheit, Herrn von Hoym.

Etwas Zwergenhaftes ging von dem Edelmann mit dem sorgsam gepflegten Bart aus. Wie ein Knabe so schlank und von winziger Statur, trug er schwer an einer goldenen Kette. Mit der Verbindlichkeit eines Kaufmanns schaute er zu den Nürnbergern hoch. «Euer Hiersein, verehrter Meister, ist uns eine hohe Ehre», säuselte er und grüßte Albrecht mit einem Kopfnicken.

Doch dann wurde es Ernst. Zwei Hellebardiere pflanzten sich vor dem Eingang der Kapelle auf. Die mit einem Wappenrock angetanen Garden standen stramm in der Erwartung Seiner Hoheit des Kurfürsten, des Erzmarschalles des Heiligen Römischen Reiches Deutscher Nation. Albrecht merkte es am Beugen aller Rücken, daß er eingetreten sein mußte. Da stand der Erwartete, ein stattlicher Mann, kaum über Dreißig, so schien es, und mit einer deutlichen Anlage zum Dickwerden. Als einziger trug er einen kurzen, pelzverbrämten Jagdrock. Sein listiges, gut beobachtendes Auge fand unter den Nürnbergern sogleich Albrecht heraus.

«Meister Dürer, wenn ich mich nicht irre», sagte er freundlich. Der Angeredete verneigte sich. Vielleicht nicht so lange und mit etwas weniger Respekt als die andern Lakaien, Hofbeamten, Gelehrten und Würdenträger aller Art, die sich ebenfalls in der Kapelle eingefunden hatten. «Entschuldigt, aber ich konnte nicht eher kommen», sagte der Kurfürst höflich, «ich hoffe nur, Ihr seid bequem untergebracht worden und habt alle Annehmlichkeiten genossen, die Dresden zu bieten hat.»

Da Albrecht nicht darauf antwortete, drängte sich Hoym vor. «Wie es unsere sächsische Hof- und Gesindeordnung vorsieht. Diese Verordnung bestimmt auch das Traktament. Wie ich meine, müßte im Falle der Nürnberger die Stufe römisch drei oder vielleicht sogar römisch vier zur Anwendung kommen, wie für Magister, Doktoren, Rechtsgelehrte. Sie beziehen pro Abend ein Quart Bier, eine Kanne Wein und Menage aus der Küche.»

«Hört auf, wie könnt Ihr einen solchen Mann wie einen reisenden Quacksalber behandeln!» sagte der Kurfürst streng. Albrecht gab an, daß sie in Dresdens schlechtestem Gasthaus wohnten und vom Hof noch überhaupt keine Zuwendung erhalten hatten.

Diese Angelegenheit war Hoym unendlich fatal. «Ein Irrtum!» rief er von weitem.

«Da habt Ihr Eure Hof- und Gesindeordnung, sie steht nur auf dem Papier und ist dazu da, die eigne Raffgier zu vertuschen. Laßt mich jetzt mit dem Maler allein, ja, alle sollen verschwinden.»

Tief verletzt knickte Hoym ein. Er hielt sich sein duftendes Spitzentaschentuch vor den Mund, wohl damit sein Ärger nicht herauskam, und verzog sich rückwärts unter fortwährenden Verbeugungen.

Eine Weile wartete der Kurfürst, bis die letzten Höflinge gegangen waren. «Als ob wir es nicht hätten! Entschuldigt, Meister. Natürlich will ich, daß gespart wird, aber nicht am falschen Platz. Bei mir macht die Kunst eine Ausnahme, sie will beschützt und gefördert werden.» Nun erst schaute er auf das Gemälde. Dürer hielt den Atem an. In der Kapelle ist es totenstill. Dann endlich: «Euer Altar gefällt mir, Nürnberger.» Dürer atmete auf. «Wir brauchen mehr davon. Auch größere und bessere Bilder können wir bezahlen. Erzählt mir von Euren Plänen!» forderte Friedrich ihn auf.

Gerade erst hatte Albrecht sich einen Gönner gewünscht, der es ihm ermöglichte, seine Pläne zu verwirklichen. Wie ein Traum kam es ihm vor, daß sich der Fürst für seine Vorhaben interessierte. Albrecht sprach gleich von den sieben Leidensstationen der Mutter Maria. «Aus der Jugendzeit Jesus' will ich drei Tafeln malen, die Flucht nach Ägypten, die Beschneidung und der Zwölfjährige im Tempel unter den Schriftgelehrten. Danach würde die Kreuzigung in vier Tafeln folgen», erklärte Albrecht und legte dem Kurfürsten seine Skizzen und Entwürfe vor.

«Für Wittenberg brauche ich einen neuen Altar. Wie lange würdet Ihr daran arbeiten?» fragte Friedrich.

«Wenn ich gleich hier anfangen könnte, wären es sechs bis acht Monate. Wenn ich zurück muß nach Nürnberg, dauert es länger.»

«Fangt an, und ich versichere, daß der neue Altar in keiner schlechten Gesellschaft aufgestellt wird. Alle bedeutenden Meister, auch ältere, werden dort vertreten sein, aus der flandrischen Schule, aus Brabant, dem Wasgau und Basel. Was gut und teuer ist, bringe ich in die Kirche.»

So gut es ging, machte Albrecht einen Kratzfuß. «Wenn Hoheit wüßten, wie sehr es mich drängt, Euch Euren Wunsch zu erfüllen, allein» — hier stockte er — «das Leben in Dresden ist so teuer», sagte er und machte sich auf harte Verhandlungen gefaßt. «Nehmen wir nur das Material. Unter fünfzig Gulden rheinisches Geld kann ich keine Farben und Gerätschaften einkaufen. Auch meine Gesellen haben ihren Verzehr.»

Doch da schnitt ihm der Kurfürst das Wort ab. «Bewilligt! Sagt meinem Rat, was Ihr braucht. Hoym wird es heranschaffen. Vor allem müßt Ihr und Eure Männer umziehn in ein besseres Haus. Ich weiß, vom Wohlbefinden hängt viel ab», erklärte der hohe Herr, bevor er Albrecht verließ.

Nein, gespart wurde diesmal nicht. Hoym höchstpersönlich holte die Nürnberger aus ihrem Quartier ab. Äußerst zuvorkommend benahm er sich. Knechte trugen ihr Gepäck auf einen bereitstehenden Wagen, der sie in eine noble Unterkunft führte, die nicht weit vom Schloß entfernt lag.

Für Albrecht galt es nun, für sich und seine Gesellen einen günstigen Vertrag auszuhandeln. Die Voraussetzungen dazu waren mit dem Wohlwollen des Kurfürsten gegeben. Bei allem, was er sich vorgenommen hatte, größere Summen kamen nicht heraus. In seinem Amt war Hoym ein gewitzter Kaufmann, der die Summe von hundert Dukaten auf keinen Fall überschreiten wollte. Dafür billigte er den Nürnbergern zu, daß die Materialkosten ersetzt wurden, und solange sie in Dresden arbeiteten, sollten sie nach der Sonderstufe der sächsischen Hof- und Gesindeordnung bewirtet werden, die sonst nur für Personen vom Stande und ihren Anhang in Betracht kam.

Was das Essen und Trinken betraf, war diese Abmachung ganz nach dem Geschmack von Balthasar und Hans, die sich aus der Hofküche allerlei sächsische Köstlichkeiten auffahren und es sich gut sein ließen.

Seinen Verdienst an der vom Kurfürsten so gelobten Madonna

in der Fensternische, die versprochenen restlichen siebzig Dukaten, holte Albrecht in einem prallgefüllten Beutel aus der kurfürstlichen Rentkammer ab. Mit seinem Honorar begab er sich ohne Aufenthalt in das renommierte Geschäftshaus Weber & Liebscher, wo er einen der Prinzipale, Herrn Liebscher, aus Nürnberg kannte. Hier wechselte man ohne Umstände sein Geld in rheinische Gulden um. Von diesen überwies Albrecht hundertundfünfzig sogleich an die Firma Imhoff nach Nürnberg. Herrn Liebscher gab er einen Brief an das Bankhaus mit, worin er für sein Geld fünf Prozent Zinsen erbat.

Dieses Geld sollte ein Anfang werden. Albrecht nahm sich vor, ein kleines Kapital zu schaffen, von dessen Zinsen er seine geschäftlichen Auslagen bestreiten wollte. Schon jetzt rechnete er sich aus, wie groß sein Vermögen sein würde, wenn er das Geld für die neue Arbeit auch einzahlte. Dazu schien es ihm unumgänglich zu sein, sich eine genaue Buchführung anzulegen, in der jeder, auch der kleinste Posten vermerkt war. Die Devise eines guten Kaufmanns lautete: «Viele Klein machen ein Groß.» Albrecht machte sich diesen Satz zu eigen.

Auf der Suche nach einer geeigneten Werkstatt, denn er war willens, sofort anzufangen, traf Albrecht den ihm bereits vorgestellten sächsischen Kavalier Ludewig Vitztum von Throte. Zuvorkommenderweise hatte ihm Hoym in einem Gartenhaus des Schlosses ein Atelier angeboten. Der junge Vitztum zeigte für die Malerei viel Verständnis. Er riet Dürer ab, sich in der Nähe des Schlosses anzusiedeln. «Ihr würdet keine Ruhe finden vor den possentreibenden, sich ewig langweilenden Hofleuten», sagte der Sachse. «Ich kenne diese nutzlosen Schmarotzer genau. Sie sind neugierig und würden Euch Tag und Nacht belagern. Zum Arbeiten kämt Ihr gar nicht.»

«Nicht zum Arbeiten kommen, das geht nicht», sagte Albrecht erschreckt, «aber was schlagt Ihr mir vor?»

Vitztum riet ihm zu einer leerstehenden Seilerwerkstatt im Windschatten des Stadtwalls. «Es ist ein wenig abgelegen, deshalb geht zu Hoym und laßt Euch eine Wache zuteilen. Die Stadtsoldaten tun ohnehin nichts, sie können Euch auch Besorgungen machen.»

Das tat Albrecht dann auch. Er und seine Gesellen fuhren gut dabei, denn die Soldaten brachten ihnen das Essen aus der Küche mit, nahmen ihnen Wege ab, so daß sie sich ganz der Arbeit widmen konnten.

Zu seinen Entwürfen für die Wittenberger Tafeln benutzte er seine Skizzenbücher aus Italien und der Schweiz. Besonders in Basel hatte er viel die Altarwerke der oberrheinischen Meister kopiert.

In dieser Zeit zeichnete er viel. Wenn er in der Werkstatt nicht weiterkam, durchstreifte er unruhig die Elbestadt. Am Schloß waren Zimmerleute am Werke. Einer von ihnen stand breitbeinig über einem Balken. Er drehte unter Aufbietung aller Kräfte die Flügel einer Schraube. Vor Anspannung keuchte er und pustete. Das war ein Kerl, der auch bei der Kreuzigung als Kriegsknecht eine gute Figur gemacht hätte, dachte Albrecht und warf mit der Feder den Mann aufs Papier.

Dank seiner beiden Helfer ging die Arbeit an den Tafeln schneller vorwärts, als Albrecht gerechnet hatte.

Die Entwürfe brachte er mit eigner Hand auf den Grund. Danach teilte er seinen Gehilfen die Arbeit zu. Jeder malte das, was er am besten konnte. Balthasar gab den Gewändern einen besonderen Glanz, während er Hans, dem beweglicheren, die Figuren anvertraute. Die beiden machten sich einen Spaß daraus, einander zu übertreffen.

So wurde eine Tafel nach der andern fertig, und Herr Vitztum von Throte kam öfter, um sich nach dem Fortgang der Arbeit umzusehn. Wo er konnte, war der sächsische Kavalier den Nürnbergern gern behilflich. Er veranlaßte auch, daß den Malern vom Schloß Kerzen zur Verfügung gestellt wurden, wenn sie bis in die Nacht hinein malten.

Gerade war die Arbeit an den Tafeln beendet, da brachte Herr Liebscher bei seiner Rückkehr aus Nürnberg unangenehme Post. Schon wieder gingen dort Seuchen um. Die fahrenden Wagenkolonnen brachten offensichtlich die Krankheiten mit. Neuerdings litten die Einwohner an fiebrigem Ausschlag.

Wie besprochen, hatte der Prinzipal Dürers Geld bei den Imhoffs eingezahlt und Grüße zu Hause in der Burggasse ausgerichtet. Mutter Barbara ließ fragen, ob er denn nicht bald käme.

Das lag nun nicht mehr an Albrecht, denn die sieben Tafeln waren fertig und das Mittelbild Marias schon längst mit dem Schlußfirnis versehn. Er wartete täglich auf eine Nachricht vom Kurfürstlichen Rat, Herrn Hoym, wann sich Seine Hoheit die Bilder ansehen wollte.

Eins wie das andere waren wohlgeraten. Dürer wurde sich bewußt, daß sich an diesem Altarwerk seine Auffassung geändert hatte. Was bei der Madonna in der Nische noch verspielt wirkte, fehlte bei der Darstellung der Passion ganz. Auf deutliche Art kam Dürer zum Wesentlichen. Er stellte den leidenden Menschen in den Mittelpunkt, ganz nach dem Vorbild der Antike.

Als der Kurfürst seinen neuen Altar zum ersten Mal betrachtete, verstummte er. Albrecht, der neben Friedrich stand, beobachtete das Mienenspiel Seiner Hoheit. Er wurde von der eindringlichen Darstellung des Leides tief berührt und versuchte seine Erschütterung zu verbergen.

«Nun, was haltet Ihr davon?» fragte der Kurfürst seinen Rat Hoym, der sich selbst nur schwer zu einer eignen Meinung durchringen konnte. Meistens kam dann so ein «Einerseits und Anderseits» heraus, denn er wollte sich nicht festlegen.

«Ich finde die Bilder sehr schön, ja, wirklich gelungen», sagte er und stotterte verlegen, «vielleicht sind die Personen ein bißchen ärmlich angezogen», wandte er ein und deutete auf die schlichte Kleidung der Figuren. «Ich kann mich aber auch irren», meinte er dann abschließend.

«Das ist die Wirklichkeit, Hoym!» widersprach ihm Friedrich wütend. Den Maler dagegen ermunterte er. «Ich danke Euch, Meister Dürer», sagte der Kurfürst. Damit hatten die Tafeln gefallen. Sie waren angenommen.

In diesem sechsundneunziger Jahr hatte Albrecht mehr als zweihundert Gulden verdient. Sein Konto bei den Imhoffs wurde größer. Aber er wollte sein Geld nicht ungenutzt liegenlassen und würde sich, wieder in Nürnberg, eine eigene Druckerpresse kaufen und seine Werkstatt mit einem neuen Gesellen vergrößern.

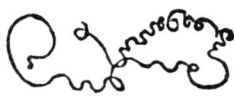

ELFTES KAPITEL

Der Himmel gibt ein Zeichen, und Dürer wird ein sonderbarer Maler

ERRLICH war die Dresdner Zeit. Albrecht war es noch nie so wohl gewesen. Das Gefühl, als Maler anerkannt zu sein und bewundert zu werden, dazu endlich einen vollen Geldbeutel zu haben, hatte er zum ersten Male kennengelernt.

Vergessen waren alle Sorgen und Nöte daheim, seine lange Wanderschaft hatte sich gelohnt, das Gelernte und Erfahrene konnte er mit Erfolg anwenden. Vergessen waren auch die Erlebnisse auf der Wanderung nach Basel, seine tiefe Erschütterung über die damals erlebte Willkür der Herren gegenüber den Ärmsten der Armen. Vergessen auch seine Frage nach dem «Wie» der Veränderung.

Wirklich vergessen? Oder hatte Albrecht all das in seiner Erinnerung nur verdrängt, zur Seite gestellt? So muß es wohl gewesen sein, denn auf der Heimreise wurden die Erlebnisse wieder beschworen, die Fragen tauchten wieder auf, und sie mußten beantwortet werden. Albrecht empfand dies sehr deutlich, denn was er auf der Reise sah, ähnelte nicht nur den Bildern der Wanderschaft, sie wurden übertroffen: Den Herren reichten die erpreßten Abgaben noch nicht, sie brauchten mehr, immer mehr, damit sie noch glanzvollere Gelage halten konnten, noch wildere Jagden veranstalten und noch mehr feine Gewürze, Stoffe und Kleinodien aus dem Orient kaufen konnten.

Die Maßlosen, die kein Erbarmen kannten, verfielen auf den Handel mit dem Glauben. Albrecht sah, wie sich besonders die Ärmsten um die feilgebotenen Reliquien stritten, sie für ihr weniges, oft einziges Geld erwarben, um Gott gnädig zu stimmen und wenigstens nach dem Tode nicht wieder die gleichen Qualen erdulden zu müssen wie auf Erden.

Die Seligkeit versprachen sie sich von einem Splitter des Kreuzes Christi, von einem Stück seines Gewandes. Ein Dorn seiner

Krone gab ihnen Hoffnung oder ein Knochenstückchen irgendeines Heiligen. Und die Fürsten und Kardinäle, die Bischöfe und der Papst kassierten. Albrecht war empört über soviel Raffgier und Schamlosigkeit und erinnerte sich an die Gespräche mit Willibald und vor allem an die Straßburger Predigt des Paters Geiler von Kaysersberg.

Kaum war er in Nürnberg angekommen, gab der Himmel selbst ein Zeichen: Auf den St.-Lukas-Tag, ganz in der Früh, wurde ein greuliches Feuer am Himmel gesehn. Es stand zwischen Morgen und Mitternacht. Rotes Feuer rann zwischen den Wolken wie gewaltige Blutflüsse. Alsbald hatte sich der Wind mit Ungestüm erhoben. Der brachte unter Donner Regen und Hagelschlag mit, daß jedermann annahm, der Tag des Jüngsten Gerichts sei angebrochen, denn die Lüfte kamen so durcheinander, als ob sie das Unterste zuoberst und das Oberste zuunterst kehren wollten. Dabei hat es so gebraust, wie wenn Posaunen von oben schallten.

Über solch ein Wetter erschraken alle zu Nürnberg lebenden Sünder, und davon gab es mehr als Steine in der Burgmauer. In den Kirchen wurden die Gläubigen von allen Kanzeln aufgefordert, schleunigst Buße zu tun, bevor es endlich zu spät war. Dieser allgemeinen Aufregung fiel auch Albrecht zum Opfer, denn Gott pflegte sein Kommen mit solchen Katastrophen anzukündigen.

In dieser Stimmung begann er an Blättern über den möglichen und voraussichtlich baldigen Untergang der sündigen Welt zu arbeiten. Er plante eine Folge Holzschnitte nach dem Text der Apokalypse zu machen. Denn in der Bibel stand geschrieben:

Und es erhob sich ein Streit am Himmel. Michael und seine Engel stritten mit dem Drachen, und der Drachen stritt und seine Engel auch. Keiner konnte siegen, auch ward ihres Bleibens nicht mehr gefunden im Himmel. Alsbald ward ausgeworfen der alte Drachen, die große Schlange, die da heißt der Teufel oder Satan, der die ganze Welt verführt. Und er stürzte auf die Erde, und seine Engel wurden auch dahin geworfen.

Als ob er noch vor der letzten Stunde fertig werden wollte, so eifrig schnitt Albrecht Teufel und Engel auf den Holzstock. Alles, was er auf der Welt gesehen und skizziert hatte, schnitt

er in diese Holzschnittfolge. Die Himmelstürmenden, Gebirge und Handel und Wandel auf offener See. Er selbst stellte sich als Erzengel Michael dar, wie er gegen die Kräfte des Bösen

Kampf der Engel
Apokalypse
Holzschnitt
1498

Die vier apoka-
lyptischen Reiter
Holzschnitt
1498 kämpft. Manche der Engel ähnelten den himmlischen Figuren, die er am Straßburger Münster gesehn hatte, andere wieder den Figuren am Dogengrab Niccolo Trons.

Himmlische und höllische Heere schlugen am aufgerissenen Himmel eine Entscheidungsschlacht. Es ertönten Posaunen eines himmlischen Sturms, der die Flamme des Glaubens mächtig aufblasen sollte. Um zu arbeiten, schloß Albrecht sich ein. Wie ein Mönch in der Zelle kam er sich vor, wie einer, der in sich geht und schneidet und schneidet, als ob diese Holzschnitte Erlösung bringen könnten für sich und die Welt.

Als er endlich fertig wurde, setzte er sein Zeichen hinzu. Seine Anfangsbuchstaben sollten das Erkennungszeichen der Werkstatt werden, sein «A» und sein «D». Jeder sollte gleich erkennen, woher der Holzschnitt stammte, aus der Werkstatt Dürers nämlich, des neuen, weithin bekannten Malers aus Nürnberg.

Der Ton von Dürers Himmelsposaune war so durchdringend und die Darstellung seiner rächenden Engel so zwingend, daß die Menschen, die seine Blätter sahen, wachgerüttelt wurden.

«Erlöse uns, Herr, von diesen verruchten Gewaltigen auf den Thronen der Welt, stürze sie endlich um ihrer Schlechtigkeit willen, denn es wird Zeit, daß wir, die Ärmsten und Erniedrigsten, erhöht werden. Aus deiner unerschöpflichen Gnade bitte gib uns, o Herr, ein anderes und gerechteres Regiment!»

In dieses Gebet stimmten viele ein, welche die Apokalypse vor Augen hatten. Sie glaubten an ein Gottesgericht, welches das Böse zur Rechenschaft zog, die Schlechtigkeit stürzte und die Armen endlich erhöhte.

Kaum kommen die Blätter zum Verkauf, werden sie von anderen jedoch als Aufforderung zum Handeln verstanden. Den Trompetenruf der himmlischen Heerscharen faßt dieses Publikum als Signal, als Aufforderung zum Handeln auf, zum Ungehorsam gegen tolle und wahnsinnige Herren. Es gab Käufer, die auf den Gedanken kamen, daß sie den Gotteszorn vollstrecken müßten gegen den Papst, gegen Kaiser und König und nicht zuletzt gegen die Kaufleute, die mit ihrem Geld Wucher trieben. Die Geißel schien in ihre Hand gelegt zu sein. Dürers Holzschnittfolge sahen sie als Ermunterung an, diese Züchtigung selbst vornehmen zu können.

Auch Willibald Pirckheimer war begeistert von den Visionen Albrechts. Und bald ist der junge Dürer berühmt. Weit über Nürnberg hinaus, in allen deutschen Landen kennt man seinen

Namen, bis hin nach Polen und Litauen, nach Böhmen, Wien und Kärnten.

Wer Erfolg hat, soll sich auch in der Öffentlichkeit zeigen und seinen Erfolg bewundern lassen. Dieser Meinung ist Willibald. Er lädt Dürer in die lange Stube bei der Fuhrwerkswaage zu einem Umtrunk ein, das ist ein feines Haus, in dem nur Patrizier und vornehme Ausländer verkehren.

Die Herren fühlen sich durch die Anwesenheit eines so berühmten Künstlers, der im Augenblick in aller Munde ist, geehrt. Die sonst so maulfaulen Kaufleute bieten ihm an, seine Einblattdrucke, Traktate und Kupferstiche zu ihren Kommissionären in die großen Städte zu schicken. Ganz kostenlos selbstverständlich, wie sie immer versichern, aus Liebe zur Kunst.

Für ihr Angebot bedankt sich Dürer. Er weist die Herren auf seine Hausfrauen hin, die für ihn das Geschäftliche erledigen. Albrecht hatte Kommissionäre in allen deutschen Landen und den größten Städten verpflichtet, seine Werke zu verkaufen. Die beiden Frauen standen mit ihnen in Verbindung. Natürlich zeigt auch Albrecht sich den Kaufherren gefällig, er läßt die Schankmamsell laufen und bestellt Wein, den er den Kaufleuten spendiert. Aus Erfahrung weiß er, daß sich solche Angebote nicht nur mit einem Dankeschön begleichen lassen.

Was so ein bißchen Ruhm doch ausmacht, denkt er. Überall gelten die Nürnberger Kaufleute als besonders hochnäsig, jetzt suchen sie seine Nähe, und der eine oder andere verspürt sogar Lust, sich abkonterfeien zu lassen. Die Handelsherren drängen auf ein Bild von ihm. Sie spekulieren auch mit dem Gewinn, den sie dadurch haben könnten, denn ihr Berater Pirckheimer spricht dauernd davon, daß sein Freund ein großer Maler werden würde. Jeder Kaufmann, der Ware kauft, solange sie noch billig ist, gilt als gut beraten. In ein paar Jahren vielleicht wird ein Bild von Dürer nicht mehr zu bezahlen sein.

Bei diesem illustren Umgang wird der Bescheidenste hochnäsig. Wenn Albrechts Gesellschaft hier hinter silbernen Pokalen sitzt, steckt ihre Vornehmheit an. Diese Marderpelze und Goldbrokathemdenträger könnten sich Paläste leisten, sie, die Kurfürsten und Könige zu ihren Schuldnern rechnen, sitzen in

Maria mit der Meerkatze; Kupferstich 1497

einer einfachen Schankstube an einem Holztisch, und zwischen ihnen der Holzschneider, Farbenanreiber und Maler Dürer.

Nimmt es da wunder, wenn es ihn schmeichelt, mit dieser erlesenen Gesellschaft vertrauten Umgang zu pflegen und Anton Tucher und Oswald Krell, zwei der angesehensten Herren aus diesem Kreise, porträtieren zu dürfen?

Als er sich dann ihre Gesichter vornahm, war er zunächst ratlos. Ja, er kannte sie schon lange, ihre Züge waren ihm vertraut, und jeder kannte sie. Was also war Besonderes an ihnen? Bedeutete ihre Persönlichkeit vielleicht mehr als der heilige Sebastian? Nein. Das stand dem Himmel zu, und die Nürnberger hielten sich an die Erde.

Natürlich redeten sie auf den Sitzungen vor der Leinwand. Für Albrecht war diese Arbeit eine Entdeckungsreise, eine abenteuerliche Fahrt über fremde Meere, eine kühne Weltumseglung, wenn er Strich für Strich mit dem Pinsel oder dem Zeichenstift Stirn, Augen, Mund und Nase abtastete. Er sah ihnen die Zähigkeit an, mit der sie das einmal Angestrebte auch zu erreichen pflegten.

Als er mit Krell einmal über die Blätter der Apokalypse sprach und sie ihm im einzelnen erläuterte, sagte der Kaufmann erstaunt und anerkennend: «Ihr habt nicht nur Eure Farben im Kopf!»

«Selbstverständlich steht es mir nicht an, wie der Hohe Rat über Politik zu sprechen», antwortete Albrecht. «Doch ich weiß, daß ein Künstler, will er der Welt etwas mitteilen, unbedingt an ihren Ereignissen teilhaben und seine Schlüsse aus ihnen ziehen muß. Kunst ist immer praktisch, ihr muß immer ein nützlicher und anwendbarer Gedanke zugrunde liegen!»

Krell lachte. «Ein politisierender Maler ist mir neu!» rief er aus. «Bisher dachte ich, Politik ist nur für Kaufleute Religion. Unser Psalter ist die Zinstabelle, unser Gebet sind die Kontoauszüge.»

«Wir führen wie ihr Kaufleute in unserer Kunst genau Buch über die Natur der Gegenstände. Mit einer Genauigkeit wie ihr, den Finger auf jedem Posten, bilden wir sie ab. Das ist schon ein Unterschied zu früher, wo man die Madonna im Himmelsdunst auf Wolken thronend malte. Heute setze ich Unsere Liebe Frau in den Garten hinterm Haus, an einen Zaun in den Rasen, zeichne eine Meerkatze dazu und mach sie irdisch.»

110

Die Gefangennahme, Große Passion; Holzschnitt 1510

Diese neuen Ansichten über Glaubensdinge in der Kunst verwunderten den Kaufmann sehr. Noch mehr erstaunt war er allerdings über diesen jungen, so selbstbewußt daherredenden Maler, der so gar nichts mehr von einem biederen Handwerker an sich hatte.

Neben der Arbeit an den Porträts beschäftigte Albrecht schon wieder eine große Holzschnittfolge — ähnlich der Apokalypse — über das Leiden Christi. Schon die ersten Entwürfe dieser Passionsdarstellungen wurden ein großer Erfolg. Der kreuztragende Christus wurde dem Betrachter zum Symbol der eigenen Knechtung und ließ ihn Mut und Hoffnung schöpfen.

Albrecht hatte nun alle Hände voll zu tun, die Aufträge zu erledigen. Fast wurde er ein Allerweltskünstler. Er entwarf Brunnenfiguren und gotisches Rankwerk für die weltberühmte Gießerei der Gebrüder Vischer. Mit seinem Schwiegervater Hannes Frey zusammen konstruierte er bewegliche Tafelaufsätze, die inwendig ein musikalisches Spielwerk besaßen. Vorlagen für bunte Glasscheiben, die Nürnbergs Bürgerhäuser zieren sollten, riß er auf den Karton und malte sie fein an. Er modellierte Münzen und Medaillen zum Prägen für die Stadt. Wer ein Mausoleum auf dem Gottesacker ausgeführt haben wollte, der wandte sich an die Dürersche Werkstatt, wo er gut und schnell bedient wurde.

Er war schon ein recht sonderbarer Maler, der sich von den andern ehrbaren Meistern gründlich unterschied. Er sah nicht wie ein Maler aus, sondern trug sich wie ein junger Kaufherr oder einer vom Stande und suchte nun auch in Nürnberg mit Willibald die Badestuben auf, die für die frommen Mitbürger verrufen genug waren. Mit seinen Freunden aus der «Gelehrten Gesellschaft» nahm Albrecht an allen nur möglichen Diskussionen und Disputationen teil. Und so, wie er sich sah, malte er sich auch: seiner Kraft voll bewußt, stolz auf die großen Erfolge und in prächtigem burgundischem Gewande.

Die Flucht nach Ägypten, Wittenberger Altar; Gemälde 1495

ZWÖLFTES KAPITEL

In der «Goldenen Henne» wartet ein alter Bekannter, und Albrecht wird das Oberhaupt der Familie

DAS neue Jahrhundert begann mit entsetzlichen Vorzeichen. Kaum hatte der Papst in Rom dem neuen Zeitalter seinen apostolischen Segen gegeben, da erhob sich in der Nacht zum Heiligen Dreikönigsfest ein heller Komet mit langem Schweif, der den ganzen Himmel ausfüllte. Überall in der Christenheit war dieses Schauspiel zu sehen, daß alle Gläubigen der Meinung waren, dieser Komet wolle nachfolgende gefährliche Zeiten ansagen, und man täte gut daran, sich auf das Jüngste Gericht vorzubereiten.

Auch Dürer verstand den Kometen als Ankündigung kommenden Unheils. Zunächst jedoch begann das neue Jahrhundert für ihn mit einer freudigen Überraschung. Ein Bote brachte in seine Werkstatt in der Burggasse die Nachricht, daß ein paar sehr vermögende Fremde im Gasthaus «Zur Goldenen Henne» abgestiegen wären, die den Meister zu sprechen wünschten. Unbedingt wollte Dürer diese vermögenden Fremden sehen. Vielleicht wollen sie mir einen großen Auftrag geben, dachte er, nahm flugs Mantel und Mütze und machte sich auf den Weg.

Wer beschreibt seine Überraschung, als er in der «Goldenen Henne» statt irgendwelcher vermögender Auftraggeber Signore Lyco und Messer Jacopo de' Barbari aus dem fernen Venedig vorfand. «Hier in Nürnberg könnt Ihr mich ruhig Kolb nennen», sagte Signore Lyco, der sich den deutschen Verhältnissen anzupassen verstand.

Auch Messer Jacopo strahlte, als er seinen deutschen Freund wiedererkannte. «Va bene — carissimo, sei gegrüßt!» rief er.

«In dieser Stadt voller Pfefferkuchenhäuser wohnst du also, du lieber Gott, und in diesen engen komischen Straßen.»

Albrecht sah ihn verstimmt an. «Wieso komisch?» wollte er wissen.

«Daß du das noch nicht gemerkt hast, das sind ja Holzschachteln und keine Häuser», meinte Jacopo, und es sah aus, als ob er ihn ärgern wollte.

«Wir bauen eben nicht in Marmor wie ihr», antwortete der Nürnberger gereizt.

«Es ist nicht wegen des fehlenden Marmors, aber weißt du, wie es riecht in den Gassen, pfui Teufel, wie Majoran.»

«Du Knoblauchfresser, meinst du, die toten Fische in der Lagune riechen besser? Sagt lieber, welch glücklichem Umstand ich die Ehre eures Besuches zu verdanken habe!»

«Unser Geheimnis», meinte Signore Kolb. «Weil Ihr es seid, werden wir es nicht bei uns behalten», versprach er und führte Albrecht auf sein Zimmer in der Herberge, wo er ihm den fertigen Riesenholzschnitt des Plans der Stadt Venedig zeigte.

«Das ist großartig!» freute sich Albrecht.

«Da staunst du, was?» sagte de' Barbari.

Riesenhaft und hervorragend gedruckt, besaß die Stadtansicht das stolze Maß von einsfünfundsiebzig auf drei Meter. Damit stellte sie etwas noch nicht Dagewesenes dar. Albrecht konnte sich rühmen, daran mitgearbeitet zu haben. «Großartig gedruckt», sagte er, «das muß euch der Neid lassen.»

Der venezianische Maler de' Barbari und Signore Kolb waren extra nach Wien gefahren, um Kaiser Max ihr Werk zu zeigen. Wie jedermann wußte, besaß die höchste deutsche Majestät eine ausgesprochene Schwäche für überdimensionale Kunst. Kaiser Maximilian stellte Jacopo sofort als seinen Hofmaler an und beauftragte gleichzeitig Kolb, ähnliche große Städtebilder von Koberger in Nürnberg drucken zu lassen. Die beiden geschäftstüchtigen Venezianer hatten sich klugerweise von Max das Vervielfältigungsrecht dieses und künftiger Städteprospekte ausdrücklich bestätigen lassen.

Am nächsten Tage führte Albrecht die beiden zu Koberger. Bei ihm lag offen auf einem Pult die Schedelsche Weltchronik. Wer nun die beiden Drucke nebeneinanderhielt, konnte unschwer erkennen, wie armselig sich die Nürnberger Städtebilder gegen den venezianischen Prospekt ausnahmen. Auf keinen Fall konnte sich diese Plumpheit mit der welschen Eleganz messen. Ohne diesen peinlichen Unterschied groß zuzugeben, erkannte auch Koberger sofort die hervorragende Qualität des Venedigdruckes.

Ihm, als dem vielleicht besten Kenner der Arbeiten Albrechts, fielen sofort die Dürerschen Striche auf. Ihm war klar, daß Dürer einen beträchtlichen Teil der Arbeit mitgemacht und zumindest die Windgötter und die sich im Hintergrund aus-

Anbetung der Könige Holzschnitt 1511

115

dehnende Alpenlandschaft ins Holz geschnitten hatte. Die Mitarbeit Albrechts wurde von den beiden auch gar nicht bestritten. Schon deswegen war es sehr schade, daß sich der berühmte Nürnberger Verleger mit dem beweglichen Venezianer Kolb-Lyco nicht einigen konnte. Ihre gegensätzlichen Charaktere erschwerten eine Zusammenarbeit. Albrechts Patenonkel fand diesen ausgewanderten Alt-Nürnberger zu affig und Signore Lyco wiederum den Nürnberger zu altbacken und unbeweglich.

Dagegen verstanden sich Albrecht und Jacopo prächtig. Lange tauschten sie Erinnerungen aus. Einmal nach so langer Zeit wieder zusammengekommen, erfaßte die beiden die alte Unruhe, das unbändige Gefühl einer Malbruderschaft, einer Kumpanei in höheren, geistigen Sphären, beileibe nicht liederlich, wie vielleicht damals, sondern nachdenklich, beschwingt und heiter.

Vor allem wollte Albrecht natürlich wissen, was es Neues in Venedig gab. «Was malt unser Sambelli? Ich muß es wissen, los, erzähle!»

«Nichts hat sich verändert. Es ist noch alles beim alten. Gentile ist wie immer muffelig. Auf der Piazza läßt er sich kaum noch sehen. Man erzählt sich, er ist Siegelschneider beim Sultan geworden, und Medaillen für den Großwesir entwirft er auch.»

«Das hat er doch schon immer gemacht.»

«Ich sagte ja, es gibt nichts Neues in Venedig», antwortete Jacopo gelangweilt. Zutiefst war er überzeugt, daß Neues nicht immer etwas Gutes bedeuten mußte.

«Und Sambelli?»

«Der wird auch älter. Langsam überflügeln ihn seine Schüler. Am schlimmsten treibt es ein gewisser Tizian Vecellio. Bei einer öffentlichen Ausschreibung hat er seinen eignen Meister im Preis unterboten und ausgestochen.»

Dem eignen Meister in den Rücken fallen galt mit Recht als ein schlimmes Vergehen. «So eine Undankbarkeit!» schimpfte Albrecht.

«Darauf geben die Venezianer nichts. Viele behaupten jetzt schon, daß Tizian bedeutend besser als sein Lehrer ist.»

Besser als Bellini, das durfte nicht sein. «Wie alt ist denn dieser Tizian?» fragte Albrecht. Er war eifersüchtig.

Mit möglichst gleichgültigem Gesicht antwortete Jacopo: «Zweiundzwanzig oder dreiundzwanzig. Tizian ist nicht der einzige. Aus Bellinis Werkstatt kommt auch Giorgione. Er ist noch jünger und bezaubert in seinen Bildern durch den Goldton seiner Farben. Es ist die Jugend, Alberto», schwärmte de' Barbari, «sie malen die Madonna jünger als ihren Sohn. Sie zeigen Maria in einer Schönheit, daß das Maß ihrer Anmut Vorbild für die Menschen wird.»

Wie Messerstiche fährt der Neid in Dürers Brust. «Kannst du mir Näheres über das Maß ihrer Glieder berichten?» fragt er.

«Was ich weiß, will ich dir gerne sagen», antwortet Messer Jacopo und bringt Albrecht die Maximen der Malerei des Vitruv bei. Dabei handelt es sich um die Lehre von der Messung menschlicher Proportionen. De' Barbari benutzt eine Schablone, welche den Körper der Frau oder des Mannes in fünf gleich große Kästchen zerlegt. Diese Kästchen werden je nach Stellung des abzubildenden Körpers auf einen Raster übertragen.

Was wie ein Spiel mit verschiebbaren Linien aussah, war nichts anderes als eine Faustregel für das Maß einer idealen Figur. Noch niemals hatte Albrecht so etwas Einfaches gehört, noch nie ein so einfaches Hilfsmittel zur Verfügung gehabt. Das mußte er gleich ausprobieren.

Zusammen mit Messer Jacopo machte er sich daran, Mantegnas Apoll das rechte Maß abzunehmen, als wollte er prüfen, ob sich der Meister nicht doch irgendwo verzeichnet hatte. Nein, da stimmte alles. Zum ersten Mal benutzte Albrecht Zirkel und Richtscheit zum Malen, zum ersten Mal zog er Hilfslinien auf das Zeichenpapier. Was de' Barbari ihm zeigte, hatte er schnell begriffen. Diese Methode schien die beste zu sein, eine zeitlose Schönheit und die Wahrheit bis ans Ende aller Tage zu schaffen. Er zeichnet verbissen. Zwei- oder dreimal arbeitet Albrecht den Apoll Mantegnas mit heller Tinte durch, um die Zeichnung dann mit einem Netzwerk schwarzer Striche zu überziehen. Er rechnet auch die Kästchen durch, schreibt Zahlen an den Rand der Zeichnung. Der erste, zweite, dritte, vierte Teil von fünf ganzen.

Nach dem Apoll bringt er mit der gleichen Methode eine Diana zu Papier. Bei dieser Arbeit kommt ihm der Gedanke, beide

Adam und Eva nackten Figuren in einem Stich als Adam und Eva zu vereinen.
Kupferstich Als Hintergrund wählt er dazu den Wald vor dem Steinbruch in
1504 Schmausenbrück. Dieser welsch anmutende Fleck im Herzen
Frankens ist ein Hain mit glatten Stämmen, ein lichtes Unterholz,

118

das Unterschlupf für allerlei Getier bietet, welches hier in Harmonie zusammen lebt. Ein musikalisch anmutendes Paradies.

Von nun an wendet Albrecht diese neue Zeichen- und Kompioniermethode bei jeder Arbeit an. So schneidet er die Lebensgeschichte Marias ins Holz. Zum ersten Mal erreicht er bei diesen Holzschnitten des Marienlebens auch mit seiner Perspektive eine meisterliche Gestaltung räumlicher Tiefe, von der sich die Personen plastisch abheben. Bei der Bewältigung architektonischer Probleme hilft ihm Jacopo, der sie als Italiener besser kennt, weil er jahrelang Stadtansichten gemacht hat.

Diese von Anregungen, Lernen und Arbeit erfüllte Zeit hätte Albrecht wohl noch mehr ausschöpfen können, wenn in seinem Haus in der Burggasse alles in Ordnung gewesen wäre. Seit Wochen jedoch lag der Vater krank auf seinem Lager. Gottlob war es nicht die Pest, unter der er litt, nur hatte er Schmerzen. Mehrmals am Tag kam der Arzt. Sein Aderlassen hatte den Goldschmied erheblich geschwächt.

Auf den St.-Matthäus-Abend dann begehrte der Kranke noch etwas zum Trinken. Mutter Barbara hatte ihm warmen Würzwein mit hineingeriebener Faulbaumrinde gereicht. Davon hatte er nur wenig getrunken, ihr aber gedankt für alles, was sie ihm und den Kindern Gutes getan hatte. Danach ist er zurück ins Kissen gesunken. Er schloß dabei die Augen und hat bleich ausgesehn. Darum hat ihm Barbara das Bernhardgebet vorgesprochen. Ganz langsam, und als sie an den dritten Vers kam, in dem es hieß: «Kein Rat, kein Arzeney, kein Heulen und Geschrey kann mich von Tod befreyn», verschied er sanft und selig.

Mit einunddreißig Jahren war nun Albrecht der Älteste und das Oberhaupt der Familie. Sein Vater hatte zu seinen Lebzeiten streng auf eine gottgefällige Aufführung seiner Kinder geachtet. Der Goldschmied hatte sein Leben mit großer Mühe und schwerer harter Arbeit zugebracht und von nichts anderem gelebt, als was er für sich, sein Weib, seine Kinder, Gesellen und Lehrjungen mit eigner Hand verdient hatte. Darum hat er wenig genug gehabt, viel mehr Sorgen und Ärger dafür. Dieses gewiß nicht leichte Los fiel nun Albrecht zu. Er löste die Goldschmiedewerkstatt auf, nahm seinen jüngsten Bruder, den zwölfjährigen Hans,

Der Feldhase
Aquarell
1502
in seine Lehre und schickte den anderen Bruder, den schon acht-
zehnjährigen Goldschmiedegesellen Andreas, auf die Wanderschaft. Mutter Barbara gehörte nun auch zu seinem Haushalt,
was der jungen Dürerin Agnes gar nicht recht sein konnte, aber
das sollten die Frauen gefälligst unter sich ausmachen. Albrecht
war nicht willens, sich auch noch darum zu kümmern. Er hatte
nun genug Sorgen. Außerdem brauchte er Ruhe zum Malen und
zum Nachdenken.

Es drängte ihn nach neuen Erkenntnissen von der Art, wie sie

120

ihm Jacopo mitgeteilt hatte, sie waren ein möglicher Weg zu einfachen, klareren und ablesbaren Lösungen in der Kunst. Albrecht befand sich auf der Suche nach der Wahrheit, die irgendwo in den vergessenen Gassen der Zeit liegen mußte, darauf wartend, daß sie jemand aufhob. Dunkel erinnerte er sich an das Wort des heiligen Augustinus, der schrieb: «Also werden wir suchen mit der Hoffnung, zu finden, und finden in der Gewißheit, weitersuchen zu müssen.»

Da er jemanden benötigte, der ihm zuhörte und ihn auch verstand, ging er in die «Goldene Henne», um de' Barbari zu sprechen. Der venezianische Freund war vielleicht der einzige, der wissen konnte, was ihn bewegte. Wie enttäuscht war Dürer, als er vom Wirt hören mußte, daß der Signore, einem Ruf des sächsischen Kurfürsten folgend, Nürnberg vorzeitig verlassen habe.

Nun gut, er hatte sich eine ganze Zeit lang, so lange, bis seine Familienverhältnisse geordnet waren, nicht sehen lassen. Dennoch mußte Albrecht de' Barbaris plötzliche und durch nichts angezeigte Abreise übelnehmen. Hatte ihm doch Jacopo fest versprochen, noch mehr Geheimnisse über die Messung menschlicher Körper preiszugeben.

Was er an neuer Weisheit und Wahrheit durch das gebrochene Versprechen einer Unterweisung durch Jacopo verloren, wollte Albrecht nunmehr alleine finden. Lieber wäre er natürlich ein zweites Mal nach Venedig gefahren, allein das Geld fehlte ihm dafür. So ging er mit seinen Schülern vor die Stadt. Sie zogen aus mit Papier, Tusche, Pinsel und Wasserfarben, um sich im Hinsehn und in der Genauigkeit zu üben. Skizzenbücher zu füllen mit dem Geringsten, was es auf Erden gab — Sauerampfer, Gras und Wiesenblumen, Käfer oder anderes lebendiges, aber auch totes Getier. Vogelbälge studierten sie, zeichneten sie ab, auch Feldhasen, Ziehbrunnen, Bäume und Häuser.

Dabei beeindruckte Albrecht seine Schüler durch die Meisterschaft im Führen der Feder. Sie sollten es ihm möglichst gleichtun, lernen sollten sie vom Zusehn. Gerade in diesen kleinen und eigentlich unwichtigen Dingen hielt er die Natur für einen nicht zu übertreffenden Meister und das Wollen vor allem der jüngeren Künstler, sie zu verbessern, für einen Irrtum. «Ein Blatt müßt ihr genau ansehn, müßt studieren, wie es am Ast wächst», riet er seinen Schülern. «Beim Zeichnen richtet euch danach, und vor allem verändert die Natur nicht nach eurem Gutdünken. Du bist dumm, wenn du meinst, etwas Besseres steckt in dir. Denn wahrhaftig steckt die Kunst in der Natur, wer sie heraus kann reißen, der hat sie.»

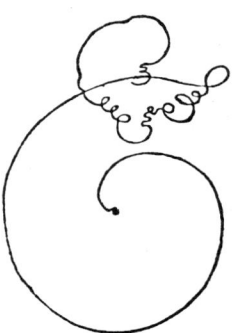

DREIZEHNTES KAPITEL

Auf Nürnbergs Gassen reitet der Tod. Wer es sich leisten kann, verläßt die Stadt

ACH einem langen heißen Sommer, der eine gute Kornernte versprach, kam ein ungewöhnlich trockener und windiger Herbst, der die Trauben an den Weinstöcken vertrocknen ließ. Fast alle Wasser drohten zu versiegen, Flüsse und Bäche wurden zusehends weniger. Da kam eine Seuche über das Frankenland, die von den Bauern «Scharbock» genannt wurde. Viele tausend Menschen raffte die Krankheit dahin, daß kaum ein Schnitter mehr da war, das Korn zu ernten.

In dieser Notzeit beschloß der Rat von Nürnberg, die Tore in der Stadtmauer vorzeitig zu schließen und jedem Wächter einen Arzt oder wenigstens einen Famulus der Medizin beizugeben, der jeden Fremden auf die Krankheit untersuchen mußte. Trotz dieser Vorsichtsmaßnahme verbreitete sich der Scharbock in den Gassen Nürnbergs, und nicht wenige starben daran.

So auch Willibalds Eheweib und gute Hausfrau. Sie wurde von diesem Pesthauch angesteckt. Den dritten Tag bettlägerig, starb sie am Martinsabend. Niemand, keiner von den Verwandten, Freunden oder Bekannten, wagte es, aus Furcht vor Ansteckung, der Dahingeschiedenen die letzte Ehre zu erweisen und sie zu begraben. Die fromme Frau Pirckheimer wurde vom großen städtischen Leichenkarren, der schon bis obenhin voll anderer Opfer dieser Seuche war, zur großen Grube gefahren und dort verscharrt.

In Vischers Messinggießerei stellten die Feuermänner als erste den Betrieb ein. Wer es sich leisten konnte, nicht zu arbeiten, hörte damit auf. Auch Mutter Barbara, die dem bleichen Tod schon viel gegeben hatte, verlangte, daß Gesellen und Lehrjungen augenblicklich aus dem Haus geworfen wurden. Wenigstens so lange sollten sie fortbleiben, bis der erwartete Regen kam, von dem sich alle Erfrischung und Heilung versprachen.

Es kamen trostlose Wochen. Niemand ging auf die Straße. Am allerwenigsten hielt Albrecht dieses Eingesperrtsein aus. Die beiden Weiber saßen nur da und beteten. Er verriegelte sich in seiner Werkstatt und lenkte sich mit Arbeit ab. Weil ihm grad nichts anderes einfiel, versah er schmale Holztäfelchen mit einem geleimten Kreidegrund. Dreißig, vierzig Stück. Darauf malte er fleißig Marienbildchen. So viele wurden das, daß er sie auf Vorrat legte, denn es gab eine große Anzahl frommer Leute, die in Pestzeiten sich nicht in die Kirche, geschweige denn auf die Straße wagten. Statt dessen bestellten sie sich bei ihm einen Hausaltar, vor dem sie dann die hochgelobte Jungfrau um Verschonung vor der Todesnot anflehen konnten.

Das scheppernde Gebimmel der Totenglocke hörte nicht auf. Durch Nürnberg zog König Tod. Nicht hoch zu Roß, sondern gebückt saß er auf einer klapprigen Mähre. Vom vielen Mähen ermüdet, hing die Sense schlaff in seiner Knochenhand herunter. Memento mei, gedenke mein, vergiß mich nicht. Der Tod trug eine Krone, und der Schindmähre hing eine Glocke um den Hals. Morgens, mittags und abends bimmelte die Glocke von St. Katharina.

In ihrer Todesangst kauften die Leute gern in Dürers Werkstatt. Sie bevorzugten Gemälde von Maria, die wundertätig und gesunderhaltend sein sollten. Auch galt die Heilige Jungfrau als Schutz vor dem bösen Blick und vor Verzauberung.

Bald hieß es, den Scharbock hätten die Hexen verursacht. In Schweinfurt hatte man zwei verbrannt. Danach soll die Krankheit ganz plötzlich aufgehört haben. Da dieses Rezept gegen die Seuche so einfach war, suchten nun die Patres der Dominikaner nach den Schuldigen. Die Herren der «Gelehrten Gesellschaft» protestierten gegen solchen Unsinn. Allerdings vergebens.

Sie kamen einfach nicht an gegen die hexenwütigen Gläubigen, die in den Krankenstuben und Siechenheimen rasten und ihr Opfer haben wollten. Lange Züge von Geißlern schleppten sich zu den Kirchen. Zuckend wälzten sie sich auf der Gasse. «Herr!» schrien sie. «Erbarme dich unser!» Die herumstehenden Gaffer stimmten das Kyrieeleison an.

Der wuchernde Tumult legte sich erst, als die Nachricht kam, der Rat hätte endlich die beiden Urheberinnen des Übels und der

Seuche gefunden. Sie setzten die Lochmüllerin und die Frau des
Schneiders·Feinel im Turm fest. Danach durchgeisterten die
unterschiedlichsten Gerüchte die Stadt. Die einen wollten wissen,
die beiden Hexen hätten schon gestanden, andere wieder be-
haupteten, sie hätten noch nichts ausgesagt, aber der Beelzebub
wäre mit Rauch und Schwefel in den Turm gefahren und hätte
ihnen den Hals umgedreht. Vielleicht sahen sie auch nur nach der
Tortur so entstellt aus, jedenfalls schworen die Nürnberger, der
Teufel wäre es gewesen. Halbtot geschunden, wurden die beiden
Unglücklichen zum Richtplatz gefahren.

Die Menge fiel auf die Knie. «Und erlöse uns von dem Übel»,
beteten sie. Man schloß die Augen, einzelne wimmerten in sich
hinein. Einer flüsterte: «...und vergib uns unsere Schuld.» Dann
war es ruhig.

Auf dem berühmten Markt, der für viele Zukunftsgläubige der
Mittelpunkt der Welt war, knisterten die verruchten Flammen
des Scheiterhaufens. Sie loderten nicht, weil das Feuer nicht

richtig brennen wollte. Zwei Holzstöße hatten die Dominikaner vor dem schönen Brunnen errichten lassen. Nunmehr stieg schwarzer, höllischer Rauch auf und vernebelte den Platz. Es war, als wollte der Himmel selbst dieses traurige Schauspiel nicht sehn.

Wie eine Erlösung kam das so lang ersehnte Naß vom Himmel. Darauf waren noch mehr Hoffnungen gerichtet als auf den Feuertod der beiden Frauen. Doch an dem Sterben änderte weder die Hinrichtung noch der Regen etwas. Nach dem Scharbock schlich sich die Beulenpest in Nürnberg ein. Dieses Übel war noch viel schlimmer. Die Totenglocke von St. Katharina hörte nun überhaupt nicht mehr auf zu bimmeln.

Die Räder des großen Karrens, auf welchen die Leichen geworfen wurden, drehten sich kreischend durch Gassen und Gäßchen. Wer wollte dieses Geräusch auf die Dauer ertragen? Wer konnte, floh aus Nürnberg. Schon lange standen die Häuser der wohlhabenden Patrizier leer, verlassen von den verängstigten Stadtvätern. Auch der verwitwete Pirckheimer rüstete zur Abreise.

Gern hätte sich auch sein Freund Albrecht in Sicherheit gebracht vor dem Tod. Er dachte immer noch an eine Venedigreise, um seine Studien, die menschlichen Proportionen betreffend, weitertreiben zu können.

Am leidigen Geld solle es nicht liegen, meinte Willibald und lieh ihm einhundertundsechzig Dukaten für eine zweite Reise nach Venedig. Und wenn er wieder in Nürnberg sei, so versprach Pirckheimer, wollte er sich während Dürers Abwesenheit um dessen Familie kümmern.

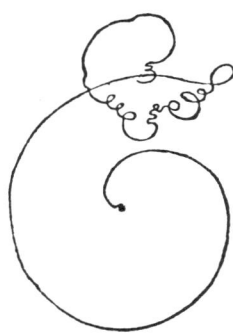

VIERZEHNTES KAPITEL

Dürer malt ein prächtiges Bild,
lernt eine Madonna kennen
und kommt zum Ziel aller Wünsche

DER Abschied war tränenreich, aber zum Glück fiel er recht kurz aus, weil Albrecht mit einer Botenkutsche des Rats bis Augsburg mitfahren durfte und er vor seiner Haustür abgeholt wurde. So reiste Albrecht gleich von Anfang an wie einer vom Stande. Als sie ankamen, vermeinte der Wirt vom «Löwen» in Augsburg auch nichts anderes, und er bot dem Herrn sein teuerstes Gemach zu sechseinhalb Kreuzern an. Solch einen Aufwand mit seiner Person ließ Albrecht sich wohl gefallen. Er kleidete sich wie ein reicher Herr und machte, wie Willibald ihm geraten hatte, dem einflußreichen Stadtrat Conrad Fuchs seine Aufwartung. Er brachte dem Herrn außer schönen Grüßen von Pirckheimer seinen neuesten Stich von Adam und Eva mit. Was sein Schade nicht sein sollte. Er wurde zu einem reichen Nachtmahl eingeladen und durfte überdies mit einem Fuggerschen Geschäftswagen nach Venedig mitreisen.

Beschwingt über soviel freundliches Entgegenkommen, setzte er seine Reise fort. Gutgelaunt begrüßte er Innsbruck, die inzwischen verwaiste Kaiserstadt, denn Maximilian hatte sich nach Wien begeben und suchte sein Lieblingsland Tirol nur noch zum Jagen auf. Brixen, Bozen und Klausen hießen den Nürnberger willkommen, die bekannten Plätze luden ihn zum Verweilen ein, aber Albrecht drängte ungestüm seinem Ziel entgegen.

Wie er sich auf das Wiedersehn freute, auf den Kanal und die Piazza von San Marco, auf die steinernen Löwen und die lebendigen, flügelschlagenden Tauben. Von dieser Stadt erhoffte er sich viel, denn diesmal zog er ja nicht so unbekannt und dürftig, vor allem nicht so mittellos wie damals ein.

Grau schimmerte das Wasser der Lagune, silbriggrau wie geschmolzenes Blei, aber auf der eintönigen Wasseroberfläche tummelten sich bunte Farben, Gelb, Grün und Orange. Ein strahlender Baldachin von Luft wölbte sich darüber, ein Blau, das noch schöner war als sein teures Ultramarin.

Natürlich gab es auch Neuigkeiten, die Fondaco dei Tedeschi war im Winter niedergebrannt. Der neue Baumeister, Hieronymus mit Namen, war schon zur Stelle. Er bereitete die Wiedererrichtung vor. Das neue Haus sollte schöner und größer wiederaufgebaut werden. Womöglich noch protziger als der Palast des Großtürken an der Riva degli Schiavoni, genau gegenüber von San Giorgio.

Die Herberge «Zum Doppeladler» nahm Dürer auf. Dieses hauptsächlich von deutschen Reisenden besuchte Haus war berühmt an der langen adriatischen Küste.

Diesmal waren besondere Empfehlungsschreiben, «reverenzia», wie die Venezianer sagten, nicht nötig, denn Albrecht war der Ruf eines «Illustrissimi» in der Kunst vorausgeeilt. Jeder gebildete Venezianer empfing Minervas große Söhne ebenso gern wie die Fürsten, womöglich noch lieber.

Auch hierzulande waren Albrechts Blätter von der Passion, vom Leiden des Heilands, oder die bebilderte Lebensgeschichte der Mutter Maria, Madonna Bella, bekannt. Die von Kunst etwas verstanden, schätzten das unbekleidete Paar, Adam und Eva im Paradies, noch höher ein. Gut, sogar sehr gut! Für einen Deutschen geradezu erstaunlich, so lobten ihn die Venezianer. Bevor er ankam, lagen für Dürer bereits Einladungen zu den Nobilis vor. Jeder würde sich überglücklich schätzen, schmeichelten sie ihm, den Raffaelo des Nordens in seinem bescheidenen Schloß zu empfangen.

Auch sein alter Freund und Gönner Signore Lyco stellte sich im «Doppeladler» ein. «Was denkt Ihr? Doch nicht, daß ich immer noch bei meinen Wollstoffen sitze und Elle für Elle abmesse. Püh!» rief er und machte die Bewegung des Ellenzählens und eine geringschätzige Miene dazu. «Ihr werdet es nicht glauben, Meister Albrecht, aber jetzt mache ich etwas ganz anderes. Ich bin unter die Mechaniker gegangen, was sagt Ihr dazu? Auf Ehre und bei meinem Wort!» beteuerte er. «Für jährlich sechstausend Skudos arbeite ich für die Signoria mit einer von mir selbst entworfenen Entschlammungsmaschine. Womit ich den Nobilis ihren Dreck vom Grund der Lagune hole. In einer Stunde schafft mein Bagger

Das Rosenkranzfest; Gemälde 1506

vier Fuder von einer übelriechenden Masse. Meinen herausgebag-
gerten Unrat verkaufen die geschäftstüchtigen Stadtväter wieder
an die Bauern von Mestre, die diesen Dreck auf ihre Felder
streuen und darauf doppelt soviel ernten.»

Albrecht wunderte sich sehr über die Vielseitigkeit des Ver-

legers, des Wolltuch- und Seidenhändlers und jetzt auch noch Maschinenkonstrukteurs Signore Lyco.

Aber der ehemalige Nürnberger war nicht nur gekommen, um ihn zu begrüßen, er kündigte ihm auch hohen Besuch von der Fondaco an. Bestimmt haben sie einen Auftrag für mich, dachte Albrecht. Und richtig, als sich die Herren einige Tage später einfanden, kamen sie nicht mit leeren Händen. Albrecht sollte ein Altarbild für die Kirche der Handelsniederlassung malen. Sie hatten auch schon ein Thema — das Bild sollte «Rosenkranzfest» heißen — und Vorstellungen von den abzubildenden Personen, denn sie verbanden mit dem Bild einen besonderen Wunsch. Der Kaiser, der Papst sowie die deutsche und venezianische Kaufmannschaft sollten darauf zu sehen sein. Auch die Mönche von San Bartholo wollten auf der Tafel den Stifter ihres Ordens, den heiligen Dominikus, berücksichtigt wissen. Einmal, weil ihnen das Gotteshaus nahe der Fondaco gehörte, zum anderen, weil es ihr Orden war, der die Rosenkranzbruderschaften ins Leben gerufen hatte, eine Gemeinschaft von Gläubigen, die mit dem Rosenkranzgebet die Madonna und das Christkind anbeteten. Aber die Dominikaner waren auch schreckliche Eiferer gegen den Unglauben, auf deren Konto die schlimmsten Ketzerverfolgungen kamen, deshalb war es Albrecht gar nicht recht, den heiligen Ordensvater malen zu müssen.

Jedoch war es ein sehr ehrenvoller Auftrag, an dem er außerdem Gelegenheit hatte, seine Kunst und sein Können vor den Augen der venezianischen Kollegen zu beweisen. Daß er gut ins Holz zu schneiden verstand, das wußten sie schon, jetzt sollten sie den Maler Albrecht Dürer kennenlernen.

Doch warum ausgerechnet wählten die deutschen Kaufleute von Venedig dieses Thema? Die Frage beschäftigte Albrecht trotzdem weiter. Er ließ sie sich von Signore Lyco beantworten. «Dazu muß man folgendes wissen», begann der venedische Nürnberger. «Schon lange bemüht sich Maximilian um eine Bestätigung seines kaiserlichen Amtes durch den Papst. Der jedoch und auch die venezianischen Kaufleute hatten Einwände, der eine befürchtete eine Ausweitung der Macht des Kaisers, die anderen wollten ihre Konkurrenten im Norden nicht zu reich werden lassen. Und gerade darum geht es unseren Handelsherren.» Signore Lyco lachte. «Deshalb ist ihnen der Friede zwischen dem Kaiser, dem Papst und den Kaufmannschaften Venedigs und Deutschlands so wichtig.»

Auch Albrecht wünscht die Eintracht aller handeltreibenden Kaufleute, denn der Gewinn, der daraus fließt, kommt den Städten, der Wissenschaft und auch den Künsten sehr zugute.

Am liebsten hätte Albrecht mit dem Entwurf sofort angefangen und mit dem Zeichnen der Studien zu diesem Thema sofort begonnen, doch leider wurde er krank. Ob er das veränderte Klima nicht vertrug oder die ungewohnten Speisen? Unversehens bekam der Nürnberger einen stark juckenden Ausschlag an seiner rechten Hand, was ihn zunächst daran hinderte, Stift oder Pinsel zu führen. Aber bitte, der Auftrag eilte ja nicht, und Geld besaß er vorerst genug.

In den ersten vier Wochen seines Aufenthalts in Venedig verkaufte Dürer vierundzwanzig Blätter seines «Marienlebens» und außerdem vier seiner kleinen gemalten Tafeln um zehn Dukaten das Stück. Durch diese Einnahmen standen ihm nicht nur reichliche Mittel zum Leben zur Verfügung, sondern er sandte über die Imhoffs seiner Mutter noch fünfzehn Dukaten nach Nürnberg, damit sie sah, daß es ihm gut ging.

Der Aufschub, den ihm seine unangenehme Krankheit brachte, erlaubte ihm, die bevorstehende Arbeit zu organisieren, eine Werkstatt zu suchen, denn er konnte schließlich nicht in der Herberge mit Firnissen, Farben, Leim und Kreide umgehn wie in einem Stall. Auch Gehilfen brauchte er, die ihm zur Hand gehn konnten.

Die Werkstatt stellten ihm die Dominikaner zur Verfügung. Handlanger und Gehilfen besorgte ihm Signore Lyco, dessen Freundlichkeit leider bald lästig wurde, denn er wich Albrecht nicht von der Seite, weil er neugierig war und unbedingt Einblick in die Vorbereitungen des Malers nehmen wollte.

Die Mönche hatten Albrecht zwei Räume abgetreten, vom größeren führte eine Tür in den Klostergarten. Diesen Raum liebte er besonders, denn er war wie kein anderer für seinen ungestümen Drang zum Malen geeignet. Hier fühlte er sich wohl, zwar abgeschlossen durch die Klostermauern, konnte er dennoch ein wenig blühende Natur vor seiner Tür erleben.

Natürlich hatte ein Mann wie er auch Neider in der Fremde. Schon allein wie er auftrat, gefeiert und umworben, paßte den Mitgliedern der Malergilde nicht. Sie schauten mißtrauisch auf seinen Anfang. Nur Gian Bellini, der über siebzigjährige Maler, und sein Bruder hielten dem Fremden die Treue. Vor aller Welt bestellten die Bellinis ein Bild bei dem Deutschen. Damit wollten sie ihm helfen, und der dankbare Albrecht erzählte es jedem, der es wissen oder nicht wissen wollte.

Viel änderte dieser ehrenvolle Auftrag auch nicht an seiner Lage. Die Neider wurden nur noch neidischer und die Spötter immer giftiger. Tizian, der junge ehrgeizige Schüler von Bellini, nannte ihn einen ungehobelten Barbaren, der aus einem Land von Bauerntölpeln käme.

Die meisten, die auf ihn schimpften, waren Männer. Ganz anders verhielten sich die Frauen. Sie waren dem «Barbaren» sehr gewogen. Sie lobten seine gefällige Art, und es gab eine Menge schöner Frauen in Venedig, die sich gern von ihm hätten malen lassen.

Dürer wäre kein richtiger Mann gewesen, wenn er über diese galanten Aufmerksamkeiten nicht eitel geworden wäre. So ging er dann beschwingt in seinem Klosteratelier an die Arbeit, begann gleichzeitig mehrere Bilder, widmete sich mal dem einen oder anderen. Seine Hand war nun wieder gesund, und die kurze Zeit der Ruhe beflügelte seinen Eifer. Fleißig sein, das wußte er, machte den größten Teil der Meisterschaft aus.

Mit spitzem Pinsel malt er erst Studien, mit Tusche getönt arbeitet er die Figuren aus, was eigentlich bei Wolgemut gar nicht üblich war. Hier paßt er sich den lombardischen und venezianischen Techniken an. Auf graues oder blaues Papier wird die Zeichnung geworfen und dann mit Weiß gehöht, was die Darstellung sehr plastisch macht. Diese Manier hatte er schon bei seinem ersten Aufenthalt beobachten können, doch hing Albrecht damals noch zu sehr an dem, was er in Nürnberg gelernt hatte.

Nun jedoch ist er frei und probiert alle Techniken aus. Sowohl Mantegnas räumliche Verkürzungen als auch den Bildaufbau der Bellinis. Seine grade in den Feinheiten so sichere Hand gibt bereits den Entwürfen Klarheit und Genauigkeit.

Mit großer Umsicht organisiert Albrecht den Betrieb in seiner kleinen Werkstatt. Das ist auch nötig, denn Venedigs Würdenträger kommen zu ihm, um porträtiert zu werden, auch die Kaufmannschaft der Fondaco dei Tedeschi. Nun drängt sich alles vor seiner Staffelei. Wer nicht dran ist, wartet und hält inzwischen im Garten ein Plauderstündchen.

Albrecht suchte ein Gesicht für die Madonna des «Rosenkranzfestes». Für ihn als Fremden war es gar nicht so einfach, ein geeignetes zu finden. Unter den Venezianerinnen, die ihn verehrten, befand sich auch eine blonde Schönheit, Monna Fiametta. Sie war die Schwester eines Kaufmanns, der auf einer Geschäftsreise außer Landes war. Das konnte unter Umständen jahrelang dauern.

Für viele begüterte Herrschaften in Venedig, wartende Frauen, Geschwister und Eltern stellte der deutsche Maler eine kurzweilige Unterbrechung ihrer langen Wartezeit dar. So drang die niedliche Fiametta beherzt in das Kloster ein und verlangte, von Albrecht porträtiert zu werden. Und es sollte auch schnell gehn, möglichst noch bevor der Bruder kam, denn sie wollte ihn mit ihrem Konterfei überraschen.

Immer diese Störungen. Zunächst nahm Albrecht diese und andere Aufdringlichkeiten unwillig auf. Seine Werkstatt, eigentlich zum Arbeiten gedacht, war voll von Besuchern. Nötigen und unnötigen. Außer dem unvermeidlichen Signore Lyco hielt sich auch der Sekretär der Deutschen Gesellschaft, Hans Harsdörfer, bei dem Maler auf. In seiner Begleitung befand sich auch der Augsburger Baumeister Hieronymus, ein hagerer, überaus witziger Kopf, der aufgeräumt und streitsüchtig zugleich war. Er hatte sich seine Gesellen, Zimmerleute, Anrichter, Maurer und Dachdecker aus Deutschland herkommen lassen.

«Wahrscheinlich traun Sie den Welschen nichts Rechtes zu. Meinen Sie, die Venezianer würden es nicht richtig machen?» wollte Albrecht wissen.

«Im Gegenteil», antwortete Hieronymus lächelnd, «ich möchte, daß unsere Schwaben etwas von den Venezianern lernen. Schaden kann das doch nie.»

Sie kamen nicht mehr dazu, das Gespräch fortzusetzen, denn

Porträt des Baumeisters Hieronymus von Augsburg; Pinselzeichnung 1506

im Nebenraum begann ein Gepolter. Als ein paar Glasflaschen zerbrachen, klärte Lyco, der hier schon so gut wie zu Hause war, Albrecht über den Besuch auf. «Wir werden von einer Dame belagert, die sich nicht abweisen läßt.»

Um nun endgültig Ruhe zu schaffen, ging Albrecht zur Tür. Er öffnete sie einen Spalt und sah einen wütenden Engel, der wie eine Furie mit seinen Gehilfen um den Eintritt zum Meister kämpfte. Eigentlich wollte er das aufdringliche Weibsbild ja hinauswerfen, doch glaubte er in ihrem Gesicht plötzlich den Ausdruck zu finden, nach dem er lange schon gesucht hatte. So änderte er seine Meinung, höflich ging er ihr entgegen. «Entschuldigen Sie, Madonna, mein schlechtes Benehmen. Treten Sie ein», sagte er und gab die Tür frei.

Die Rosenröte, eine Folge des vorangegangenen Kampfes, blühte noch immer auf Fiamettas Gesicht. Die Unterhaltung der Besucher verstummte. Harsdörfer, der ihren Bruder kannte, sprang auf und bot der Dame seinen Platz an.

Es lagen noch Skizzen und Entwürfe zum Rosenkranzfest auf dem Fußboden herum. Getuschte Zeichnungen hingen an der Wand, und Tafeln mit Farbentwürfen standen auf der Staffelei. Neugierig blickte Fiametta umher. Sie fand die Werkstatt des deutschen Malers wahnsinnig aufregend und interessierte sich für alles, was sie sah.

Sie blieb sitzen, als die Gäste sich anschickten, Dürers Atelier zu verlassen. Harsdörfer mit seinem Anhang machte den Anfang. Die Schöne beharrte auch noch auf ihrem Platz, als Signore Lyco sich wortreich verabschiedete. Keiner nahm ihr das übel, denn die Kleine wollte ja gemalt werden, und Albrecht tat ihr nur allzugern den Gefallen. En face und im Profil warf er einen Engel auf das Papier, ein hübsches, goldlockiges Kind, das an den Saiten einer Laute zupfte, Musik machte als Ausdruck der Harmonie einer Gesellschaft, die er malen wollte. Lieblich und heiter, des Engels Haar flatterte leicht im warmen Frühlingswind.

Diese junge Venezianerin ist Albrecht in den Fragen der Lebenskunst weit überlegen. Das weiß keiner besser als er selbst, der sie gezeichnet, gemalt und in ihrem Gesicht geforscht hat. Aus ihren ihn anblickenden Augen glaubt er eine Ermunterung herauslesen zu dürfen. Ist es Liebe?

136

Der bedachtsam zögernde Deutsche glaubt nicht daran. Aber er hat Feuer gefangen und will sich der Schönen erklären. Schwer fallen seine Worte. Er wählt sie ungeschickt. «Die Venezianer sind leichtsinnig», stellt er fest, «ich kenne einige, die verlieben sich mehrmals am Tage. Wenn wir Deutschen lieben, sind wir treu bis in die Ewigkeit.»

Sollte sie ihm auf diese Moralpredigt antworten? «Greise sind bei uns treu, alte Kerle oder häßliche Eheweiber — aber beides hat mit Liebe nichts zu tun. Sie, die Himmlische, blüht manchmal nur sekundenlang, für eine sekundenlange Ewigkeit», sagt Fiametta und lacht.

Als ihr Bruder von seiner langen, aber erfolgreichen Seereise nach Venedig zurückkehrt und Fiametta ihm ihr Porträt überreichen will, wird auch der Maler zum Fest des Wiedersehens eingeladen. Es sollte ein wunderschöner Abend werden. Als die Musik aufspielte, suchte Fiametta den Maler auf und tanzte mit ihm. Albrecht wußte gar nicht, wie ihm geschah, als sie sich an ihn drängte und sich von ihm in den Arm nehmen ließ. Während er bei ihrem gemeinsamen Drehn und Schreiten ihren elastischen Körper spürte, überkam ihn plötzlich das Verlangen, sie an sich zu pressen.

«Du bist schön, Fiametta», flüsterte er ihr ins Ohr. «Du darfst mich nicht für roh halten. Glaube mir, auch Barbaren haben ihren Schönheitssinn», beteuerte er in seiner Verliebtheit.

«Das weiß ich doch schon längst, Alberto, komm mit», sagte sie. Fiametta zog ihn durch die belebten Festsäle bis auf einen Balkon, auf dem sie allein waren. Dort ließ sie sich von ihm küssen.

Von nun an besuchte Fiametta Albrecht täglich in seinen Arbeitsräumen. Den Klostergarten erfüllte ihr Lachen, und bei dieser Musik für Albrechts Ohren gedieh das Gemälde prächtig.

Doch diese Eintracht war trügerisch. Wenn Albrecht mit der süßen Venezianerin am Abend gelacht hatte, geriet er am nächsten Tag mit dem Baumeister Hieronymus in Streit: «Wie könnt Ihr einen so düsteren Heiligen wie den Dominikus in den Mittelpunkt Eurer Tafel stellen?» fragte der Augsburger verärgert. «Was sind die Nürnberger für Einfaltspinsel! Wißt Ihr nicht, daß sich die Dominikaner selbst als ‚Domini canes‘, als ‚Hunde des Herrn‘ bezeichnen? Diese Bestien, und wenn sie sich zehn Rosenkränze umhängen, verlieren sie deshalb nicht ihre scharfen Zähne», wetterte der Baumeister. Er hätte viele Beispiele der Ketzerverfolgung aus Augsburg oder Ulm aufführen können, unterließ es aber, denn gerade in Venedig war keiner vor der heiligen Gerichtsbarkeit sicher.

Albrecht wurde unsicher. Hatte nicht auch Willibald ihn vor diesen schwarzweißen Schwalben gewarnt? Doch entschied er sich gegen die dunklen Ahnungen und malte eine heitere, frühlingshafte Landschaft. Lieber will ich malen, wie die Welt beschaffen sein sollte, als daß ich mich mit düsteren Gedanken plage, dachte er.

Aber dann kommt eines Tages der Baumeister nicht mehr. Über Signore Lyco erfährt Albrecht, daß Hieronymus als lästiger Ausländer verhaftet worden ist. Der Rat der Zehn will ihm wegen seines Ungehorsams gegen Gott und die Menschen den Prozeß machen. Die Worte des Baumeisters sind Albrecht nun in quälender Erinnerung. Nur mit großer Anstrengung gelingt es ihm, seine ihm jetzt arg zusetzenden Nachtgedanken aus dem heiteren, besonnten Altarbild zu bannen, denn sie sind von den Auftraggebern nicht erwünscht.

Aber Dürer setzt Hieronymus ein Denkmal, indem er ihn hinter der Stifterfigur auf seinem Gemälde unterbringt.

Der Auftrag, deutsche und venezianische Kaufleute, Kaiser und Papst — alle in friedlicher, frommer Eintracht — zu malen, gelingt. Auch sich selbst stellt er dar, barhäuptig mit sorgsam gebrannten und eingelegten Locken. Im Hintergrund sieht er stolz aus der Altartafel heraus den Betrachter an und weist ihm stolz ein Papier vor, auf dem steht: «Diese Tafel habe ich in fünf Monaten gemalt.»

Das soll ihm erst mal einer von den Malern hier in Venedig nachmachen. Ein großer Augenblick ist es, als Sambelli kommt und Dürers lebensgroßes Meisterwerk besichtigt. Der greise Maler steht ergriffen da und weiß vor Bewunderung kein Wort hervorzubringen. Unruhig geht er vor dem Bild auf und ab. Plastisch heben sich die Gesichter vom Grund ab, so fein ist das Antlitz Marias gemalt, Maximilians Hände oder die Locken des lautespielenden Engels. Wie sich ein Haar schmeichelnd an das andere schmiegt, diese Deutlichkeit grenzt schon an Zauberei, und Sambelli fragt den Nürnberger nach seinen Pinseln. Albrecht zeigt ihm seine Pinsel, und sie sehen auch nicht anders aus als Sambellis.

Der fast achtzigjährige Meister begibt sich zum Dogen und erzählt Wunderdinge von der Tafel. Leonardo Loredamo, der stolz ist auf seine venezianischen Künstler und der sich von Sambelli hat malen lassen, wird neugierig. Trotz seiner aufreibenden Staatsgeschäfte findet er Zeit, dieses außergewöhnliche Bild zu besichtigen. Auch der Doge ist des Lobes voll und vermeint solche Feinheiten in der Malerei noch nie gesehn zu haben. Da er ein praktischer Mann ist, bietet er Dürer sogleich die Stellung eines Staatsmalers seiner Republik an. Da Dürer zögert, erhöht er sofort sein Angebot auf zweihundert Dukaten, und jedes Bild würde die Signoria ihm noch extra bezahlen.

Ein einmaliger, höchst lockender Preis wird ihm hier geboten, doch Albrecht lehnt ab. Er ist in Venedig nur, um Neues zu lernen, das ihm weiterhelfen kann bei seiner Suche nach Wahrheit. Seine Kunst ist nördlich der Alpen zu Hause.

Keiner nimmt ihm diese Ablehnung übel. Am allerwenigsten natürlich die in der Stadt ansässigen Künstler, die seine Rivalität fürchten. Dafür verbreitet sich überall Dürers Ruhm. Vor seiner Abreise möchte sich jeder noch schnell von ihm malen lassen. Albrecht konterfeit zuerst Hans Harsdörfer, dann einen jungen Kaufmann, Herrn Burkhardt von Speyer. Er kommt richtig in Schwung und malt, um die Gunst der Stunde auszunutzen, kleine Marienbildchen, allerliebst und entzückend, Jesus unter den Schriftgelehrten, die er als abstoßende Ungeheuer darstellt, und eine Allegorie auf den Geiz.

Willig öffnen sich die Türen der Paläste für ihn und seine reizende Freundin. Nie wieder würde das Leben für ihn so herrlich sein. Sein letzter Brief an Pirckheimer zeigt, mit wieviel Bangigkeit ihn seine Abreise aus Venedig erfüllt. Die Zeilen enden mit einem herzzerreißenden Ausruf: Ach — wie wird mich nach der Sonne frieren, hier bin ich ein Herr, daheim ein Schmarotzer.

Und zuletzt fehlt ihm noch das Wichtigste, denn solange er sich in der Lagunenstadt aufhielt, wollte er ja nicht nur malen, Geld verdienen und feintun. Es galt, nun endlich das Geheimnis zu ergründen, aus welchen Maßen Mann und Weib gemacht sind. Messer Jacopo de' Barbari war ihm die letzten Enthüllungen zu diesem Thema schuldig geblieben.

Da blieb nur einer, der ihm Auskunft hätte geben können, wenn er ihm geneigt und bei guter Laune war. Albrecht faßte sich ein Herz und wandte sich an Sambelli. Obwohl der große Bellini diese malerische Maßarbeit als neumodisches Zeug betrachtete und sie mehr für eine Schablone hielt, die eines wahren Künstlers nicht würdig war, ließ er sich herab und berichtete Albrecht von einem Pater, der dieses Geheimnis fest in seinem Kloster verwahrte. Dieser sonderbare Heilige teilte die Lehre nur Eingeweihten mit. Es sei schon vorgekommen, versicherte Bellini, daß diese Mönche schon Neugierige unverrichteterdinge zurückgeschickt hätten. Nach des alten Herrn Angaben sollte dieses Kloster, San Lucca, irgendwo zwischen Ferrara und Bologna liegen, und der berühmte Pater, der, wenn auch noch nicht kanonisiert, so doch schon als halber Heiliger angesehn, sollte Pacioli heißen.

Das genügte. Albrechts Neugierde war geweckt, er mußte diesen Mönch kennenlernen.

Nur schnell noch alles aufgearbeitet. Die drei letzten Bildnisse malte Albrecht in einer Woche fertig, verkaufte auch noch die letzten Blätter seiner Muttergottesserie und rüstete sich also zur Reise. Als letzte Freundlichkeit besorgte Signore Lyco für seinen Landsmann ein Maultier, nebst Packesel und Treiber. Er entließ seinen Schützling mit vielen guten Wünschen und Ratschlägen, unter anderem auch dem, sich von Monna Fiametta gar nicht erst groß zu verabschieden. Das widerstrebte zwar Albrechts ehrlichem Herzen, doch es war ihm auch nicht unangenehm, sich nach dem Rat eines Älteren und Erfahreneren zu richten.

Die kleine Propstei lag einsam in den Apenninbergen. Weitab von Dörfern und Weilern führten diese Mönche ein Eremitendasein. Doch so weit sie sich auch zurückzogen, der Ruf ihrer Forschungen drang über die Grenzen des Landes. Die gelehrten Mönche nahmen den nach der Wahrheit suchenden Maler freundlich auf.

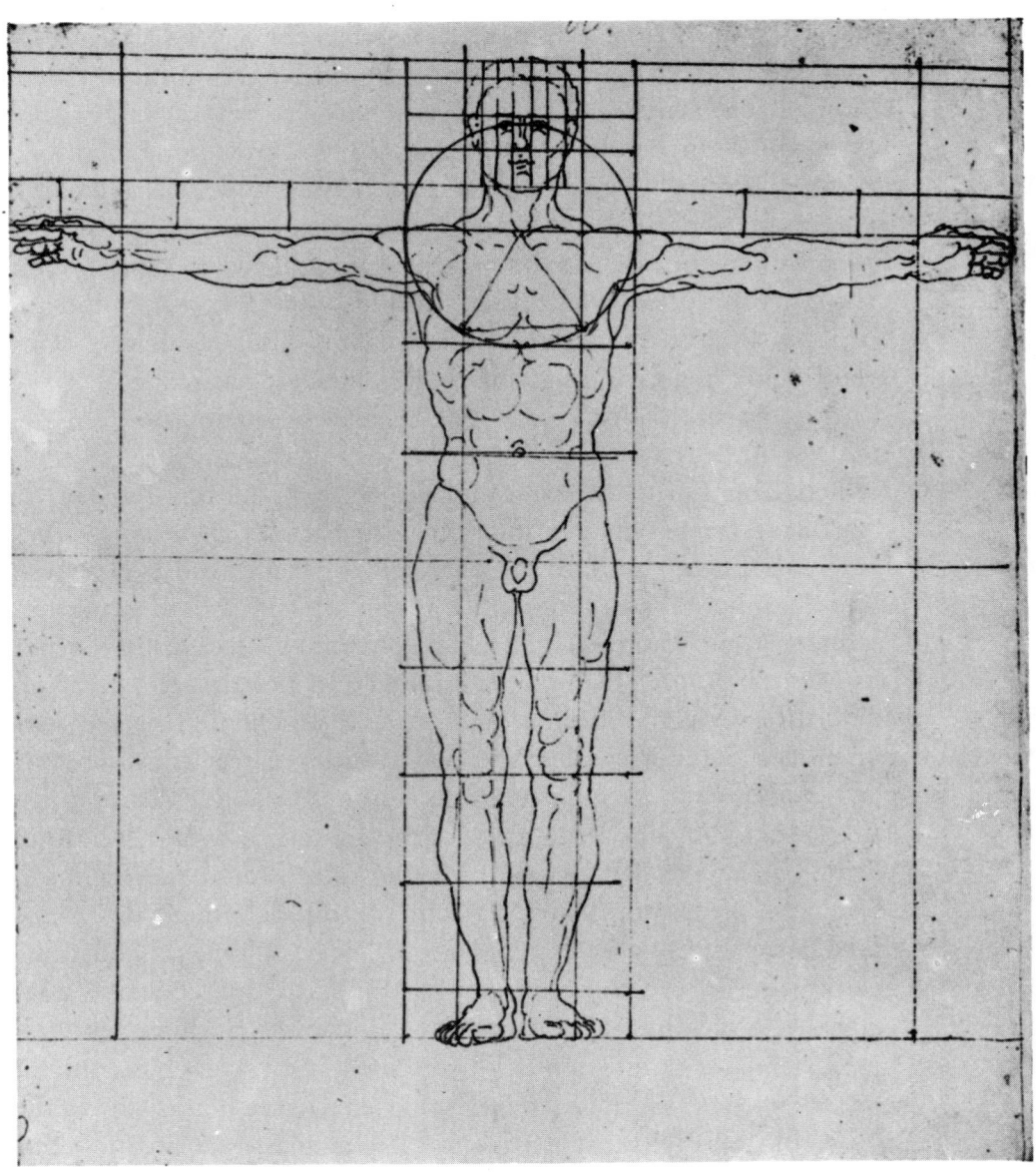

Vor der Kapelle stand ein verwittertes Steinbild, der Patron des Hauses, Joachim di Fiore. Ein sehr umstrittener Heiliger. Nach seiner Lehre gab es drei Zeitalter, das alttestamentarische, in dem Gott allein regierte, dann die neutestamentarische Ära, in der Jesus der Herr war, und schließlich eine goldene Zukunft, in der alle Brüder und Schwestern ohne Rücksicht auf ihren Stand im Heiligen Geist vereint waren.

Proportions-figur, Dresdner Skizzenbuch 1508

141

Es war deshalb ein Glück, daß Albrecht die Blätter seiner Apokalypse bei sich führte, denn diesen Engel konnte er dem Pater zeigen. Seinen Michael, der den Satan stürzte. Wie ergriffen waren die Mönche, als Dürer seine Holzschnitte vor ihnen ausbreitete. Ein Bruder rief den andern herbei, und sie frohlockten gemeinsam über die frohe Kunde, welche der Maler aus Nürnberg ihnen brachte. Er zeigte ihnen, wie es aussah, wenn sich die Zeit erfüllte, von der sie noch träumten. Denn erst wenn das blutsaugerische Regiment der römischen Päpste überwunden war, konnte eine neue, eine wissenschaftliche Zeit anbrechen.

Nun, da die Mönche den Maler als einen Verwandten betrachteten, durfte Pacioli ihn in seine Zahlenmysterien einweihen. Das Lernen war gar nicht so einfach, denn Dürer mußte sich dafür ihren strengen mönchischen Exerzitien unterwerfen. Das hieß Fasten und Beten, danach durfte er die Weisheiten ihres Propheten studieren. Unendlich viele Zahlen mußte er rechnen, Gleichungen begreifen. Und immer wieder den Körper des Menschen mit Hilfe von Kästchen und Quadraten aufteilen, ein Gitterwerk von Linien, a, b, c, d, e, anlegen. Albrecht war ein kluger Schüler, und schnell entstanden erste Entwürfe für ein neues Gemälde, ein zweites Paar im Paradies, das er nach seiner Rückkehr aus Italien in Nürnberg malen wollte. Diesmal würden Adam und Eva keine Idealgestalten mehr sein, wie auf seinem Kupferstich, denn Albrecht sah die Schönheit des Menschen jetzt neu. Jeder war auf seine Weise schön, das hatte er gelernt. Jeder Körper besaß eigene Maße, die ihn, ebenfalls aufeinander abgestimmt, harmonisch machten. Endlich, endlich hatte Albrecht damit den Schlüssel für sein Bestreben gefunden, den Menschen so darzustellen, wie er wirklich aussah, keine Konstruktion mehr mit Zirkel und Richtscheit, die Wirklichkeit war eine Frage der Zahlen, der Maße, des Vergleichs. Länge der Arme, Breite des Brustkorbs, Höhe des Kopfes und der Winkel der Stirn, Umfang des Bauchs, das alles stand in berechenbaren Proportionen zueinander als Ergebnis einer göttlichen Schöpfung.

Mit dem Kennen und Erlernen der in der Natur waltenden Gesetze fühlte Albrecht sich als Schöpfer immer gottähnlicher. Wohl zehn Tage, vielleicht die wichtigsten seiner Reise, hielt Dürer sich bei dem Mathematik treibenden Mönch auf. Unter

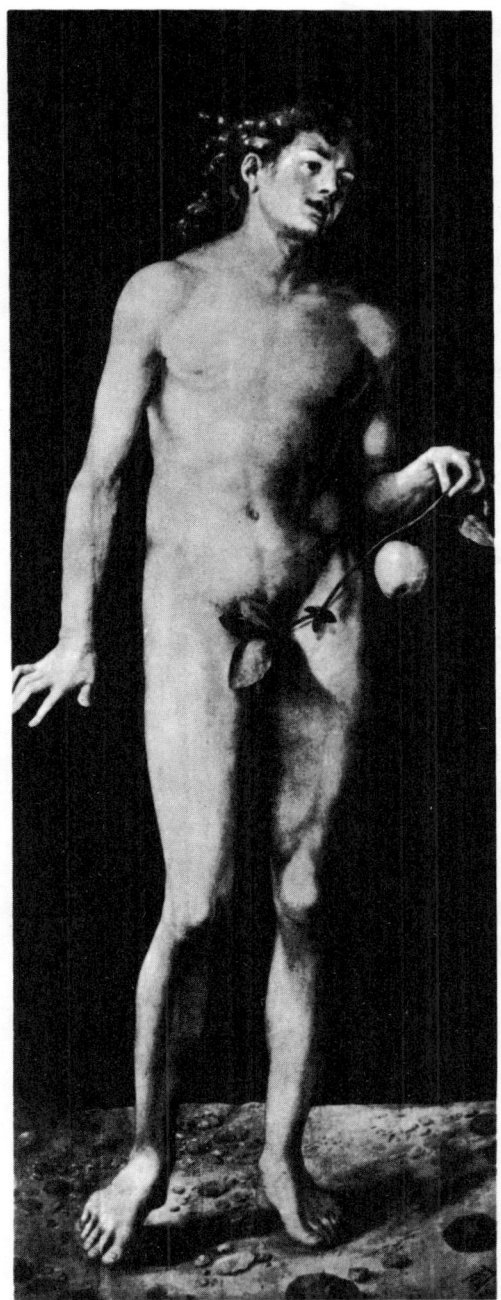
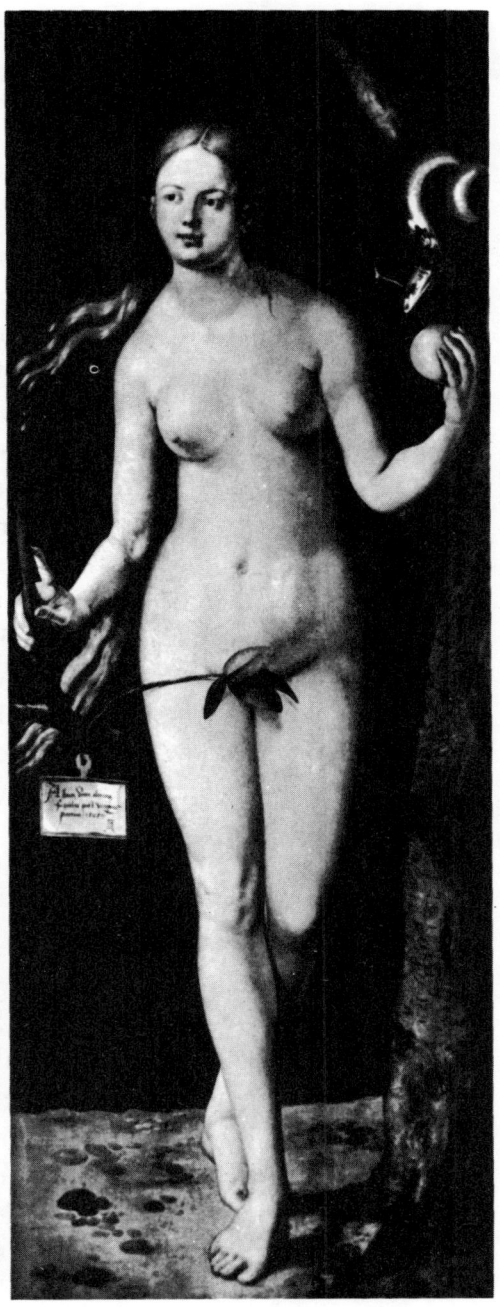

anderem faßte er hier den Plan, ein Selbstbildnis zu malen, das
wohl ähnlich war, aber gleichzeitig wie eine Bilanz aussah mit
«Soll» und «Haben», eine Art Buchhaltung des Charakters.

Adam und Eva
Gemälde
1507

FÜNFZEHNTES KAPITEL
Ein neues Haus wird gekauft.
Albrecht wirft Wachteln weg,
ist aber trotzdem sehr froh

 BWOHL Albrecht seinem Eheweib ein kostbares Tüchlein aus Seide mitbrachte und Mutter Barbara einen Rosenkranz aus echten Korallen schenkte, feierte die Dürersche Familie seine Rückkehr aus Italien mit gemischten Gefühlen. So lange war er noch nie weggeblieben, und niemand glaubte, daß er die verfallene Werkstatt wieder neu herrichten und eröffnen würde.

Mit dem Kramen in seinen mitgebrachten Papieren fängt er an und zeichnet zunächst nur aus dem Gedächtnis. Bis in die Hand und in die Fingerspitzen geht die Erinnerung, und sie trifft eine gute Auswahl. Das weniger Wichtige hat er vergessen, oder er läßt es weg, damit die große, einheitliche Idee besser zur Geltung kommt. Bis in die halbe Nacht bleibt er auf und entwirft Gemälde nach seinen flüchtigen Aufzeichnungen von unterwegs.

Kaum hat er das Gemälde von Adam und Eva fertig, bestellt Kurfürst Friedrich aus Wittenberg ein Bild, welches die Marter der zehntausend Christen unter König Sapor von Persien darstellen soll.

Für die Wittenberger Schloßkapelle malt Dürer dieses Gemälde, sehr zur Zufriedenheit des Taler und Reliquien sammelnden Fürsten. Er stellt alle Grausamkeiten dieser unruhigen Welt dar, eine irdische Hölle, in deren Mittelpunkt Albrecht mit seinem Freund Willibald geruhsam spazierengeht, behaglich plaudernd angesichts dieser Torturen und Tötungen. Der sächsische Kurfürst findet das Bild sehr belehrend. Er spürt geradezu, wie sich seine Seele beim Anblick dieser schauerlichen Not reinigt.

Es klingelt gutes Geld in Dürers Kasse, und das braucht er auch, denn in der Zistelgasse gegenüber der Stadtmauer wird ein geräumiges Haus zum Verkauf angeboten. Da muß schnell zugegriffen werden. Es soll dreihundert Gulden kosten. Hans

Imhoff, der Bankier, streckt Dürer die Summe vor und ver-
schafft ihm dabei noch einen großen Auftrag: Der Kaufmann
Jakob Heller aus Frankfurt wünscht sich nichts sehnlicher

als einen Altar von Albrechts meisterlicher Hand. Diesem kunstsinnigen Mann konnte geholfen werden, auch wenn Albrecht mit den andern Aufträgen, von denen jetzt einer der andern drängt, noch nicht ganz fertig ist. So beginnt er schon mit Entwürfen für das gewünschte Gemälde mit der Himmelskrönung Marias.

Auf alle Fälle geht der Hauskauf vor, weil so etwas ja fürs ganze Leben sein soll. Der angeschaffte Fachwerkbau muß noch repariert werden, gerichtet, geputzt und gestrichen. Außerdem läßt Dürer im zweiten und darüberliegenden Geschoß die Fenster verbreitern. Hier oben will er arbeiten, hier braucht er das meiste Licht. An der Außenwand zum Hof läßt er noch eine Seilwinde mit schwenkbarem Arm anbringen. Über sie soll im Winter das Brennholz nach oben geleiert werden.

Schulden werden in seinem Ausgabenbuch besonders vermerkt und zweimal rot unterstrichen. Sorgen und anstrengende Arbeit reißen nicht ab. Dazwischen immer wieder Ärger mit den Handwerkern und neue Sorgen. Sie machen Albrecht schließlich krank, und er kommt einfach nicht dazu, an der Himmelskrönung Marias für Heller weiterzuarbeiten. Er muß sich hinlegen, Medizin nehmen und schwitzen. Kaum wieder einigermaßen auf den Beinen, schreibt er einen Brief an den Frankfurter Kaufmann, in dem er sich für seine Säumigkeit entschuldigt. Dafür verspricht er auch, ein Meisterwerk zu malen.

Das sind keine leeren Worte. Mit verbissenem Eifer arbeitet Albrecht nun an dem neuen Altarwerk; halb krank noch und immer gewärtig, neben der Tafel umzufallen, hält ihn nur eins aufrecht: daß es ein gutes Gemälde wird. Das beste vielleicht, das er bis jetzt gemalt hat.

Die Reparaturen an seinem neuen Haus verschlingen Unsummen. Deswegen will er mit Heller noch einmal über den Preis verhandeln. Auf den Ton kommt es an. Vorsichtig wählt er seine Worte, wenn er schreibt: «Lieber Herr Heller! Ich werde für Euch etwas malen, so schön, wie es nicht viele mir auf der Welt nachtun können. Bestimmt nicht. Allein wenn Ihr meine herrlichen Farben sehen könntet, sie sind einzigartig, und ich verspreche Euch, daß die Frankfurter Künstler auch staunen werden darüber. Insbesondere werden die Fachleute daran ihren großen Gefallen finden, denn — bei meiner Ehre — ich vermag es gar nicht, ein schlechtes Bauernbild zu malen. Meine Tafel von der Himmelskrönung Marias wird gut und gern ihre dreihundert Gulden wert sein — diesen Preis würden Brüder dafür zahlen —, zumal ich, und das müßt Ihr auch bedenken, lieber Herr Heller, nur die besten und teuersten Farben dafür verwandt habe. Aber ich will ja nicht unverschämt sein und den doppelten Preis dafür verlangen, was ich eigentlich machen müßte, nein, aber hundert Gulden mehr erscheinen mir doch angebracht, weil ich, mein großmütigster Gönner, wenn Ihr auf dem alten Preis besteht, selbst über hundert Gulden dabei einbüßen müßte. Ihr müßt bedenken, das sind allein hundert Gesichter, die ich malen muß, ohne die Hände eingerechnet, Gewänder und Landschaft, die ja drum herum auch sein muß. Soviel ich weiß, ist der Name Heller in Frankfurt als Liebhaber der Kunst bekannt, als ein großzügiger Mäzen, dem es sicher nicht daran liegt, durch schlechte Bezahlung einem Künstler großen Schaden zu tun. Seid mir nicht bös wegen meiner Offenheit. Gebt mir hundert Gulden mehr, dann wollen wir darüber nicht mehr sprechen. Viele Grüße von Eurem willigen Diener Albrecht Dürer. Geschrieben in Nürnberg am Dienstag nach St. Kathrin. 1508.»

Das neue Haus an der Stadtmauer wird wunderbar. Es ist Glück und Unglück zugleich. Um das Geld zu verdienen, das er beim Umbau ausgegeben hat, muß er noch mehr arbeiten. Mit Schulden will Albrecht nicht leben. So löst er im Laufe der Zeit alle an sein Haus gebundenen Belastungen, wie das alljährliche Zahlen für die städtische Reinigung (das macht zehn Gulden), und das Eigengeld, Zins, Steuer und die Feuerversicherung, durch ein einmaliges Zahlen von zweihundert Gulden ab. So, jetzt fühlt er sich frei, jetzt hat er erst einmal Luft und keine Angst mehr vor dem Schuldturm. Jetzt kann er seine ganze Kraft dem Helleraltar widmen.

Wie freute sich Albrecht, als nach langer Abwesenheit sein Freund Willibald ihn endlich wieder in seinem Atelier besuchte. Pirckheimer kam geradewegs aus Augsburg und brachte beunruhigende Nachrichten über Italien mit.

Als Verbündete des Papstes waren die Franzosen in Mailand eingefallen, um den Herzog zu vertreiben. Ihre Kriegsknechte hatten ein Wettschießen nach dem Reiterstandbild Leonardos angefangen und die Figur zerstört.

«Barmherziger Gott! Meister Leonardo!» rief Dürer aus, denn er hatte viel von dessen wissenschaftlichen Aufzeichnungen gehört. «Schade, daß ich ihn auf meiner Reise nicht getroffen habe. Wahrscheinlich kann einer wie ich ihn nicht finden, weil da Vinci der Größte überhaupt ist», sagte er voll Verzückung.

«In erster Linie ist er ein Baumeister. Darin liegt seine Bedeutung», meinte Pirckheimer.

«Aber du kennst ihn noch nicht als Maler. In Leonardo da Vincis Kunst ist alles enthalten, die Architektur, die Bildhauerei und der Bau von Maschinen, sogar Kanalisations- und Entwässerungsgräben. Verstehst du, Leonardo studierte die Gesetze der Natur. Er will herausbekommen, welchem Zwang alle Elemente unterworfen sind. Auch das muß ein Maler wissen. Wer seine Bilder nicht gesehn hat, kennt die Malerei nicht», schwärmte Albrecht. Der sonst die Klugheit seines Freundes bewundernde Dürer war diesmal bereit, mit Pirckheimer zu streiten.

«Auch Leonardo lebt nicht von der Luft. Da Vinci mag ein Forscher sein, ein Maler meinetwegen», lenkte Willibald ein, «aber er hat sicher immer Glück gehabt, einen Mäzen für seine Kunst zu finden. Deshalb merke auf: Bald kommt der Kaiser nach Nürnberg, ja, er ist uns angekündigt von Städten, denen er schon auf der Tasche lag und die ihn deshalb auch loswerden wollen. Maximilian ist eigentlich unnütz, nur auf die Jagd und auf seinen Nachruhm bedacht. Ich habe dich schon angemeldet, und wenn du klug bist, wirst du sicher einen großen Auftrag von ihm bekommen. Du wirst für ihn keine Kanäle bauen, was dir vielleicht auch noch vorschwebt, aber du wirst von der kaiserlichen Kammer dein Einkommen haben.»

«Soll ich ihn malen?» fragte Albrecht.

«Er sucht doch immer Holzschneider für seine Bücher und den ganzen pompösen Kram, den er herausgeben läßt.»

«Das weiß ich, aber ist er damit nicht längst fertig?»

«Soviel ich weiß, soll er ein neues, noch größeres Werk planen. Das schrieb mir unlängst Varnbühler, und der ist sein Sekretär.»

Ganz Nürnberg war auf den Beinen, als der Kaiser durch das

Tor am hinteren Festungsgraben in die Stadt einzog. Das langweilige Begrüßungszeremoniell kürzte Maximilian durch einen Schenkeldruck in die Flanken seines Rosses ab. Seine geharnischten Reiter drängten nach. Im Galopp ging es vorwärts, hoch zur Burg. Max fühlte sich als Dichter, und als solcher hatte er keine Zeit für ein lästiges Zeremoniell. Viel lieber wollte er in einer ruhigen Kemenate an seinem Buch, dem «Teuerdank», arbeiten, an jenem Werk, das er von Anfang an selber verfaßt hatte. Dafür lagen bereits Illustrationen vor. Für Seine Majestät galt es nun, letzte Hand an die Überarbeitung des Textes zu legen.

Außer dem «Teuerdank» beschäftigen Maximilian neue Buchpläne. Größere womöglich, die seinen Ruhm befestigen sollen und zu deren Ausstattung Max die besten Künstler seiner Nation heranziehen will. Der allerbeste heißt: Albrecht Dürer. Das sagen ihm alle, die etwas von der Malerei verstehen. Sie sagen ihm auch, daß schon der Doge vergeblich versucht hat, den Nürnberger an seine Stadt zu binden. Das reizt den Kaiser natürlich, und er beschließt: den Dürer mußt du für dich gewinnen. Durch Sauerwein, Geheimer Rat Seiner Majestät, hat er ihn für morgen früh auf die Burg bestellen lassen.

Warum ihn der Kaiser ruft, will Dürer zunächst wissen. Es könnte ja ein Porträtauftrag sein, da hätte er sein Skizzenbuch gleich mitbringen können. Genaues weiß Sauerwein natürlich auch nicht. Es hört sich ganz verrückt an, um eine «Ehrenpforte» soll es sich handeln. «Etwas, was den Ruhm Seiner Majestät für alle Ewigkeit festhält», meint der Alte.

«Ein angemessener Wunsch, den ich wohl verstehen kann», sagt Albrecht, der den Worten des Sekretärs aufmerksam zuhört. Und er versichert höflich, daß auch er keinen Würdigeren für eine solche Ehrenpforte wisse als die erhabene Majestät des deutschen Kaisers.

Die Augen des Alten blinzeln verschmitzt. Oder kommt es Albrecht nur so vor? «Unser gnädiger Herr ist nahezu vollkommen», fügt Sauerwein einschränkend hinzu. «Er hat öfter die schönsten Pläne und die allerbesten Vorsätze. Aber eben zuviel!» ruft er aus. «Was er gestern befohlen hat, kann er morgen schon zurücknehmen. Ich möchte damit nur andeuten, daß sich keiner auf sein Kaiserwort allzusehr verlassen sollte.»

Imperator Caesar Diuus Maximilianus
Pius Felix Augustus

Kaiser
Maximilian I.
Holzschnitt
1519

Ob er mir das nur vorbeugend sagt, weil er mich vor Rückschlä-
gen bewahren will? überlegt sich Albrecht. Etwas irritiert bittet
der Maler den Sekretarius, ihn bei seinem gnädigen Herrn anzumelden.

150

Am offenen Fenster in einem Stuhl mit hoher Lehne saß der Kaiser und blickte in den Burggarten hinab, wo die Küchenfrauen ihre Abfälle auf einen Schweinewagen luden und mit den herumstehenden Reisigen des Burggrafen scherzten. Ihr lautes Gekicher drang übermäßig aufdringlich bis an das Ohr Seiner Majestät, aber er verlor über diese Störung kein Wort. Für ihn war solches Gezwitscher nichts anderes, als wenn die Krammetsvögel in den Weinbergen lärmten.

«Eßt Ihr gerne Wachteln, Meister Albrecht?» fragte Max den eintretenden Dürer, der sich so lange still verhielt, bis er vom Kaiser angesprochen wurde. «Dann will ich Euch gern welche schenken.»

«Wachteln schmecken ausgezeichnet, hoher Herr, wenn man sie mit Speckscheiben belegt und in Kuchenteig bäckt», beeilte sich der Maler untertänigst zu versichern.

«Ihr seid ein Kenner, das freut mich», lobte ihn der große Jäger. «Bekanntlich mästen sich ja die Wachteln von den besten Beeren und den feinsten Kräutern. Sie tun uns den Gefallen und würzen sich sozusagen selbst, bis sie bei uns auf die Pfanne wandern. Nun aber zur Sache. Seinerzeit wurdet Ihr mir von dem Venezianer Anton Kolb wärmstens wegen Eurer hervorragenden Stecherkunst empfohlen. Den Mann kennt Ihr doch?»

«Aber sicher, er hat mich fast täglich bei meinem letzten Aufenthalt in Venedig besucht. Ein kurzweiliger Mensch ist dieser deutsche Signore, mit vielen Ideen. Als ich ihn kennenlernte, vor zwanzig Jahren, da hatte ich als junger, unerfahrener Mensch das Vergnügen, für ihn und sein Riesenholzschnittprojekt die Windgötter zu schneiden und die Alpenlandschaft im Hintergrund.»

«Und ich sage Euch, daß die Windgötter auch das Beste an dem Holzschnitt sind, Meister Albrecht, einfach hervorragend», sagte Max und überhäufte Albrecht mit seiner Gunst. «Ihr seid der richtige Mann, mir meinen Triumphbogen, meine Ehrenpforte, zu errichten. Unsereiner», sagte er, und es klang so, als würde er sich selber bedauern, «unsereiner muß, solange er lebt, von sich reden machen, denn wer es versäumt, dessen Andenken hört nach seinem Tode auf. So groß du auch sein möchtest, so mächtig majestätisch du dich gebärdest, mit dem letzten Glockenton wirst du vergessen sein. Deswegen bezahle ich die Künstler, die für mich an meinem Nachruhm arbeiten, so gut. Immer habe ich das Gefühl, was ich einem Maler gebe, ist nicht hinausgeschmissenes Geld. Da werdet Ihr mir doch recht geben, oder?»

Albrecht verbeugte sich zustimmend.

«Rom ist eine herrliche Stadt», fuhr der Kaiser fort, «obschon sich ihre Größe verflüchtigt hat. Ich habe das Kolosseum gesehn und den Konstantinbogen besichtigt, auch den Triumphbogen des Titus und die Trajanssäule. Es mag wohl heute nicht mehr modern sein, aber an ähnliches habe ich als römischer Kaiser deutscher Nation auch gedacht, als Caesar Augustus Maximilianus. Na, Ihr wißt schon, wie ich es meine, allezeit Mehrer des Reiches und so weiter.»

«Ich kann mir wohl denken, was Ihr meint, Majestät, aber ich bin kein Bildhauer. Wie soll ich mit meinem bescheidenen Können, mit meiner Hand und meinem Pinsel, Euch helfen?» versuchte Dürer einzuwenden.

«Natürlich könnt Ihr nicht alles wissen. Wozu bin ich denn da? Seht, Meister Dürer, in unserem Jahrhundert ist die Steinmetzarbeit so ganz außer Art und Weise gekommen, dafür hat in meinem Säkulum die Druckkunst einen außerordentlichen Aufschwung genommen, daß ich nunmehr fordere, mein Triumphbogen und Triumphzug muß auf Papier gedruckt werden. Es soll etwas entstehen, was es noch nie gab, und dazu sollt Ihr mir, lieber Freund, Eure virtuose Hand leihen. Wenn Ihr meinen Wunsch erfüllt, werde ich Euch eine Leibrente von jährlich hundert Dukaten aussetzen. Falls Ihr meinen Vorschlag ablehnt, werde ich Euch nichts Nachteiliges nachtragen oder gar gekränkt oder böse sein. Wie ich es Euch versprochen habe, bekommt Ihr die Wachteln mit, und ich tue nichts anderes, als Euch einen guten Appetit zu wünschen.»

Max war immer bemüht, sich möglichst anständig und großzügig gegen jedermann zu zeigen. Er drängte sich keinem auf oder nötigte gar einen unwilligen Künstler. Daß er nie Geld hatte, wußte alle Welt. Kein Wunder, wenn sich Albrecht über die Art der Bezahlung sorgte, doch konnte er den Auftrag nicht wirklich ablehnen, er zöge sich möglicherweise doch den Zorn des Herrschers zu: «Es wird mir ein Herzenswunsch sein, Euren kaiser-

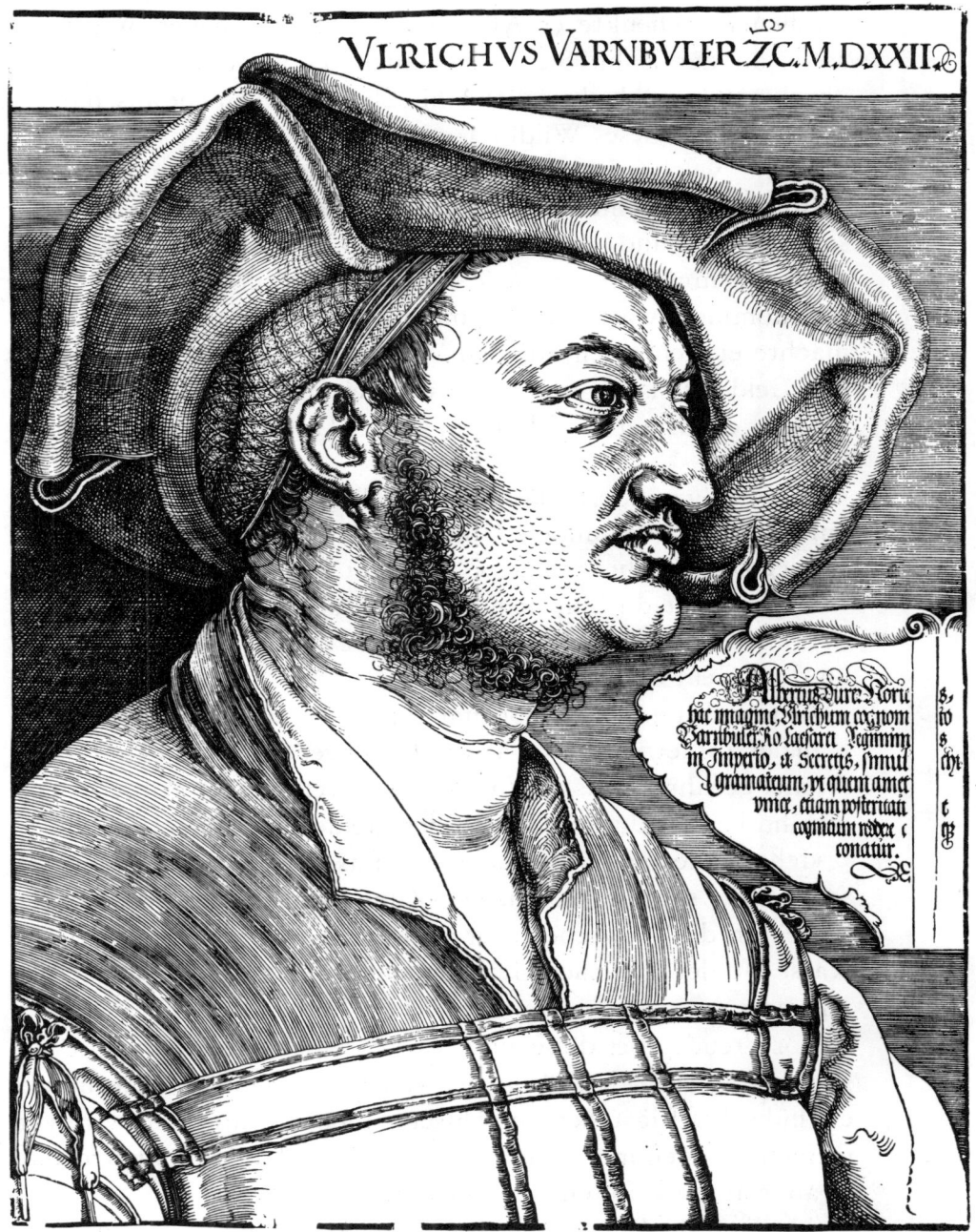

ULRICHUS VARNBULER ⁊C. M.D.XXII.

lichen Ruhm der Nachwelt erhalten zu helfen», sagte er deshalb höflich mit einer leichten Verbeugung.

Seine Zusage gefiel dem Kaiser. Es kam selten genug vor, daß
Max als Autorität respektiert wurde. Für sein braves Her-

*Ulrich
Varnbühler
Holzschnitt
1522*

153

umdienern schenkte er Albrecht die versprochenen Wachteln, sechs an der Zahl. Sie rochen auch schon etwas. Den unangenehmen Geruch aber glich schließlich die Tatsache aus, daß der Kaiser selbst dieses Wildbret erlegt hatte.

Schon wegen des für ihn in Aussicht stehenden jährlichen Geldbetrags erschien Albrecht diese Begegnung mit dem Kaiser so bedeutend und bemerkenswert, daß er es unbedingt Willibald mitteilen mußte. Und zwar so schnell wie möglich. Zu Hause angekommen, warf er sofort die stinkenden Wachteln weg, dann machte er sich rasch auf den Weg. Willibald riet ihm: «Sei auf das Geld wachsam, und laß es dir gleich schriftlich geben, denn Max ist ein armer Hund, der in seinen Taschen nichts als Löcher hat.»

Ein wenig minderte das natürlich die Freude über die Aussicht auf die jährlichen hundert Gulden. «Was soll ich tun, den Auftrag wieder zurückgeben?» fragte Albrecht kleinlaut.

«Wo denkst du hin, nein.» Sein Freund schüttelte den Kopf. «Verlaß dich auf Varnbühler. Er wird es schon so einrichten, daß du dein Geld bekommst.»

Am nächsten Tag schon hatte Pirckheimer den Kaiserlichen Kanzler aufgetrieben, ihn an der Hand genommen und in Dürers Atelier geführt. «Das ist Varnbühler», stellte er ihn Albrecht vor, «an ihn kannst du dich wegen des Geldes wenden.»

«Ich werde eine Anweisung zu Lasten der Stadt Nürnberg schreiben», sagte der Kanzler. «Zum Glück haben wir unseren Anteil an der Gewerbesteuer noch nicht verpfändet. Aus dieser Kasse werdet Ihr Euer Geld am sichersten empfangen, Meister Albrecht.»

Vor Freude über diese gute Nachricht schickte Albrecht einen seiner Schüler nach Wein in den Keller und schenkte Varnbühler ein hübsches Blättchen von Unserer Lieben Frau. «Das wird von meinen Kunden immer noch am liebsten gekauft. Ich hoffe, daß es auch Euch gefällt», fügte er untertänig hinzu.

Als dann die Weinkanne auf dem Tisch stand und sie mit den Bechern anstießen, ließ Pirckheimer laut seine Stimme vernehmen. «Wir Nürnberger brauchen uns nicht zu schämen. Wir haben der Welt einen Globus beschert, den Buchdruck wie keine andere Offizin zur Blüte gebracht, Taschenuhren stellen unsere

Kunstschmiede her. Das will heißen, nach unserer Nürnberger
Zeit richten sich die Menschen und nicht danach, was ein Kaiser
sagt. Damit es den Anschein hat, magst du an seiner Ehrenpforte
basteln, damit wir als Reichsstadt unter dem Schutz seines
Namens um so besser unsern Handel betreiben können. Prost!
Auf ein paar lumpige hundert Dukaten kommt es uns nicht an»,
sagte Willibald und trank dem Kanzler zu.

Kein Wunder, wenn sich Albrecht in dieser Runde wohl aufgehoben fühlte. Wie schön, daß er mit Ulrich Varnbühler einen
weiteren Förderer seiner Kunst gefunden hatte.

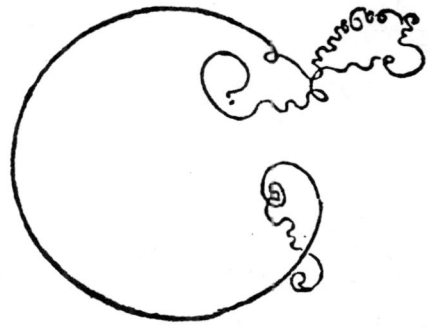

SECHZEHNTES KAPITEL

Hussitischer Aufruhr wird gepredigt, und es gibt Krach in Wittenberg

LS Albrecht mit Fleiß und Mühe an dem Triumphbogen und Triumphzug Kaiser Maximilians arbeitete — dieses Werk sollte ja wandgroß, also ein wesentlich mächtigerer Holzschnitt werden als der, den Signore Lyco mit seiner Ansicht von Venedig gemacht hatte —, kam ihm ein Traktat in die Hände, welches die Aufschrift trug: EIN EDLES BÜCHLEIN VOM RECHTEN UNTERSCHIED WAS DER ALTE UND WAS DER NEUE MENSCH SEI ... Weiter sollte offenbart werden, was Adams- und was Gotteskinder sind. Albrecht griff sofort zu, denn er fürchtete, den rechten Gottesweg zu verfehlen.

Keiner wußte, wer dieses in unverblümter Sprache abgefaßte Werk geschrieben hatte. Der Text floß dunkel und geheimnisvoll. Er war keineswegs «wie Schaum auf dem Wasser, der vom Wind davongetrieben wird, sondern es waren Worte voller Weisheiten, tief vom Grund des Jordans geschöpft.»

Der ungenannte Verfasser griff mit barscher Stimme die Mächtigen der Welt an, die Bankhäuser und den Papst, weil beide sich gegen Gott versündigten. Seine Leser forderte der ungenannte Verfasser zu unversöhnlichem Kampf auf. Er zitierte den zweiten Psalm. «Du sollst die Abgötter mit eisernem Zepter zerschlagen, wie Töpfe sollst du die Größe zerschmeißen, züchtige Könige und Richter! Küsset den Sohn, daß er nicht zürne und ihr umkommet auf dem Wege; denn sein Zorn wird bald entbrennen!» Ohne Zweifel wurde hier hussitischer Aufruhr gepredigt!

Dieses «Büchlein» erregte ihn tief. Albrecht dachte an seine «Apokalypse». War es jetzt soweit? Sollte das Strafgericht jetzt bevorstehen?

Der unbekannte Dichter forderte ihn auf, der üblichen Litanei den Rücken zu kehren und nach dem großen, noch nicht ausgesprochenen Geheimnis zu suchen, was angesichts der wachsamen Dominikaner und anderer Ketzerfresser gar nicht so ungefährlich war. Auch in den deutschen Landen des Heiligen Römischen Reiches bedrohten Inquisition und Offizium jeden Geist, dessen Gedanken eigene Wege gingen. Wehe diesen Schwankenden! Wollte Albrecht jedoch so etwas aufs Papier bringen, bedurfte es eines Gleichnisses. Ohne eine kurzweilige Parabel kam die Kunst nicht aus.

Überhaupt sollten seine Bilder als Beispiel verstanden sein, mit denen er seinem Publikum etwas sagen wollte. So suchte er nach einer solchen gleichnishaften Leitfigur, welcher man durch die verworrenen und zwielichtigen Zeitläufe folgen konnte. Dieses Idealbild mußte ein Ausdruck von Furchtlosigkeit und Mut sein. Schier unverwundbar verwahrt in Harnisch, ein Ritter eben, ein rastlos Fahrender, der drauf und dran ging, unbeirrbar und dabei Tod und Teufel nicht fürchtend.

Triumphwagen Maximilians Holzschnitt 1518

Viele Reisigen, geharnischte Ritter, zerlumptes Fußvolk und

157

Lanzenträger hatte er schon gezeichnet, in Holz geschnitten oder in die Kupferplatte gestochen. Nun fing er aufs neue an und entdeckte dabei einen Ritter ganz anderer Art, einen, auf den er sich selbst und seinen Geist übertrug. Er stellte ihn dar als einen voller Gleichmut die Zeit gelassen durchmessenden Kämpfer. Von Tod und Teufel begleitet, durchstreifte er den Steinbruch von Schmausenbrück seiner entlegenen Burg entgegen, die irgendwo auf der Höhe sichtbar wurde und die er, so wie die Dinge standen, nie würde erreichen können. Aber jeder brauchte ein Ziel, so unverrückbar und fest gebaut wie diese Burg.

Und weil er Freude fand an diesen Stückchen, die ausdeutbar waren von jedermann, machte er sich an einen neuen Kupferstich und brachte zum soundsovielten Male den Hieronymus im Gehäus, was heißen sollte: Habt acht auf die Wissenschaft und — getreu der Forderung der Humanisten — versucht selbst bis zu den Quellen vorzustoßen! Als letztes dann druckte er die «Melancholie», einen über die Geheimnisse der Welt nachdenkenden Engel, umgeben von den Werkzeugen der Rechen- und Meßkunst. In diesem dritten von seinen meisterlich gestochenen Blättern versuchte Albrecht letzte und erschöpfendste Weisheit auszudrücken. Das Zahlenspiel an der Wand ergab, kreuz und quer zusammengezählt, immer vierunddreißig. Eine Rechnung, die immer aufging, die jedesmal stimmte. Was sagte doch Pater Pacioli, als er ihm seine Lehre beibrachte? Wenn die Zahlen stimmen, stimmt auch inwendig der Mensch.

Bald nach diesen Arbeiten erklärte sich die Stadt Nürnberg endlich bereit, Dürers Forderungen gegenüber dem Kaiser einzulösen. Nun konnte sich keiner im großen neuen Haus an der Stadtmauer beklagen. Seinen Überfluß an Geld legte Albrecht sofort günstig an. Er kaufte sich eine weitere Druckerpresse, stellte neue Schüler und Lehrlinge ein und schickte sich an, seine Werkstatt zu erweitern, als ganz unversehens und völlig überraschend Mutter Barbara krank wurde.

Die arbeitsame Alte hatte sich nie geschont, immer beschäftigt, fand sie nie Zeit, sich auszuruhn. Nun zwang die Krankheit Barbara ins Bett, die Bürde ihrer anstrengenden Lebenstaten drückte sie ins Linnen, und unter dieser Last erlosch ihr Leben langsam. Ausgemergelt und schwächlich, starb sie mit dreiundsechzig.

Wie alles, was einen unvermutet trifft, war für Dürer dieser *Ritter,* schwere Verlust um so härter, als er eigentlich noch nicht damit *Tod und Teufel* gerechnet hatte. Ein Jammer war es um diese verhutzelte Alte, *1513* die immer für ihn da war, solange er denken konnte. Nun mußte

159

Agnes ihre Stelle einnehmen, seine kühle und genau berechnende Frau, die vom Abkassieren wohl genausoviel verstand wie Barbara, die ihm aber keinen Trost und Herzenszuspruch geben konnte oder auch nur wollte. Doch Albrecht hatte kaum Zeit,

Hieronymus im Gehäus Kupferstich 1514

*Melancholia
Kupferstich
1514*

um die geliebte Mutter lange zu trauern. Es tat sich viel im Reich, was seine ganze Aufmerksamkeit erforderte.

Soweit sie bekannt, war die Welt schon aufgeteilt. Jeder Fleck hatte seinen Besitzer. Dabei war nicht ganz durchsichtig, wer was besaß. Am besten wußten es natürlich die Bankiers und Kaufherren, denn sie hatten bereits die meisten Einnahmen den Kaisern und Königen, Markgrafen und Herzögen abgekauft. Die Nürnberger Welser beuteten schon lange die spanischen Silbergruben von Salamanca und Almadén aus. Den Tuchern gehörten die steyrischen Erzbergwerke und das Schwazer Silber zur Hälfte. Sie mußten es mit den Fuggern aus Augsburg teilen.

Nun, als es nichts mehr zu kaufen gab, machte Not erfinderisch. Jakob Fugger, der reiche Fugger, wie er genannt wurde, war ein Künstler in finanziellen Dingen. Er kam auf den genialen Gedanken, aus dem Himmel und dem Paradies Geld für sich herauszuschlagen. Er kaufte dem Papst und den Bischöfen ihren Ablaßhandel ab. Nun konnte jedermann bei ihm seine Seele vom Fegefeuer loskaufen.

Die Leute nahmen es wie eine Wohltat auf. Zunächst jedenfalls. Mit Geld konnte man alle verübten Untaten wiedergutmachen und bekam die Absolution sogar schriftlich. Der Mord wurde gleichermaßen gesühnt wie der Ehebruch. Nur die Preise dafür waren gestaffelt. Einmal nach Rang und Stand, also nach der Zahlungskraft des Sünders, zum andern nach der Art und Schwere des Verbrechens. Einen Groschen für eine Lüge, sechs Taler für einen Leichnam. Den Sündern, und das waren sie schließlich alle, machte es der Fugger wunderbar leicht.

Wo die Ablaßhändler, mit den allerhöchsten Privilegien versehn, auch auftauchten, strömte die Menge herbei. Jeder Sünder zahlte gern. Sie tummelten sich wie auf einem Volksfest, scherzten und dankten dem Heiligen Vater für solch menschliche Vergünstigungen.

Für Jakob Fugger in Augsburg wurde der Handel mit dem Sündenerlaß das größte Geschäft des Jahrhunderts. «Wenn das Geld im Kasten klingt, die Seele aus dem Fegefeuer in den Himmel springt.» Dieser so einleuchtende Werbespruch galt für die Verstorbenen ebenso wie für die Lebenden.

Mit diesen Unsummen Geldes ließ er Straßen bauen, Kanäle ausheben, Deiche errichten und von Ufer zu Ufer Brücken schlagen, weil diese Einrichtungen seinen Handel und Verdienst förderten. Um sich auch die Kurie geneigt zu machen, baute Fugger Jagdschlösser für sich langweilende Bischöfe. Wo das

1514

Dürers Mutter; Kohlezeichnung   1514

163

Albrecht
von Brandenburg
Kupferstich
1519

Sündengeld auftauchte, blieb es kleben, nur der kleine Mann hatte keinen Gewinn davon und das war auch nicht in Fuggers Sinn.

So war eigentlich alles wie eh und je im Reich. Aber wer genauer hinsah, konnte bemerken, daß es unter der ruhigen Oberfläche gärte. Die hussitische Schrift, welche Albrecht so bezeichnet hatte, blieb nicht die einzige ihrer Art. Und als Doktor Martin Luther, ein mutiger Mönch aus Wittenberg, fünfundneunzig Thesen gegen den Ablaßhandel an die Schloßkirche seiner Stadt schlug, wurde das ganze Reich in helle Aufregung versetzt. Freilich hatte man schon das eine oder andere Unbotmäßige vom Magister Luther gehört, diese Ketzertat jedoch beschwor einen Riesenkrach herauf. Der Papst sah sich genötigt, den Dominikanergeneral Kardinal Cajetano nach Deutschland zu schicken, um Luther zur Rede zu stellen.

Ort dieser Auseinandersetzung sollte der Reichstag zu Augsburg werden. Das würde ein schöner Spaß werden, wenn sich das Wittenberger Mönchlein mit dem römischen General stritt, zwar nur mit Worten, aber die konnten einem ja auch wie Fetzen um die Ohren fliegen.

Dabei war der hochgelehrte Doktor Martin eigentlich gar nicht der einzige, der sich über den Ablaß beschwerte. Der Nürnberger Stadtrat hatte lange vor dem Wittenberger Thesenanschlag eine Verordnung erlassen, die besagte, «daß der Bürgermeister nebst seinem Rat solchen Handel mit dem Ablaß mehr für eine Verführung des gemeinen, einfältigen Volkes als eine gedeihliche Förderung ihres Seelenheils erachte». Damit hatten sich die Nürnberger Stadtväter unmißverständlich schon Anno 15 gegen den Ablaß ausgesprochen, als nun Anno 17 Luthers Hammerschläge auf die Schloßkirchentür im ganzen Reiche laut widerhallten. Dabei waren es gar keine Hammerschläge, wie später behauptet wurde, keine Spur! Die fünfundneunzig Thesen waren nichts anderes als vier Bogen einfaches Papier, vielleicht auch nur Zettelchen, eng beschrieben mit lateinischen Lettern, an die Kirchtür geheftet. Aber sie platzten laut donnernd wie ein Kanonenschlag in die deutschen Lande.

Sie wurden ins Deutsche übersetzt, damit nicht nur die Gelehrten sie lesen konnten. Das übernahm in Nürnberg der Ratsherr Caspar Nützel, und Koberger brachte dann die Übersetzung unter dem Titel «Sermon gegen den Ablaß» in einer Broschüre heraus.

So wurde Luthers Angriff auf den Papst jedem bekanntgemacht. Nun war man gespannt, wie er in der Redeschlacht beim Streit mit dem gewandten Cajetano abschneiden würde.

Mit außergewöhnlichem Pomp und Gefolge ritt Cajetano, ein kleiner und ein wenig eitler Mann, auf einem weißen Zelter in Augsburg ein. Der aus Gaeta, einer Hafenstadt am Tyrrhenischen Meer, stammende Kirchenfürst tat so, als wäre er nur zu diesem Reichstag gekommen, um Albrecht von Brandenburg zum Kardinal zu erheben. Der kleine Ordensgeneral trat so auf, als besäße er den Vorrang vor allen Königen und Kaisern.

Auch Dürer war zur Stelle. Mit Widerwillen betrachtete er den aufgeblasenen römischen Legaten, der auf die Deutschen wie auf Wilde herabsah. Während des Zechens in den Gasthöfen und den nicht enden wollenden Schmausereien erhielt Albrecht den ehrenvollen Auftrag, den neuernannten Kardinal Albrecht von Brandenburg zu zeichnen. Da er sich dieser Mühe gern unterzog, schenkte ihm der soeben gebackene Fürstprimas zwanzig Dukaten. Er war in Geberlaune und versprach Dürer, falls er ihn in Kupfer vervielfältigen würde, für jeden Abzug fünf Dukaten.

Für dieses großzügige Angebot dankte Albrecht und reiste sofort ab, um in seiner Nürnberger Werkstatt das Konterfei des Kardinals so schnell wie möglich zu stechen und um damit den hohen Herrn zu überraschen und sich selbst an dem in Aussicht gestellten hohen Lohn zu erfreuen.

Leider verpaßte Dürer dadurch den Auftritt des Wittenberger Mönches mit dem päpstlichen Legaten, dieses politische Spektakel vom deutschen David und römischen Goliath. Willibald aber war dabei, und er mußte das fein komödiantische Stücklein später in Nürnberg erzählen.

«Zunächst schien Luther, wie wir ihn erlebten, einen Sprachfehler zu haben.» Im Kreis seiner Freunde gab Pirckheimer das Histörchen gutgelaunt zum besten. «Die sechs entscheidenden Buchstaben, auf die der Kardinal wartete, brachte er einfach nicht über seine Lippen. Ums Verplatzen sagte Luther nicht ‹revoco›, ich widerrufe. Vielmehr schrie er den Römling an: ‹Zuerst müßt Ihr mir mit der Bibel beweisen, daß Gott von uns so etwas wie Ablaß gefordert hat!› Das konnte der Pfaffe natürlich nicht. ‹Ein Papstwort gilt mehr als Gotteswort. Zuerst

muß dem Papst gehorcht werden›, entgegnete Legat Cajetano. *Die große* Gegen den Dominikanergeneral trat dann der Bischof von *Kanone* Lüttich, Erhard von der Mark, auf! Er warf Cajetano den Handel *Radierung* mit Ämtern, Bestechung und die Veruntreuung der Türkensteuer *1518* vor. Der Päpstling entschuldigte sich mit dem Bau des Petersdoms, der unendlich viel mehr Geld verschlang, als ursprünglich geplant war. ‹Was geht einen deutschen Mann Sankt Peter an?› fragte Ulrich von Hutten, der fränkische Ritter. ‹Hat Christus auch in solchen Häusern gelebt?› Die anwesenden Standesherrn jubelten Hutten zu. Böse und giftig schaute Cajetano auf die ihm feindlich gesinnten Leute herunter. In seiner Eitelkeit hatte er sie für unterentwickelte Wilde gehalten.»

Pirckheimer äußerte seine Genugtuung darüber, daß Hutten den päpstlichen Legaten mit Worten bezwungen hatte.

Das Beste an Luther war, darüber waren sich Nürnbergs Kaufleute einig, daß er dafür eintrat, kein gutes deutsches Geld mehr über die Alpen zum Papst zu schicken. Dürer fand nicht nur das richtig, und zum Zeichen seiner Verehrung schickte er der Wittenbergischen Nachtigall drei Holzschnitte vom Leiden des Heilands, seiner Passion. Diese Blätter sollten dem edlen Streiter Mut machen.

Gottlob ist nun endlich ein Mann da, der die Gemüter der Deutschen aufrichtet. In diesem Kampf für die Freiheit eines Christenmenschen will Albrecht mitkämpfen. Wer im Sturm von Luthers Worten steht, muß sich entscheiden. Für oder wider den Papst geht es. Nur einer, Kaiser Max, entscheidet sich nicht. Er weicht den Unbequemlichkeiten aus. Darin bleibt er sich bis zuletzt treu. Er stirbt schließlich, ohne sich nach einer Seite hin festgelegt zu haben.

Als die Totenglocke für Maximilian erklingt, liefert Albrecht die letzten großen Blätter für dessen Triumphzug ab. Diese Arbeit befriedigte ihn nicht, weil sie ihn über Gebühr lange beschäftigte. Neben dem Kaiserauftrag konnte er kaum etwas für sich machen, malen zum Beispiel. Außer ein paar kleinen Porträts kam er zu nichts weiter. Dafür aber experimentierte er in einer neuen Drucktechnik. Anstatt in Kupferplatten zu stechen, radiert er die neue, vom Nürnberger Senat angeschaffte Kanone als ein Dokument der Wehrhaftigkeit seiner Bürger in Eisen.

Wie sein großes Vorbild Leonardo entwirft er Schießscharten und Befestigungswälle für die Stadt. Der Magistrat lobt ihn dafür. Ihre Zuvorkommenheit für den berühmten Künstler geht so weit, daß die Ratsherren Dürer zum Mitglied des «Großen Rats» ernennen. Albrecht wußte die große Ehre zu schätzen, die ihm der Senat damit erwies. Ärgern tat er sich nur, weil ihm der Stadtkämmerer die weitere Zahlung seiner von Maximilian ausgesetzten Leibrente verweigerte. Und er brauchte das Geld doch so nötig. Er forderte, er bat und bettelte — nichts. Der Rat blieb hart. Er rückte die Leibrente nicht raus. Es hieß: Ja, wenn sich der Herr Dürer vom kaiserlichen Nachfolger, dem jungen König Karl, der sich in Aachen zum Kaiser krönen lassen will, wenn er sich von ihm eine Bestätigung seiner Ansprüche holte, dann, wie gesagt, aber nur dann wollte man sehen und eventuell zahlen.

Was blieb dem armen Albrecht anderes übrig, als die Koffer zu packen und mit Agnes und der Magd Susanne dem zukünftigen Kaiser Karl V., der sich zur Zeit in Antwerpen aufhalten sollte, entgegenzureiten und sich seine Bestätigung selbst zu besorgen.

168

SIEBZEHNTES KAPITEL
Agnes fühlt sich geschmeichelt.
Auch Albrecht wird viel Ehr zuteil,
und die Augsburger Bank nickt

M Dienstag auf Bonaventura, also Mitte Juli, Anno fünfzehnhundertundzwanzig traten die Dürers diese beschwerliche Reise an. Wer weiß, wie lange sie dauern würde? Mit vollgepacktem Planwagen wie ein ambulanter Händler zog der Maler los, nahm Bilder, Stiche und Holz-schnitte mit, ja sogar eine kleine Presse, Staffelei, Öl, Firnis und Farben, ein richtiges kleines Atelier. Ein Maler mußte täglich arbeiten, auch unterwegs.

Wie immer überließ er Agnes den Verkauf seiner Drucke. Mit dem Geld mußte sie Zehrung und Reisekosten bestreiten. Die Magd Susanne kochte, hielt die Kleider in Ordnung, ersetzte bisweilen auch Diener und Boten.

Drei Tage brauchten sie bis Bamberg. Hier suchte Albrecht den Bischof auf, dem er ein allerliebstes Tafelgemälde von der Heiligen Jungfrau schenkte, um sich damit die Zollfreiheit bis Köln und Lüttich zu erkaufen. Der Bischof von Bamberg war ein gnädiger Mann, der auch noch Albrechts Zeche im Wirtshaus zahlte.

Vom Fuhrwerk stiegen sie auf einen Schleppkahn und segelten bei gutem Wind den Main abwärts bis Frankfurt. Dort traf er den Kaufmann Heller, für den er einst die große Himmelskönigin gemalt hatte. Vor ihrer Abreise nach Mainz schickte Heller der Familie Dürer noch zehn Flaschen besten Hochheimer Senats-wein in die Herberge.

In Mainz suchte er Veit Varnbühler, einen Vetter von Ulrich, dem ehemals Kaiserlichen Kanzler, auf, der ihn und die Seinen reich bewirtete.

Vor seiner Abreise aus Mainz schrieb Albrecht stolz in sein Tagebuch: «Am Ort erwiesen mir die Leut viel Ehr.» Überhaupt vermerkte er jede Schmeichelei mit Genugtuung.

Weniger freundlich behandelten ihn die Zöllner rheinabwärts, die von Ehrenfels ließen sich nicht erweichen und forderten für die Schiffsladung seines Haushaltes zwei Gulden in gutem Gold. Dürer bezahlte diese Summe, um sich aber ausdrücklich versichern zu lassen, daß, wenn er binnen zweier Monate einen Ledigbrief vorzeige, er seine zwei Gulden wieder zurückerhalten würde.

In der schönen Stadt Köln verließen Albrecht, Agnes und Susanne das Schiff, um den Vetter Niclas zu besuchen, der dort als Goldschmied ein gutgehendes Geschäft besaß. Mit seiner Arbeit verdiente der Vetter mehr, als Albrechts Vater in Nürnberg je verdient hatte, und das war recht so, denn wie Dürer gleich merkte, herrschte zu Köln eine unbeschreibliche Teuerung. Hier kostete das Brot einen halben Weißpfennig mehr als in Nürnberg. Für die Tinte, die sich Albrecht zum Zeichnen kaufen mußte, bezahlte er mehr als das Doppelte.

Auch in Köln fehlte es Albrecht an Gönnern nicht. Ein Goldjunge wie Hieronymus Fugger, um nur einen der einflußreichsten zu nennen, lud Dürer samt Weib und Magd zu Kost und Logis ein. Ihm zu Ehren gab der Kölner Fugger ein Essen im Barfüßerkloster und lud dazu einige Ratsherren zur Tafel. Beim Schmausen ging es so hoch her, als wenn die Kaiserkrönung nicht in Aachen, sondern in Köln bevorstände.

Hieronymus Fugger gab ihm zuletzt noch das Geleit. Der Neffe des reichen Jakob Fugger aus Augsburg riet Dürer dringend, hier nicht soviel von der Wittenberger Nachtigall zu sprechen, da der Papst nun keinen Spaß mehr verstand und einen neuen Nuntius geschickt hatte, der laut forderte, alle Ketzer sollten brennen. Es hieß, daß sich jeder, auch der kleine Mann, in acht nehmen mußte.

Holla, aufgepaßt, dachte Dürer, da hieß es doppelt vorsichtig sein. Seine Agnes und auch seine Schaffnerin wies Albrecht an, immer einen Rosenkranz auffällig und für jeden sichtbar zu tragen, denn man munkelte, an den Stadttoren Antwerpens sollte es Kontrollen nach Büchern und anderen Glaubensdingen geben. Albrecht wollte allen möglichen Schwierigkeiten aus dem Weg gehn, denn noch hatte der künftige Kaiser Karl seine Rente nicht bewilligt.

Antwerpen und Venedig dürfen sich wie zwei Schwestern fühlen. Heiter und beschwingt die eine, die südliche, die Stadt an der Schelde dagegen ist mehr von nördlichem ernstem Geist. Erwerbssinn vor allem zeichnet die Einwohner aus. Ihr Wochentag ist hart, von den Kaufleuten angefangen bis herunter zu den Schauerleuten am Hafen, die Lastträger oder Matrosen müssen bis in die Nacht hinein arbeiten. Statt der venezianischen Palazzi findet Dürer nur nüchterne, großräumige Speicher, direkt ans Wasser gebaut. Vornehme Bürgerhäuser liegen mehr um den Markt. Für berühmte Gäste finden dort Feste statt oder pompöse Empfänge, denn so ernst sie hier ihre Arbeit nehmen, so ausgelassen widmen sie sich auch dem fröhlichen Leben mit ausgedehnten Gastereien, mit Saufen und Fressen.

Großräumig wie ihre Speicher und Silos am Hafen ist auch das Gotteshaus in Antwerpen. Die Kathedrale «Zu Unserer Lieben Frau» hat sieben Kirchenschiffe, in jedem einzelnen kann gleichzeitig ein Hochamt gefeiert oder eine Messe gelesen werden, ohne daß eins das andere stört. Offensichtlich wurde hier ein Wahr-

171

zeichen geschaffen, eine Riesenkirche zum Vorzeigen ihrer Fröm-
migkeit. Maßlos scheint das alles zu sein. Dürer betritt das
Langhaus mit seiner schier unendlichen Reihe weich gemeißelter
Bündelpfeiler, die, kaum von Kapitellansätzen unterbrochen, in
die Gewölberippen der Decke übergehen. Noch niemals hat
Albrecht einen Raum betreten, dessen Größe sich so innig mit
Zartheit verband, dessen protzige Wucht zurücktrat hinter sanfte
und genaue Details. Die Heiligen tragen die schmalen Bögen,
stützen die Decke mit ihren Häuptern, Figuren säumen die Felder
und die Wölbungen der Torbögen, und so lebendig sind die
Gestalten gemeißelt, daß der Stein zu atmen anfängt.

Voll Bewunderung hebt Albrecht die Augen auf, bis sein Blick
oben an dem Stern- oder Netzmaßwerk der Decke hängen-
bleibt.

Längs der Schelde wandern keine Türken in perlenbestickten
Brokatgewändern, sondern allerhöchstens Beginen mit ihren
weiten, malerischen Mänteln und ihren himmelwärts ge-
schwungenen, weißen Hauben. Aber auch junge Dirnen flanieren
herum. Wie kleine Prinzessinnen sehen sie aus, die kandierte
Früchte oder allerlei Naschwerk anbieten, so liebenswürdig, als
ob sie es nicht aus Not täten oder um ihren Lebensunterhalt zu
verdienen, nein, als ob sie schwätzten und handelten aus guter
Laune heraus, so als wollten sie sich selber einen Spaß damit
machen.

Keiner konnte fleißiger sein und eifrig die neuen Eindrücke zu
Papier bringen als Dürer, der sich bei einem deutschen Wirt, Jobst
Blankenfeld, eingemietet hatte. Der Gastwirt stammte aus der
Gegend von Osnabrück aus einer Müllersfamilie mit vielen
Kindern. Ärger und Streit um das Erbteil hatten ihn nach
Antwerpen verschlagen. Zum Schlafen räumte er für seine Gäste
eine Kammer und einen leidlich großen Raum mit guten Licht-
verhältnissen aus, in welchem sich Albrecht ein Atelier, eine
Werkstatt, einrichten konnte, in welcher er arbeiten und, wenn
es nottat, auch seine Kundschaft empfangen konnte.

Selten hatte Albrecht soviel Zuvorkommenheit auf seinen
Reisen erfahren wie hier in Antwerpen. «Wie kommt es denn,
Jobst», fragte er seinen Wirt, «wenn Ihr für jeden Gast den großen

Ofen heizt und ihn wie einen König behandelt, dann könnt Ihr doch keinen Gewinn aus Eurer Herberge ziehen?»

«Ach, laßt mir doch die Freude, Meister Albrecht. Für mich ist eine solche Berühmtheit schon zuviel Ehre. Am liebsten würde ich eine Fahne zum Fenster raushängen, auf der steht: ‹Hier wohnt der Dürer, kommt und seht!›»

Dieser Jobst ist ein Schatz. Für seinen Gast rührt er so laut die Werbetrommel, daß sich schon etliche bei ihm angemeldet haben. Auch die St.-Lukas-Gilde in Antwerpen will Meister Dürer als einen ihrer großen Zunftgenossen ehren. In ihrem Gildehaus geben sie dem Nürnberger ein Bankett, zu dem sie auch Ratsherren und den Admiral der gnädigen Frau Statthalterin feierlich einladen.

Über tausend Kerzen brennen in dem geschmückten Festsaal. Tief verbeugen sich alle Anwesenden, als Albrecht mit seiner Gemahlin und der Dienerin eintritt. Noch nie hat sich Agnes so geschmeichelt gefühlt, noch nie soviel kostbare Kerzenleuchter und Silbergeschirr auf einer Tafel gesehn. Dieser Augenblick ist zweifellos der schönste in ihrer fünfundzwanzigjährigen Ehe, und auch der Magd Susanne treten Tränen des Glücks und der Freude in die Augen, als man bei der Begrüßungsansprache von ihrem Herrn als den berühmtesten Künstler der deutschen Lande spricht.

Dem Absatz seiner Werke kam diese Ehrung ungemein zugute. In den darauffolgenden Tagen konnte Agnes zwölf Serien der Leidensgeschichte Jesu verkaufen, vier Serien vom Leben Unserer Lieben Frau und sechs Bögen der Apokalypse. Zu diesen Einnahmen waren noch nicht die Bildnisaufträge von allerlei Persönlichkeiten gerechnet, darunter war auch der Hauptmann der Leibwache Ihrer Kaiserlichen Hoheit Madame Margarete. Zum ersten Mal auf dieser Reise überwogen die Einnahmen die Ausgaben um ein erhebliches. Nach Abzug aller Kosten ergab der Reingewinn einen Betrag von sechsundachtzig Gulden, sechzehn Kreuzern und vier Weißpfennigen.

Albrecht traf mit vielen einheimischen Künstlern zusammen. So mit Lucas van Leyden, auch mit Quinten Massys, einem sehr berühmten Maler, der genau wie er von den Ideen der Antike begeistert war und auch Leonardo sehr verehrte.

Sie sprachen zuerst über ein neues Bild des Meisters, dann jedoch über Luthers Thesen, die auch hier bekannt waren und für die sich der Wittenberger Doktor vor dem Reichstag zu Worms bald wieder verantworten sollte.

«Was meint Ihr, verehrter Meister», fragte Massys deshalb, «wird Luther widerrufen?»

«Auf gar keinen Fall», antwortete Albrecht. «Er wird sich nicht einschüchtern lassen, denn er ist von seinem Recht überzeugt.»

«Auch wenn man ihm Gewalt antut?»

«Luther kann auf Gott vertrauen, außerdem ist Friedrich der Weise sein mächtiger Beschützer. Er wird es nicht zulassen, daß Luther von der Inquisition gequält wird», meinte Albrecht, fest im Glauben an den Mut des Wittenberger Doktors und der göttlichen Gerechtigkeit. Er äußerte diese Überzeugung auch all den anderen gegenüber, die Luthers Thesen begrüßten. Und es wurden immer mehr.

Er lernte auch Joachim de Patinier kennen, der den Nürnberger ohne Bedenken bewunderte. Joachim hatte ein beeindruckendes Gemälde, die Überfahrt über den Styx, gemalt. Darauf sah Albrecht Charons Nachen in einer Landschaft voller Engel. Er kam nicht umhin, dieses Bild mit seinem eigenartigen Reiz zu loben. Übergangslos fügte er dieser Schmeichelei hinzu, daß er einen Gesellen brauche und ob ihm Meister Joachim für die Zeit seines Hierseins einen ausleihen könnte.

Aber gewiß und sehr gern. Joachim sagte sofort zu und beeilte sich, dem berühmten Fremden behilflich zu sein. Er wußte da einen anstelligen Burschen, der sich Pieter de Kerk nannte. Mit ihm fing Albrecht sofort an, seine Werkstatt in Jobstens Wirtshaus weiter einzurichten. Er kaufte Leinwand und Tafeln, die er von Pieter grundieren ließ.

Wenn Albrecht sich jetzt, wie es aussah, in neue Tätigkeit stürzte — wo so viele Aufträge vorlagen, wollte er unbedingt die Gunst der Stunde nutzen —, verlor er bei seiner Arbeit niemals das Ziel aus den Augen, den künftigen Kaiser Karl zu bitten, den Vertrag seines Großvaters Max zu erneuern.

Doch Karl hatte andere Sorgen. Unbedingt wollte er seinem Großvater Max nacheifern und auch ein berühmter Kriegsheld werden. Täglich sah Karl sich die Ehrenpforte an.

«Weißt du, wer dieses Kunstwerk schnitt?» fragte seine Tante Margret, als sie ihn einmal beim Zusammenlegen der Blätter ertappte. «Albrecht Dürer heißt der Holzschneider. Er ist übrigens hier und bittet um eine Audienz. Sicherlich wird er für dich noch einen viel größeren Triumphbogen schneiden müssen.»

Der Jüngling Karl errötete. Die Schmeicheleien seiner Tante gefielen ihm. Er trug einen schwarzen Brustharnisch, weil er sich wieder in sein Feldlager zu Oudenarde begeben wollte. «Ma tante, zuerst will ich Taten vollbringen, dann mag der Deutsche sie verewigen, aber vorher nicht», sagte er und empfahl sich.

Obwohl Dürer den Hauptmann der kaiserlichen Garde abmalte und er den Kämmerer Seiner römischen Majestät mit Bildern und Kupferstichen bestach, gelang es Albrecht nie, bis zu Carolus vorzustoßen. Immer hieß es, er befinde sich im Feldlager gegen die Franzosen. Endlich wurde behauptet, Karl rüste sich zur Kaiserkrönung und sei auf dem Wege nach Aachen.

Das konnte gut sein, denn es wimmelte hier nur so von Abordnungen aus aller Welt. Unter starker Bewachung brachten Nürnbergs Senatoren die Krönungsinsignien, die Kaiserkrone, den Mantel, das Zepter und den Reichsapfel, zu dem bevorstehenden Fest nach Aachen.

Mit ihnen kamen die neuesten Nachrichten aus dem Reich. Sie wußten viel von geheimem und offenem Aufruhr in Deutschland zu berichten. Der Heilige Vater hatte mit seinen Bannflüchen gegen Luther Wind gesät und Sturm geerntet. Doktor Luther verbrannte die päpstliche Bulle vor den Augen seiner Wittenberger Studenten. Und Hutten gar, den dieser Fluch des Papstes genauso wie Pirckheimer traf, rief die Bürger der Städte mit einem Gedicht zum bewaffneten Kampf gegen Rom auf.

«Erhebt euch, ihr frommen Städte! Laßt mich doch nicht streiten allein. Wir wollen kämpfen insgemein. Jetzt ist die Zeit zu heben an, um Freiheit zu kriegen. Gott will es han.» An Pirckheimers Adresse hatte er schon vor Jahren in einem Brief geschrieben: «O Jahrhundert! o Wissenschaft! Es ist eine Freude, zu leben ... Es blühen die Studien, die Geister regen sich: du, nimm den Strick, Barbarei, und mache dich auf Verbannung gefaßt!»

Diese und andere mutige Worte widerhallten in Mönchskammer und an Fürstenhöfen, in den Studierstuben der Studenten so gut wie in den Kontoren der Kaufmannsfaktoreien. Die Wagenkolonnen der Händler trugen Huttens Gedichte durch die Lande. Jeder Fuhrknecht brachte sie von einem Flecken bis zum andern. Seine Verse wurden nicht mehr geflüstert, sondern laut gesprochen: «Bis jetzt haben wir es noch ertragen können, daß der Papst uns beherrscht, daß er uns aber ruiniert, werden wir nicht länger ertragen. Drauf und dran, setzt aufs Klosterdach den roten Hahn!»

Die ersten Anzeichen sprachen ganz dafür, daß dieser Aufbruch der deutschen Nation ein stürmischer werden würde. Sehr besorgt darüber äußerte sich der Gelehrte Erasmus, dem Dürer angesichts solch wichtiger Ereignisse seine Aufwartung machte, um ihm zum Zeichen seiner Verehrung das Konterfei abzunehmen und es später zur Vervielfältigung in Kupfer zu stechen.

Als Empfehlung brachte er die Grüße seiner Nürnberger Gönner mit, als da waren der Ratsherr Caspar Nützel, Hieronymus Holzschuher, Willibald Pirckheimer und der Ratssekretär Lazarus Spengler — aber der Erwähnung dieser Namen hätte es bei Erasmus gar nicht bedurft, um ihn in seinem Haus herzlich willkommen zu heißen. Der Name Albrecht Dürer war ihm gut bekannt.

Wein ließ er auffahren, von dem er selbst nur ein kleines Glas mit Wasser verdünnt zu sich nahm. Immer zu kleinen politischen Sticheleien aufgelegt, erzählte Erasmus seinem Nürnberger Gast eine schöne Geschichte von Julius, dem verflossenen Papst, der es nicht vermochte, mit seinem Petrusschlüssel den Himmel aufzuschließen. Warum nicht? wollte Albrecht wissen. Weil er anstelle des Himmelsschlüssels nur den Schlüssel zu seinem Geldschrank besaß, erzählte Erasmus lachend. Seine Späße waren fein, mehr zum Lächeln angetan und zum Nachdenken.

Der Gelehrte saß an seinem Schreibpult. Neben ihm stand ein Setzkasten für die Druckerei, den er gleich benutzen konnte, wenn er mit Schreiben fertig war. Für Albrecht war es ein Vergnügen, diesen Mann bei der Arbeit zu zeichnen.

Weniger vergnüglich dagegen war Erasmus' Meinung von den Aufständen in Deutschland. Er war gegen Gewalt und Aufruhr.

Bildnis eines jungen Mannes; Gemälde 1521

IMAGO · ERASMI · ROTERODA
MI · AB · ALBERTO · DVRERO · AD
VIVAM · EFFIGIEM · DELINIATA ·

ΤΗΝ · ΚΡΕΙΤΤΩ · ΤΑ · ΣΥΓΓΡΑΜ
ΜΑΤΑ · ΔΙΞΕΙ

· MD XXVI ·

Von Albrecht befragt, was er tun wolle, wenn auch in den Nieder- *Erasmus*
landen Streit und Gewalt ausbrechen würden, meinte er: «Ich *von Rotterdam*
werde mich da nicht einmischen, dafür jedoch einen kühlen Kopf *Kupferstich*
bewahren und das Spektakel um so schärfer beobachten.» *1526*

Albrecht drang nicht weiter in den berühmten Mann, er wollte ihn nicht verstimmen. So plauderten sie über Reisen, welche Albrecht in den Niederlanden noch vorhatte, denn er wollte das fruchtbare und wohlhabende Land und auch seine Kunstwerke gründlich kennenlernen. Freundlich wurde er von Erasmus schließlich verabschiedet.

Beharrlich rannte Albrecht den ihm von Kaiser Max versprochenen Dukaten nach. Überall bei Hofe machte er sich bemerkbar, bis er, über sein unwürdiges Tun angeekelt, innehielt in seinen Bemühungen, die ihm keinen Erfolg beschieden. Er wollte es schon ganz aufgeben, weil die Höflinge ihm zuflüsterten, der gnädige Herr mag die Malerei nicht, er ziehe die Musik allen anderen Künsten vor. Doch da geruhte Carolus endlich sich nach Aachen zur Krönung zu begeben, weil die Zeit drängte. Auf dem Wormser Reichstag mußte der kleine Karl den deutschen Fürsten gesalbt und gekrönt entgegentreten.

Nun hielt Dürer nichts mehr in Antwerpen. Er reiste dem künftigen Kaiser hinterher, hoffend, daß sich der hohe Herr nach der Krönung seiner Kunst zugänglicher zeigen werde.

Vor lauter Strohschütten fand keine Maus mehr Platz in den Stuben der Krönungsstadt. Albrecht hatte, sich gescheiterweise an Bastl Imhoff und Hieronymus Fugger haltend, sogar noch für sich und die Seinen ein Bett im «Spiegel» erhalten, einem kleinen Gasthaus in der Nähe des Platzes, auf dem zu Ehren der Kaiserkrönung die Lustbarkeiten stattfanden. Sechs Ochsen wurden gebraten, Ringelspiele auf Pferden wurden geboten, Akrobaten, Zauberer und Schaubuden sollten Zerstreuung bieten. Am Tage der Krönung wurde ein öffentlicher Brunnen aufgestellt, aus dem roter und weißer Wein floß.

Unter Böllerschüssen und Trompetenklang setzte Albrecht, der Erzbischof von Mainz, Kaiser Karl die Krone auf sein jugendliches Haupt. Er wurde ausgerufen als Carolus der Fünfte seines Namens, zu allen Zeiten Mehrer des Reiches in Germanien, zu Hispanien und dem heiligen Jerusalem, Ungarn, Dalmatien, Kroatien, König von Böhmen, Erzherzog zu Österreich und Herzog von Burgund, Graf von Habsburg, Flandern und Tirol usw. Afrika, Asien und der neue, von Kolumbus entdeckte

Erdteil waren in der Aufzählung noch nicht enthalten. Es hieß nur, der gesalbte junge Mann sollte Herr über ein Reich werden, über dem nie die Sonne unterging.

Kurfürsten und andere hohe Würdenträger kamen nach der Krönung an der Galatafel zusammen. Nie hatte Albrecht ein köstlicheres Ding beisammen gesehn als die funkelnden Goldpokale und die mit Perlen besetzten Kronen auf den fürstlichen Häuptern. Endlich trat der Erzkanzler vor den jungen Kaiser und bat ihn, dem besten und allerdings auch teuersten aller deutschen Maler seine Leibrente zu bewilligen. Er sprach von einem deutschen Raffaelo, und Carolus schielte zum Fugger hin. Hieronymus, der Sohn des reichen Jakob, nickte Zustimmung.

Solche Fürsprache gab schließlich den Ausschlag. Was seine Tante Margret nicht vermochte, das Kopfnicken der Augsburger Bank brachte es fertig. «Einen deutschen Raffaelo will ich mir nicht entgehen lassen», sagte Carolus und gab gnädig seinem Registrator den Auftrag, die Urkunde anfertigen zu lassen.

Bei solch günstigen Aussichten schmeckte Dürer das Festessen noch besser. Er genoß diese Krönungsfeierlichkeiten mit dem Gefühl, daß sich die lange Reise und das noch längere Ausharren doch noch gelohnt hatten. Immerhin wurde er nächstes Jahr fünfzig. Da war es an der Zeit, für sein Alter zu sorgen, denn so kräftig wie noch vor zehn Jahren fühlte sich Albrecht längst nicht mehr.

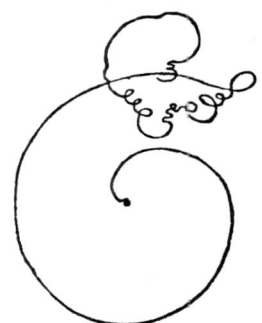

ACHTZEHNTES KAPITEL
Es gibt Streit mit Imhoff.
Luther verschwindet,
und für Albrecht wird es gefährlich

ACH der Krönung und allem, was damit zusammenhing, packte er sein Mal- und Zeichenzeug zusammen und fuhr mit seinem Anhang über Jülich nach Köln. Immer dem großen Troß nach. Im Kölner Gürzenich hielt der Kaiser noch einmal einen Festschmaus ab und empfing dabei die Huldigung seiner Untertanen. Die kaiserliche Kanzlei händigte Dürer seine Urkunde aus. Vor Freude darüber, daß er nun das Recht auf seine Rente verbrieft besaß, kaufte er Agnes einen Ballen Seide und eine Halskette von weißen Korallen. Seiner Magd bescherte er blaues Tuch für ein Kleid und einen neuen Rosenkranz.

Von Köln aus fuhren sie zurück nach Antwerpen. Jobst machte große Augen, als er das Dokument mit dem kaiserlichen Insiegel sah. Nachdem er seine Urkunde überall herumgezeigt hatte, brachte Dürer sein «Leibgeding» zu Imhoff, der es dann mit seinen Boten nach Nürnberg schickte.

Albrecht wollte die Niederlande nicht verlassen, ehe er nicht alles gesehn und geschmeckt hatte. Die Kirchen und die Schatzkammern, indianisches Gold und die Altarwerke der großen flämischen Meister, aber auch Schneckensuppen, Krammetsvögel und Schmerlen wollte er probieren, denn die Küche hierzulande besaß einen guten Ruf. Auch Agnes drängte ihn. Einmal in ihrem Binnenlandsleben wollte sie wenigstens die See sehn, sie wollte mit einem Schiff weit hinaus auf das Meer segeln, damit sie zu Hause erzählen konnte, auch sie habe eine Weltreise gemacht.

Ausschlag für ihre Reise nach Seeland gab die ungewöhnliche Nachricht, daß die Flut bei Middelburg einen großen Leviathan, oder auch Wal genannt, ans Ufer gespült habe. Mehr als dreihundert Schuh sollte dieses Ungeheuer lang sein. Imhoff, dessen Neugierde dadurch auch geweckt wurde, redete ihm zu, die Schiffsreise gemeinsam zu wagen bis hoch hinauf in die nördlichste aller niederländischen Provinzen. Wenn der Kaufmann keine Angst hatte, wollte sich der Maler auch nicht Furchtsamkeit nachsagen lassen. Die Magd Susanne wollte ihr Leben um keinen Preis einem Schiff anvertrauen. Sie blieb da, während sich die beiden Dürers zur Reise rüsteten. Sie und Imhoff schifften sich an einem regnerischen Dezembertag ein. Zuerst fuhren sie die Schelde abwärts, dann ging's hinaus auf die hohe See. Vergnügt saßen die Reisenden in der Kajüte. Sie wärmten sich mit heißem Punsch und plauderten über «ihren» Leviathan.

Ihre Seereise wäre auch vortrefflich geraten, wenn nicht ein Frachtkahn das Schiff beim Anlegen in Middelburg gerammt hätte. Der Aufprall war so stark, daß die Taue rissen, und eine Welle, welche sich am Ufer brach, rollte wieder zurück und nahm das unbefestigte Schiff mit in die See. Der immer stärker werdende Wind trieb sie weit hinaus auf das bewegte Meer.

Auf Deck liefen die Matrosen aufgeregt umher. Einer von ihnen machte sich mit einem Lot am Vordersteven zu schaffen. Von Zeit zu Zeit rief er eine Zahl, die zeigte, wieviel Fuß Wasser sie noch unter dem Kiel hatten: «Fünfzehn, vierzehn, zwölf!» Der Kapitän rief dem Rudergänger einen Befehl zu, den Albrecht nicht verstand, worauf das Schiff seine Stellung veränderte und nunmehr schräg in den Wogen schlingerte.

«Vierzehn, sechzehn, achtzehn», ließ sich der Mann mit dem Lot vernehmen. Mit den Armen in der Luft rudernd, sprang der Kapitän aufgeregt vom Heck zum Klüverbaum, offensichtlich bemüht, das gefährdete Schiff unter seine Kontrolle zu bekommen, was zuerst gar nicht danach aussah, denn wenn die Spitze ins Wasser tauchte, rollten die Wellen über das Schiff hinweg.

Wenn Albrecht von den Brechern nicht von Deck gespült werden wollte, mußte er fest in die Wanten greifen. Er glaubte schon, sein letztes Stündlein sei gekommen, doch der Wind legte sich, und es gelang dem Steuermann, die Barke landwärts zu manövrieren.

Einen ganzen Tag brauchte Albrecht, um sich von dieser Aufregung wieder zu erholen. Dieses Erlebnis brachte ihn dazu, fortan das tückische Gewässer mit andern Augen zu betrachten. Er zeichnete Fischer in unförmigen großen Holzgaloschen und Frauen beim Netzeflicken.

Am nächsten Tag fuhren sie nach Arnemuiden, um sich dort den berühmten Altar Hugo van der Goes' anzusehn. Selbst hier auf der verlassensten aller Inseln war der Name des Nürnberger Meisters schon bekannt. Der Küster der Kirche, ein baumlanger Kerl, hieß Albrecht willkommen. «Uns widerfährt große Ehre», sagte der Seeländer ein wenig geschraubt.

Als Albrecht, nachdem er die Kirche besichtigt, auch noch den Wunsch äußerte, einen Blick auf die Insel und auf das Meer zu werfen, schloß der gefällige Küster den Turm auf und führte den Maler und seine Begleitung auf windiger Treppe hoch bis zu den Glocken.

Ein wenig unbequem war es im Gebälk und die Aussicht gering, denn durch das Turmluk schauten sie hinunter. Vor ihren Augen breitete sich die Marsch bis zu den Dünen aus. Dahinter lag das Meer, breit und grau, glitzernd wie geschmolzenes Blei unter wolkenverhangenem Himmel.

Neugierig sah der Küster zu, wie auch hier Albrecht Papier, Federzeug und das Fläschchen mit Tinte hervorholte, um diesen so beschränkten Ausblick aus dem schmalen Spalt zu zeichnen. Imhoff, der unlustig die halsbrecherische Treppe hochgestiegen war, machte eine spöttische Bemerkung über Dürers fortwährendes Skizzieren, «vor allem hier, wo doch gar nichts zu sehen ist».

«Auf diesem Blatt notiere ich nicht die Landschaft, sondern das, was mich beschäftigt, hier und in diesem Augenblick. Vor Jahren suchte ich nach dem Schlüssel, um für mich das Geheimnis aufzuschließen, wie ich am glücklichsten den Menschen nach seinem Maß und seiner Messung darstellen kann. Nun, nachdem ich älter geworden bin, weiß ich, daß dieses Vorhaben meiner Vervollkommnung diente. Wenn ich heute zeichne, messe ich die Zeit und suche die Wahrheit in ihr. In der Natur gibt es keine größere Schönheit als die des Verstandes. Allein das Wissen darum könnte uns zufrieden machen. Leider können wir uns nur schlecht verständigen, weil wir blöd sind und unser Wissen nicht aussprechen können. Dieses Unvermögen macht mir Kummer. Viel werde ich sicherlich nicht erreichen. Nur eins tröstet mich, daß ich in meinen Werken wenigstens die gröbsten Irrtümer und Fehler nicht ausgesprochen habe. Nicht in seinem Irrtum zu verharren und einen kleinen Schritt hin zur Wahrheit zu machen ist schon eine große Leistung, begreifst du das, Bastian?» fragte Albrecht erregt seinen Freund.

«Natürlich begreife ich das», sagte Imhoff verstimmt, «nur fühle ich mich nicht als ein Betrachter der Weltgeschichte wie du. Wir verändern, Albrecht, und darauf kommt es mehr an. Man nennt uns königliche Kaufleute, mein Gott, als ob es uns nach Würden drängte! Für Zauberer hält man uns, weil unsere Maschinen die Erde nach Schätzen durchwühlen. Die meisten Leute wollen es noch nicht wahrhaben, daß es heute mechanische Uhren gibt anstatt des Glasbehälters mit dem rinnenden Sand, sich drehende Weltkarten, rund wie ein Apfel. Denk an die Entdeckung ferner Erdteile. Glaubst du, all das hat der Papst erfunden, oder der Kaiser hat neue Länder entdeckt?» Imhoff schüttelte den Kopf. «Es waren unsere Handelswege, welche die ganze Welt in eine neue Richtung führten.»

Albrecht korkte das Fläschchen mit der Tinte zu. «Ja, da hast du wohl recht», antwortete er. Trotzdem liebte er solche überheblichen Reden nicht. Dieser Imhoff bildete sich wahrscheinlich zuviel auf sein Geld ein. «Sorge du aber lieber dafür, daß du einen Schatz im Himmel erhältst, den weder Rost noch Motten fressen können und der tausendfältige Zinsen trägt», sagte Albrecht, der wußte, wie die Imhoffs zu Reichtum gekommen waren. Schweißtropfen anderer vermochten sie in Dukaten zu verwandeln. Sie verdienten an gewonnenen Kriegen so gut wie an verlorenen, obwohl sie selbst Trommeln und Feldgeschrei gar nicht mochten.

Das mußte auch einmal gesagt werden. Für Albrecht gab es Grenzen der Verehrung für die Geldmänner, die ihren Einfluß hemmungslos ausweiteten und dabei zwangsläufig die Christenpflicht vernachlässigten. Miteinander zerstritten verließen Imhoff und er die Kirche. Sie trotteten stumm bis zum Gasthof, in dem Agnes auf sie wartete.

Zu Frau Agnes' Bedauern hatte die Flut, welche den Riesenwal an den Strand gespült hatte, den Leviathan auch wieder entführt. Das war sehr schade, denn um ihn zu besichtigen, hatten sie sich ja eigentlich nur auf die Reise begeben. In Zierikzee fand Albrecht einen Fährmann, der dieses Ungeheuer tatsächlich und mit eignen Augen gesehn hatte. Kaum zu glauben, wie groß und mächtig er gewesen sein mußte. Vom Schwanz bis zur Kopfspitze maß er über vierzig Schritt. Albrecht besichtigte die Stelle am Strand und lief dem Augenzeugen, der den Umfang des Wals in den Sand trampelte, Schritt für Schritt nach. Beim Bücken in den Ufersand empfand der Maler unvermutet einen heftigen Schmerz in der linken Seite. Als Dürer sich plötzlich aufrichtete, wurde ihm schwarz vor den Augen, und er verlor einen Augenblick das Bewußtsein.

Imhoff und Agnes, die gleich hinliefen, bemerkten, daß Albrecht von Fieberwellen geschüttelt wurde. Mit dem Fährnasses Tuch um den Kopf banden. Als Arznei brachte der Wirt mann hoben sie ihn auf, stützten ihn und schleppten ihn so zur nächsten Herberge, wo sie den Kranken hinlegten und ihm ein eine stark duftende Flüssigkeit, in die er wohl noch Branntwein geschüttet hatte.

«Bestes Mittel gegen Fieber», sagte Agnes, die diesen heilsamen Trank von ihrer Mutter her kannte. Die besorgte Ehefrau gab den unfreundlichen Dezembertemperaturen die Schuld an Albrechts Unwohlsein.

Der einheimische Wirt jedoch nahm diese Krankheit nicht so auf die leichte Schulter. Er sprach von einem indianischen Fieber, einer schleichenden und oft tödlichen Krankheit, die von Matrosen, welche aus den Tropen kamen, eingeschleppt wurde.

Unter diesen Umständen brach man am besten die Reise ab. Nachdem nun der Wal doch nicht mehr zu besichtigen war, konnten sie ebensogut wieder zurück nach Antwerpen reisen, wo sich Albrecht auch in ärztliche Behandlung begeben konnte.

Gottlob ging es ihm am nächsten Tag besser. Das Fieber war verschwunden und er so munter, daß er auf dem Schiff anfing, seine Mitreisenden zu porträtieren. Für jedes Bildnis kassierte Agnes einen Gulden.

In Bergen op Zoom gingen die Nürnberger an Land. Auch hier sprach es sich schnell herum, daß der berühmte Dürer gelandet war, der schon den Kaiser und die Statthalterin gemalt hatte und der für ein Porträt einen Gulden nimmt. Alle, die es sich irgendwie leisten konnten, nahmen die günstige Gelegenheit wahr. In drei Tagen waren es vierundzwanzig.

Auf diese Art brachte Dürer mehr Geld von seinem Ausflug

nach Seeland zurück, als er mitgenommen hatte. Hier an Hollands Küste gab es weiß Gott mehr zu verdienen als im Frankenlande. Dem Seehandel war es zu danken, daß hierzulande das Publikum aufgeschlossener für die Kunst war als anderswo.

Während ihrer Abwesenheit aus Antwerpen hatte der Fuggersche Bote für Albrecht eine Menge Post aus der Heimat gebracht. Zwei ehemalige Lehrlinge hatten ihm ihre Arbeiten und einen Brief geschickt, darin stand, sie hätten gehört, daß in den Niederlanden der Markt für deutsche Kunst so außergewöhnlich gut sei, und sie bäten den Meister, ob er für sie nicht ein paar Blätter verkaufen würde.

Der Vertrieb von Druckkunst war ja eigentlich Agnes' Angelegenheit. In diesem besonderen Fall aber nahm sich Albrecht selbst dieser Blätter an, denn er freute sich, wenn er seinen Schülern, die nun selbst schon Meister waren, auch eine Freude machen konnte.

Schneller als jede andere Post klappte die Verbindung zwischen den Handelshäusern und ihren Niederlassungen in anderen Landen. Knapp zehn Tage brauchten die Botenreiter von Nürnberg oder Augsburg, um nach Antwerpen zu kommen. Von ihnen erfuhr Albrecht auch die Neuigkeit vom Ablauf des Reichstages zu Worms, auf dem Doktor Luther, allen Drohungen zum Trotz, dem Kaiser, dem Teufel und dem Papst widerstanden und seine Lehre nicht widerrufen hatte.

Jedoch die Freude darüber war getrübt. Der Bote brachte auch die Nachricht mit, daß Luther von Wegelagerern überfallen und entführt worden war. Albrecht erschrak. Wer sollte den Kampf gegen das «unchristlich pabstumb» in Rom führen? Es konnte doch nicht so weitergehen, daß Blut und Schweiß der Bauern und Bürger «so schandlich von müssiggehenden volck lesterlich verzehrt wird und die durftigen krancken menschen darumb hungers sterben müßen.»

Nur einer konnte jetzt noch helfen.

Er suchte den gelehrten Erasmus auf, um sich bei ihm über diese ruchlose Tat gegen den neuen Geist zu beklagen. «Nach Luthers Verschwinden blickt die gebildete Welt auf Euch und Euren abwägenden Verstand. Tut etwas, um dem tapferen Mann zu helfen!»

«Gar nichts werde ich tun, mein lieber Meister Dürer, hier kann man nur abwarten», sagte Erasmus und sah Albrecht lächelnd an.

«Es ist keine Zeit mehr, um abzuwarten!»

«Warum nicht? Um mich wie ein wütiger Märtyrer auf-zuspielen, bin ich noch viel zu klar im Kopf. Mein lieber Mann, ich wünsche Euch nur ein ausgeglichenes Gemüt. Wenn Ihr Euch dazu berufen fühlt, diese Zeit abzuschildern, wie sie ist, das Große nicht zu klein und das Kleine nicht zu groß, dann kann es für Euer Werk nichts Schlimmeres geben, als ebenfalls der totalen Verwirrung anheimzufallen. Haltet dem Wittenberger meinetwegen die Treue, aber seid vorsichtig. Ich muß es auch sein.»

Wenn sich ein so bedeutender Mann auch vor der Verfolgung fürchten mußte, dann war es wahrhaftig schlimm um die Geistes-freiheit bestellt. «Wir können uns doch nicht alle in Mauselöcher verkriechen. Sprecht offen mit mir, Herr Erasmus», bat Albrecht, «wenn sich ein illustrer Geist wie Ihr vor den Zensoren duckt, um wieviel mehr muß ich sie fürchten, der ich doch nur unzureichend gebildet bin?»

«Keineswegs sollt Ihr die Hände in den Schoß legen, Meister Albrecht, Ihr könnt weitermalen, nur klug müßt Ihr sein und vorsichtig, das soll nicht heißen, gar nichts zu tun.»

«Ich habe das Edikt aus Worms gelesen», gestand Dürer klein-laut und zog einen abgegriffenen Zettel aus seiner Tasche. «Schlimmes enthält dieses Blatt, da wird unser Luther als ein satanischer Sendbote der Hölle bezeichnet, und seine verdammte Lehre, wird behauptet, sei eine stinkende Pfütze. Nur Aufruhr predigt er und Totschlag. Schlimmer noch als der böhmische Hus soll er sein. Darum wird über ihn die Acht ausgesprochen und allem Volk unter Androhung der Strafe der Majestätsbeleidigung verboten, besagten Luther zu beherbergen, ihm Essen und Trinken zu geben. Vielmehr sei er augenblicklich zu fangen und auszuliefern, wo er auftaucht. Für solch heiliges Werk wird eine Belohnung versprochen. Fürderhin wird befohlen, alle Zettel und Abschriften mit seiner Lehre zu vernichten. Für jedermann ist es ausdrücklich verboten, ehrsame Per-sonen wie den Heiligen Vater und seinen Prälaten zu nahezu-

treten, weder in Wort noch in Holzschnitten und Bildern. Keiner darf mehr dichten, schreiben, drucken, malen und was sonst noch erdacht werden mag.

Hier steht es», sagte Dürer und reichte Erasmus die Abschrift des kaiserlichen Befehls, den er vorgelesen hatte.

«Dieser Befehl ist das Papier nicht wert, auf dem es gedruckt ist», sagte Erasmus belustigt. «Inzwischen ist der Kaiser aus seinem Reich, dessen Sprache er noch nicht einmal versteht, abgereist, und das ‹Reichsregiment›, welches er hinterlassen hat, ist sich uneinig und daher wirkungslos. Versteht Ihr, Meister Albrecht, keiner ist da, der diesen unsinnigen Befehl kontrollieren kann. Es wird mehr gedichtet, gedruckt und in Holz geschnitten werden als jemals vorher. Habt daher keine Angst um Eure Geschäfte. Was einmal erdacht und geschrieben wurde, kann nicht wieder zurückgenommen werden. Was Ihr gezeichnet,

187

gemalt oder ins Holz geschnitten habt, wie die Bilder der Offenbarung des Johannes, wer will diese himmlischen Posaunen wieder verstummen lassen oder die apokalyptischen Reiter wieder zurückrufen? Ihr habt sie über uns hereinbrechen lassen, nun reiten sie weiter.»

Erasmus lehnte es also ab, die Stelle Luthers einzunehmen. Aber es waren Worte des Trostes und der Hoffnung, die er gesprochen hatte. Seinen Zuspruch konnte Albrecht wohl gebrauchen.

Bald sollte Albrecht erkennen, daß Erasmus seine Ermahnungen nicht ohne Grund ausgesprochen hatte. Nur Luthers und seiner Bewegung wegen wurden neuerdings Reisende aus Deutschland besonderen Schikanen ausgesetzt. Man hielt sie an der Grenze fest und durchsuchte ihr Gepäck nach Schriften des Wittenbergers. Albrecht, als Anhänger Luthers überall bekannt, war gefährdet. Auch fingen bei ihm die Beschwerden auf der linken Seite wieder an. Seine Krankheit, die zuweilen mit Fieber und mit körperlicher Mattigkeit auftrat, bekämpfte der Arzt mit feuchten Wickeln. Dazu mußte Albrecht einen Aufguß von Faulbaumrinde trinken.

Das Zeug schmeckte scheußlich, und als der Arzt noch mit Purgieren und Aderlassen auf ihn losging, konnte sich Albrecht dieser Quälerei nur durch schnelle Flucht entziehen. Er hielt es nicht mehr aus, sondern zwängte seine bewegliche Habe, Papier, Farben, Pinsel und Kupferplatten, alle Geschenke und kuriosen Andenken aus fernen Ländern, die er gesammelt hatte, alle Mitbringsel für die Freunde in Nürnberg nebst Stoffen, Kleidern, Wäsche und zuletzt noch Agnes, Susanne und sich selbst unter die Plane des Fuhrwerks, um loszufahren.

Der Fuhrknecht auf dem Bock brachte sie ohne Säumen nach Köln, wo Albrecht bei günstigem Wind ein Schiff auf dem Rhein erwischte, das ihn und die Seinen bis nach Mainz trug.

NEUNZEHNTES KAPITEL

Dumpf dröhnt die Trommel bei den Bauern. Auch in Nürnberg gibt es Aufruhr, und Albrecht hat schreckliche Gesichte

IE Burg, die Stadtmauer Nürnbergs und das Haus, das stand alles noch am gleichen Fleck. Seine Fenster geschlossen, die Läden verriegelt, wohlverwahrt und wohlbehütet von dem daheimgebliebenen Bruder Hans.

Aber wie nun alles hineinstopfen, was sie aus den Niederlanden mitgebracht hatten? Freilich gab es Platz genug in dem weiträumigen Haus, nur wie stellen wir es hin, wie bewahren wir es auf? Albrecht hatte sich auf der letzten Reise gründlich verändert. Sein Nürnberg, nach dem er sich sehnte und auf das er nie etwas kommen ließ, schien ihm bei seiner Rückkehr zu klein zu sein. Das kam, weil er Größeres gesehn hatte. Das Meer, die Küste und die Seefahrt; nicht zuletzt die Kaiserkrönung mit all den Kurfürsten. Er brachte neue Maßstäbe mit, die, wenn er sie als Elle an vertraute Verhältnisse anlegen wollte, nicht paßten.

Nur Willibald war der alte. Vielleicht noch ein wenig dicker geworden, wie immer streitsüchtig und feurig, wenn es darum ging, dem Papst die Tiara zu nehmen und den Pfaffen ihre Schulen. Der Bannstrahl des Heiligen Vaters, der ihn inzwischen getroffen hatte, machte ihn nicht mundtot, sondern nur noch munterer. Überall, wo er hinkam, suchte Willibald Streit mit der Kirche. Die Äbte in ihren Klöstern beschimpfte er und verlangte, daß die Mönche lieber arbeiten gehen sollten, als in der Messe nur leeres Stroh zu dreschen.

Herzhafter war sein Freund und ein anderer Kerl als der zaudernde Erasmus. Albrecht hatte seine helle Freude an ihm. Seiner Meinung nach gehörte Pirckheimer zu den ganz Großen des Reiches.

Zuerst eröffnete Albrecht die Werkstatt wieder. In der Stadt gab es genügend Gesellen, die nur darauf warteten, bei dem berühmten Dürer anfangen zu dürfen. Albrecht brauchte viele Gehilfen, denn die Stadtväter planten, den Ratssaal renovieren zu lassen. Bürgermeister Holzschuher hatte schon anfragen lassen, ob mit Dürer bei der Ausschmückung der Wände zu rechnen sei.

Warum nicht? Und weil Klappern zum Handwerk gehört, berichtete Albrecht ihm, wieviel Anstrengungen die Herrschaften in Antwerpen unternommen hatten, ihn für die flandrische Kunst zu gewinnen. Mit der Nase mußte er die Nürnberger Ratsherren darauf stoßen, was sie an ihm für einen treuen Sohn hatten, den sie, wollten sie ihn behalten, auch tüchtig beschäftigen müßten.

«Wir haben weiß Gott andere Sorgen, als uns um bunte Bildchen zu kümmern. Malt nur tüchtig, Ihr werdet Eure Kunst schon loswerden», schnaufte der massige Mann, «zu lange seid Ihr unterwegs gewesen, Meister Albrecht, um zu wissen, was bei uns los ist. Ich kann Euch sagen, die Handwerker werden aufsässig, sie rebellieren. Die Weber fangen an, mit uns zu streiten. Hier innerhalb der Stadtmauern tobt ein erbitterter Kampf um bessere Bezahlung ihres Fleißes. Erfolg ist, daß jetzt unsere Handelsherren ihre Stoffe in Böhmen bestellen und dort arbeiten lassen, wo die Löhne niedriger sind. Unsere Weber bleiben auf ihren Ballen sitzen. Die Spekulation der Kaufleute macht sie brotlos», sagte Holzschuher und wischte sich den Schweiß von der Stirn.

«Ja, es ist schlimm und ungerecht, wenn wenige alles besitzen und die meisten noch nicht einmal Brot zu essen haben», sagte Albrecht. «Aber wie helft Ihr nun den armen Leuten?»

«Ich habe ihnen schon die Stadtsteuer erlassen. Darüber sind sie zwar ruhiger geworden, trotzdem wird es nicht so bleiben. Denkt an Ulm, Meister Albrecht, wo der wütige Sturm der Weberknechte gegen die Obrigkeit die halbe Stadt angesteckt hat. Da hilft's auch nicht, wenn wir die Stadtwachen verdoppeln. Das Unbehagen sitzt tiefer, glaubt mir, und ich bin es nicht allein, der sich vor kommendem Aufruhr fürchtet», sagte der weißbärtige Alte, und die Sicherheit, mit der er sonst auftrat, war aus seinem Gesicht verschwunden.

Nicht nur den Bürgermeister beschwerten solche Zustände. Im Reich gärte es. Wer das neue Evangelium aus Wittenberg hörte,

fühlte sich freier. Auch die Tuchweber in den Städten und die
Bauern auf dem Land. Wer konnte es ihnen verübeln, wenn sie
aus dieser Lehre auch die Befreiung von ihren drückenden Bür-
den, dem Frondienst, dem Zehnten und ihrer Naturalabgaben
herauslasen? Sie wollten die römische Kirche nicht mehr und bestanden auf eine von der Gemeinde gewählte Geistlichkeit.

In Salzburg, wo sich der Bischof ihren Forderungen widersetzte, rückten die Gesellen und Knechte aus der Stadt, die Aller Salzknappen und der Bauernhaufe vor das bischöfliche Palais und drohten, ihren Peiniger in aller Öffentlichkeit zu kochen, zu schmoren und zu braten. Hinterher wollten ihn die Salzburger verspeisen, damit sie sagen konnten, wir haben unsern Oberhirten gefressen.

So genußsüchtig waren die Nürnberger Weberknechte nicht, daß sie Appetit auf ihre Stadtväter gehabt hätten, als sie in hellen Haufen vor das Rathaus zogen und Krach schlugen. Sie pochten gegen die Türen und begehrten Einlaß. Die Ratsherren waren wegen ihrer Aufführung sehr beunruhigt, zumal die Rebellen in ihrem Zug auch Bauernfuhrwerke mitführten, deren Besatzung ebenfalls eine drohende Haltung einnahm. Rollkutscher, Fuhrknechte, alle schlossen sich diesem Auflauf an.

«Schrecklich! Ein ‹Dies ater›», sagte Willibald am nächsten Tag zu Albrecht. Mit einem «Dies ater» meinten die alten Römer einen unseligen, verwünschten und schwarzen Tag. «Gegen meinen Rat hat der Magistrat die Stadtwache gerufen — was mußten diese unseligen Knechte in ihrer aufgeputzten Uniform auch vor dem Rathaus paradieren und die Aufrührer absichtlich ärgern. Ausgerechnet meine Leute, für die ich verantwortlich bin, die haben dann eine blutige Ordnung wiederhergestellt.

Dabei ist dieses Niederknüppeln doch nur eine Augenblickslösung — für wie lange denn? Dieser Tumult war doch erst der Anfang. Das dicke Ende kommt nach, verlaß dich drauf», prophezeite Pirckheimer.

Wie um diese Meinung zu beweisen, erreicht Nürnberg bald die Nachricht, daß der nur zu seinem Schutz versteckte Luther wieder aufgetaucht sei und seinen Lehrbetrieb in Wittenberg erneut aufgenommen habe. Der Jubel ist groß.

Einige Zeit später hat sich der reformatorische Gedanke in Nürnberg ganz durchgesetzt. Fortan darf in den Kirchen nur noch lutherisch gepredigt werden. Der Stadtrat führt ein Gesetz ein, wonach das neue Evangelium zur Staatsreligion erklärt wird.

Immer mehr spitzt sich die Lage im Reich zu. Vom Elsaß her kommt die Kunde von der ersten großen Gehorsamsver-

weigerung der Bauern. Gedruckte Blätter werden verbreitet, auf
denen man ihre Forderungen lesen kann. Dumpf dröhnt die
Trommel in Eßlingen, Schaffhausen, Mühlhausen und Radolf-
zell. Ein vieltausendstimmiger Chor klingt auf, herzzerreißende
Lieder, die alle in einem flehentlichen Kyrieeleison enden.

Herr, erbarme dich unserer Qual und Mühen! Erlöse uns vor
dem Übel der Unterdrückung, o Herr! Viele Stimmen der Aufständischen berufen sich auf Luthers großes Wort von der Freiheit eines Christenmenschen, nicht wissend, daß er sie schon
längst verraten hat. Ja, verraten! Denn er wandte sich gegen die
Bauern und ihren Kampf um Freiheit. «Wider die räuberischen
und mörderischen Rotten der Bauern» nannte er seine Schrift, in
der er rief, man solle die Bauern zerschmeißen, würgen und
stechen, heimlich und öffentlich, und wie einen tollen Hund tot-
schlagen.

Das war ungeheuerlich. Albrecht konnte es kaum fassen. Luther — gegen die Bauern! Sollte die große Bewegung zu ihrer Befreiung jetzt zusammenbrechen? Nein, das durfte nicht sein. Aber Willibald beruhigte ihn. «Sie sind nicht mehr aufzuhalten», meinte er. «Auch vom Wittenberger Herrn Sanftleben nicht.» Er sollte recht behalten.

So forderten die Bauern in ihren zwölf Artikeln, daß sie ihre Pfarrer wählen durften und als Abgaben nicht mehr als den Kornzehnten zu entrichten hatten. Die anderen Belastungen, wie die Abgaben von Vieh, Kälbern und Lämmern, Fastnachtsgänsen oder den «toten» Zehnten, womit die Herren Heu, Rüben und Hopfen meinten — bis hin zum Sammeln von Heidelbeeren gingen diese Pflichten —, lehnten sie auch ab.

Sie beriefen sich auf ihr altes verbrieftes Recht: auf das Holz aus dem Wald, das Beweiden des Dorfangers, das Fischen im Fluß und das Jagen. Sie verbaten sich entschieden, daß der Gutsherr beim Tod eines Bauern kommt und ihm die besten Stücke Vieh aus dem Stall nimmt und damit die Hinterbliebenen, auf denen außerdem noch die Fron lastet, der Not und dem Hunger ausliefert.

Von solchen Übeln wollten sie frei sein, denn von solcher Drangsal, die ihnen die Adligen auferlegten, stand nichts in der Bibel: «Als Adam grub und Eva spann, wo war denn da der Edelmann?» fragten sie. Und auf welchem Schloß sie keine befriedigende Antwort bekamen, schlugen sie nicht nur das Portal ein.

Pirckheimer beschwor seine Nürnberger Ratsherren, diese Artikel der Bauern zu bestätigen. Mehr noch, man sollte sie als gerechte Forderungen anerkennen. Niemand durfte sich «unchristlich» gegen die in ihrer Not verzweifelt Kämpfenden wenden. Als der Senat sah, mit wieviel Erbitterung und Gewalt der helle Bauernhaufe in Schwaben und in Franken marschierte, beeilten sich die erschreckten Stadtväter, die zwölf Artikel als gerecht und maßvoll anzuerkennen. Durch diesen geschickten Schachzug, glaubten die schlauen Ratsherren, würde ihre Stadt und die dazugehörigen Ländereien vor Verwüstungen verschont werden.

Bald darauf hatte Albrecht im Schlaf ein Gesicht, so deutlich, daß er sie sah und malen konnte, die kommende Katastrophe. «Gott gnad unser Seele», schrieb er in sein Tagebuch, «im 1525er Jahr nach dem Pfingsttag in der Nacht habe ich dieses Gesicht gesehn. Viele große Wasser sind vom Himmel gefallen. Sie trafen das Erdreich mit einer solchen Grausamkeit. Unter Rauschen und Gespritz ertränkten sie das Land. Über solches erschrak ich und erwachte, doch wich der Traum nicht von mir. Die Wasser hörten nicht auf herabzufließen, und es schien mir, als ob sie zuerst langsam fielen, aber dann näherten sie sich mit solchem Brausen, daß ich abermals erwachte und mein Körper zitterte und ich lange nicht zu mir selbst kam. Als ich am Morgen aufstand, malte ich, wie ich es gesehn hatte. Gott wende alle Dinge zum Besten.» Es blieb nicht beim Traum.

Mit Fuggers Millionen warben die Fürsten Landsknechte an. Ihr Feldherr, der Truchseß von Waldenburg, hatte bei den gelichteten Reihen der Bauern leichtes Spiel. Sie metzelten alles nieder. Das Ende der Freiheit in Schwaben und Franken war schrecklich.

Das Wasser, welches in Albrechts Traumgesicht vom Himmel troff, waren die Ströme von Blut der dahingemordeten Bauern. Mit dem Kirchenlied auf den Lippen «Komm, Heiliger Geist, komm, Herre Gott» traten sie ihren letzten Gang an. Tausende fielen in der Schlacht von Frankenhausen, Tausende wurden gefangengenommen und hingerichtet. Unter den Unglücklichen, die vor dem Richtblock knieten, befand sich auch ein junger Bauer, der rief: «Was, ich soll schon sterben und habe mich mein Leben lang kaum zweimal an Brot satt essen können!» Der Jammer und das Elend des Volkes waren grenzenlos.

Und auch die schlauen Nürnberger Ratsherren blieben von den Kriegswirren nicht unberührt.

Zwar wurde in den Mauern ihrer Stadt nicht gekämpft, aber so manche Angst und Aufregung blieb auch ihnen nicht erspart. So mußte der Rat die wüste Soldateska der Fürsten die Stadt durchqueren lassen. Die Söldner kamen gerade von einer blutigen Metzelei gegen die Bauern. Alle waren ohne Erbarmen auf die grausigste Weise mißhandelt und niedergemacht worden.

In fieberhafter Eile verschlossen die Bürger Häuser und Ne-

benstraßen mit Ketten, hinter denen — gegen mögliche Plünde-
rer — alles Nürnberger Geschütz feuerbereit aufgefahren war.
Musketiere und Arkebusiere standen — das Pulver auf der
Pfanne — mit brennender Lunte bereit.

Mit Stift und Zeichenheft wohnte Albrecht diesem Ereignis
bei. Er beobachtete, wie die Stadtteile der Patrizier mit Feld-
schlangen und Bronzeketten geschützt, doppelt versperrt wurden,
während man dort, wo die Tagelöhner hinter den Speichern
wohnten, eiserne Kuh- oder Pferdeketten benutzte. Was sollten
sie auch vor dem Zugriff der Soldaten schützen? Hier standen
auch keine Stadtknechte zur Abschreckung. Doch das machte
nichts, der Haß der Armen gegen die fürstlichen Mordbrenner
war größer als der Unwillen der reichen Kaufherren.

Ein ohrenbetäubender Lärm erhob sich in der Stadt während des Durchzuges. Mit Trommeln und Pfeifen begann der Tumult am Färbertor, durch welches das Kriegsvolk einzog. Die Fahnen voran und die Hauptleute auf ihren Rossen. Sie brüsteten sich der Mordtaten, die sie begangen und die sie noch zu tun gedachten.

Vor dem Haus des Kaufmanns Kreibig hielt der Zug inne, weil die Pegnitzbrücke verstopft war. Dort wurde laut aus den Fenstern herausgejubelt, wie wenn sie einen Befreier willkommen heißen wollten. Schändlich war es anzusehn, wie ein Nürnberger Kaufmann die blutbesudelten Hauptleute hochleben ließ.

Diesem entwürdigenden Schauspiel kehrte Albrecht den Rücken. Das Treiben ekelte ihn an, und er drängte sich durch die mit Schaulustigen vollgestopften Gassen.

Nur geschwind nach Hause, denn in diesem Gewimmel zu zeichnen, verspürte er jetzt wenig Lust. Da traf er unterwegs einen unscheinbaren, in einen schwarzen Rock gekleideten Mann, in dessen Augen Tränen standen. Sein gebeugter Rücken und der gleichsam in Schmerz verkrampfte, eingesunkene Körper drückte ein Bild der Trauer aus, wie er es vorher noch nie gesehn hatte.

Mitfühlend wandte sich Albrecht an diesen Mann. «Kann ich dir helfen, guter Alter. Vermißt du vielleicht etwas?» fragte er, sich gleichzeitig umblickend, denn er nahm an, daß er im Gedränge etwas Unersetzliches verloren hatte.

«Nicht nur mir allein, uns allen fehlt das Kostbarste», antwortete der Schwarzgekleidete tränenblind und deutete mit dem Kopf nach der Straße, über die das Kriegsvolk marschierte. «Nach dem, was ich erleben mußte, bringe ich es nicht über mich, auch nur einen Blick an sie zu verschwenden.»

Als Dürer seine Hand begütigend auf die Schulter des Alten legte, wurde der erneut von einem Weinkrampf durchschüttelt. Er wollte sich nicht trösten lassen.

«Vor vier Tagen habe ich das Teuflische der menschlichen Natur noch nicht gekannt», fing er von seinem Jammer zu berichten an. «Bis ich zum Namenstag meines Bruders ganz unbesorgt nach Krummbach gelaufen bin. Es war zu schrecklich, was ich da erleben mußte. Von meinem Bruder — keine Spur; in einem besorgniserregenden Zustand fand ich meine Schwägerin vor, irre redend. Sie ist, das müssen Sie wissen, bedeutend jünger als ich. Von einer Stunde zur andern war sie schlohweiß geworden vor Gram. Was geschehn war? Eigentlich nichts, heutzutage das übliche. Am Vortage hatten die Markgräflichen das Dorf gebrandschatzt. Und weil die Knechte nichts bekamen, trieben sie die Männer zusammen und töteten sie. Als Grund mußten die zwölf Artikel herhalten, welche die Bauern dem Junker vorgelegt hatten. Als sie bei der Vernehmung gefragt wurden, wer ihnen denn diesen Artikelbrief geschrieben hätte, gaben sie meinen Bruder an. Er wäre ja doch getötet worden, darum zeigten sie ihn den Knechten. ‹He du, wenn du so ein Studierter bist›, sagte der Hauptmann, ‹dann sollst du auch nicht einfach totgeschlagen werden, das ginge ja gegen deine Ehre.› Und er befahl, daß meinem Bruder, nachdem er mit allen umgebracht worden war, ein ewiges Denkmal gesetzt werden sollte. Auf sein Geheiß fügten die Soldaten ein paar Balken zusammen, die sie aus verbrannten Häusern gezogen hatten, und bauten ein Podest damit. Zwei Holzzuber stellten sie darauf, daß sie aussahen wie ein Tintenfaß. Dahinein zwängten sie die Leiche meines unglücklichen Bruders. In seinen Rücken stachen sie einen weit herausragenden, zerbrochenen Spieß. Am Fuße dieses greulichen Denkmals sprach der Hauptmann ein paar passende Worte zur Ehre des Schreibers. ‹Hier seht ihr aufs trefflichste, wie weit es der bringen kann, der Lesen und Schreiben gelernt hat›, fügte er an die Adresse der vor der Hinrichtungsstätte zusammengetriebenen Frauen und Kinder hinzu.» Damit beendete der Weinende seinen Bericht. Er hatte sehr viel gesprochen, und seine Lippen bewegten sich stumm, als ob sie weitererzählen wollten, er nur keine Kraft mehr dazu besaß. Jetzt faltete er seine Hände, und nun schien es, als bete er.

«War denn Euer Bruder ein aufrührerischer Bauer?» fragte ihn Albrecht.

Es kam vorübergehend Licht in seine verweinten Augen. Der Alte schüttelte den Kopf. «Gemeindeschreiber war mein Bruder, seinen Kindern ein lieber Vater und ein sehr fleißiger Mann.»

Als Albrecht merkte, daß ihn nichts von seiner Trauer abbringen konnte, ließ er den Alten stehn. Er hatte noch nie von einem so grausamen Akt gehört. Ein Denkmal mit einer wirk-

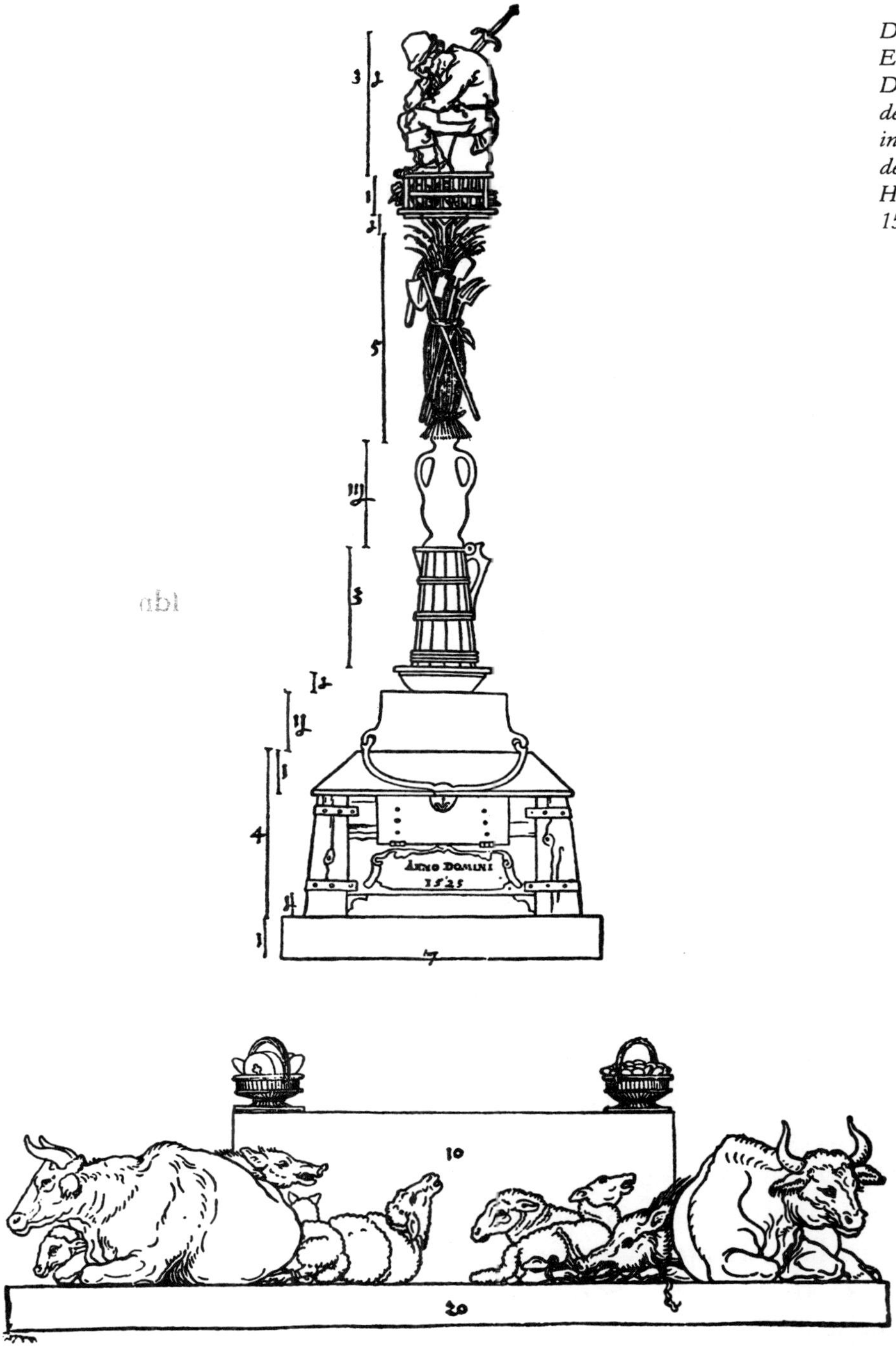

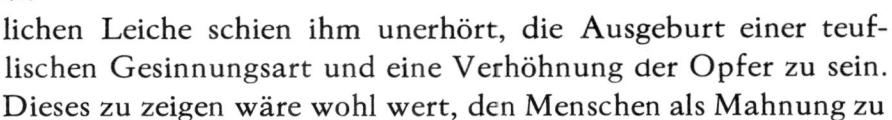

*Die Bauernsäule,
Entwurf eines
Denkmals für
den Bauernkrieg
in «Unterweisung
der Messung»
Holzschnitt
1525*

lichen Leiche schien ihm unerhört, die Ausgeburt einer teuf-
lischen Gesinnungsart und eine Verhöhnung der Opfer zu sein.
Dieses zu zeigen wäre wohl wert, den Menschen als Mahnung zu

199

dienen. Je länger Dürer darüber nachdachte, um so klarer wurde es ihm, zum Gedächtnis abgeschlachteter Bauern ein Denkmal schaffen zu müssen.

Indem Albrecht noch überlegte, wie er seinen Plan am wirkungsvollsten zur Ausführung bringen konnte, langte er zu Hause an.

Am folgenden Morgen machte er sich sogleich an den Anfang eines Entwurfs. Er ging dabei mit der größten Sorgfalt zu Werke, indem er den am Vortage gehörten Bericht des um seinen Bruder Trauernden genau nachzukonstruieren suchte. Darüber hinaus fügte er dem erwähnten Tintenfaß noch Federkiel, Schwamm, Schreibpult, Papier, Foliobände und Sandstreubüchse hinzu. Obenauf als «Krönung» der Untat den Ermordeten mit dem Schwert im Rücken. Jedoch die Zeichnung gefiel ihm noch nicht, denn der Geist, welcher in ihr herrschte, klagte mehr die rohe Dummheit eines mordenden Söldnerhaufens an als die Ausplünderung der Bauern.

Nach dieser Einsicht begann er erneut und stellte eine Säule, gebildet aus den Gerätschaften des schaffenden Landvolkes, dar, zu deren Füßen gebundenes und geknebeltes Viehzeug lag, geduldig wartend, bis das Schlachtmesser es traf.

In den nächsten Tagen beschäftigte Albrecht sich ausschließlich mit solchen Entwürfen. Darüber wurde Agnes schließlich wütend. Zu ihr kam die Kundschaft, um sich zu beschweren, denn Albrecht hatte ihnen den Entwurf eines Siegels versprochen, einem anderen wieder wollte er eine Zeichnung für seine Tür machen. Lauter Kleinigkeiten zwar, worauf die Leute aber schon eine Anzahlung geleistet hatten. Sie drang in ihren Mann, den versprochenen Verpflichtungen nachzukommen. «Oder ist es so, daß dir eine Person von Stand und unermeßlichem Reichtum den Auftrag gegeben hat, eine solche Gedenksäule zu errichten?» fragte Agnes spitz, «dann sage mir schnell, um wieviel hast du diesen Auftrag angenommen?»

«Laß das meine Sorge sein», rief Albrecht empört. «Um Geld habe ich bereits eine Menge Triumphbogen und Gedächtnismale errichtet oder Bildnisse zum ewigen Gedenken für Nichtswürdige gemalt. Jedermann lobte mich und sprach: Was habt Ihr soviel Gutes getan zur Ehre und zum Ruhme des Kaisers oder des

Die vier Apostel; Gemälde 1526

Kardinals oder des Grafen oder irgendwelcher grausamer Potentaten, die um ihrer Taten willen in den Orkus gehören. Nun quälen mich wahrhaftig ihre Opfer, die erschlagenen und geschundenen Bauern, und ich höre Stimmen, die nicht aufhören zu fragen: Was hast du getan, Meister Albrecht Dürer, zu unserm Ruhm und zu unserer Ehre? Sie hören nicht auf, so mit mir zu reden. Verstehst du mich, Agnes?»

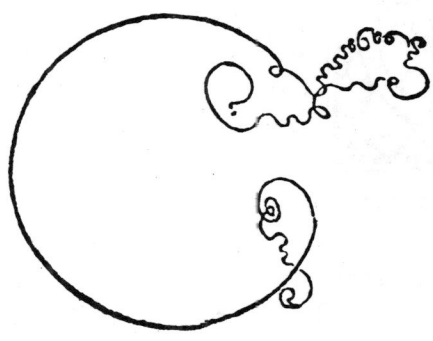

ZWANZIGSTES KAPITEL
Albrecht bewältigt eine ungewohnte Aufgabe und malt wahrhaftige Riesen. Es wird immer einsamer

IE Schrecken des Bauernkriegs hatten Albrecht tief erschüttert, und er war oft der Verzweiflung nahe über soviel Blutvergießen, Mord und Totschlag der Rache nehmenden Fürsten.

Über die ersten schlimmen Wochen nach den schrecklichen Ereignissen half nur eines: Arbeit. Während er arbeitete, konnte er die schwarzen Gedanken verdrängen. Und er hatte große Pläne.

Zunächst allerdings entwarf er für die Nürnberger Stadtväter ein Wappen, das die Ratsherren vervielfältigt auf ihre Verordnungen und Gesetzesblätter klebten. Gleich darauf malte er den Bürgermeister Hieronymus Holzschuher und seinen Mitregenten im Rat, den Patrizier Konrad Muffel. Von diesen beiden Herren, die sich auch in geschäftlichen Dingen wohl auskannten, ermuntert, legte Albrecht tausend Gulden mit fünfprozentiger jährlicher Verzinsung bei der Stadtkämmerei an. Er schuf sich damit eine Art Altersversorgung, so daß er zu seiner Leibrente jedes Jahr noch fünfzig dazubekam. Das war ein hübsches Sümmchen, mit dem es sich ohne Angst vor der Armut sicher leben ließ. Und Sicherheit brauchte Albrecht jetzt mehr denn je.

Er hatte noch einen Plan, dessen Verwirklichung viel Arbeit machen, jedoch zunächst einmal kaum Geld einbringen würde.

Er wollte Bücher schreiben, durch sie sein Wissen weitergeben. Und Willibald riet ihm immer wieder, endlich mit der Aufzeichnung seiner Studien zu beginnen. Nun war Zeit dazu.

Da lagen Mappen von Zeichnungen in seiner Stube, verschnürt und in die Höhe gestapelt; gebündelte Hefte von Tagebüchern, mit Merkzetteln gespickt, reihten sich in einem Regal. Albrecht wurde nicht müde, Seiten herauszuschreiben, sie zu vervollkommnen und sie am Ende Willibald zu zeigen, denn auf seinen Rat gab er viel.

202

«Es ist nicht nur Kunst, was du hier siehst, wahrscheinlich gar keine, aber dafür mehr Wissen», sagte Albrecht.

Sein Freund sagte nichts. Er blätterte nur in aufgeschlagenen Heften, betrachtete die feine, wie gestochene Schrift des Malers. Es war von allem viel zuviel, und Willibald machte erst gar nicht den Versuch, diesen Wust von Geheimnissen der Malkunst zu begreifen, alles, was Dürer über die Kunst der richtigen Perspektive eines Bildes in seiner «Unterweisung der Messung mit Zirkel und Richtscheit» geschrieben hatte. Er wunderte sich nur.

«Natürlich ist es in unserem Handwerk nicht üblich, Thesen aufzustellen und Bücher zu schreiben, und ich sage dir ehrlich, geplant habe ich solch ein hoffärtiges Unternehmen nicht. Ich bin doch schließlich kein Mann der Wissenschaft», entschuldigte sich Albrecht.

«Wie kamst du darauf?» fragte Pirckheimer.

«Ganz einfach. Ich sammelte immer schon. Meine Zeichnungen hob ich auf und schrieb jede neue Erkenntnis in mein Heft. Hier, diese Packen. Soviel ist es in einem langen Leben geworden. Wozu? Ich wollte die Weisheit festhalten, allein für mich. Das kann nur nützlich sein, sagte ich mir. Wie einen Schatz mußt du deine Erfahrungen hüten, es ist dein Kapital. Ohne dieses Geld ist ein Kaufmann verloren.»

«Geld muß ausgegeben werden, genauso die Weisheit, sonst ist sie zu nichts nütze», entgegnete Pirckheimer.

«Ich weiß es vom großen Leonardo. Er konnte nichts zurückhalten und mußte sich mitteilen. Manchen Exkurs, der angeblich von ihm stammen sollte, las ich in Venedig», erzählte Dürer. «Da Vinci stellt die Frage nach dem Warum? Warum bewegt sich das Wasser? Warum können Spatzen fliegen und Menschen nicht? Warum?» Bei seiner Rede wurde Albrecht erregt. Er hielt inne und öffnete das Fenster. Der Zugwind stob in lose Blätter und wirbelte sie in der Stube umher. Der Freund hob sie auf, und Dürer legte sie auf den Tisch in der richtigen Reihenfolge. «Das Neue, Willibald, ist eine fragende Betrachtungsweise. Von Leonardo lernte ich, daß ich mit diesem Blick zeichnen muß, und das verdient festgehalten zu werden.»

«Nur zu, schreib doch, hilf dem Betrachter, neue Fragen zu stellen. Wie zum Beispiel erreichst du denn die vorgetäuschte

Räumlichkeit auf deinen Landschaftsbildern, daß man vermeint, man stünde selbst vor jenen Bergen und Städten?»

«Du mußt dir Linien vorstellen, Willibald, deren Fluchtpunkte sich treffen. Sie umschreiben einen Raum und vermitteln uns den Eindruck der Tiefe, welche dem Bild bisher fehlte.»

«Stammt diese Erkenntnis auch von Leonardo?»

Albrecht schüttelte den Kopf. «Nicht nur von ihm. Unten im Welschland gibt es viele Künstler, die sich mit der Perspektive eines Bildes oder mit den Proportionen des Menschen beschäftigen. Erinnerst du dich an Signore Lyco, der eigentlich ein Nürnberger war, oder an Jacopo de' Barbari, der mir den Vitruv beibrachte. Ich habe immer am meisten von meinen Freunden gelernt.»

«Es tut mir für dich leid, daß ich kein Maler bin, Albrecht», sagte Willibald und schaute ihn traurig an.

«Aber mein Bester», rief Albrecht aus, «was wäre ich ohne dich! Freilich, malen kannst du nicht, aber was immer du mir eingabst von deiner Gesinnung ging durch meinen Kopf bis in die Hand. Ob es Erasmus war, Varnbühler oder der Prediger von Straßburg, wovon sie sprachen habe ich auf meine Weise gezeichnet, ihre Gedanken in meine Arbeit verwandelt. Wobei ich freimütig bekenne, daß mein Anteil an der Kunst sicherlich gering ist. Wenn du das nämlich abziehst, was sie mir gaben, bleibt wenig übrig von meinem Werk. Du pflanztest in meine Brust die Liebe zu den Wissenschaften. Deshalb wurde es auch mein Ziel, in das Wesen der Natur einzudringen und zu zeigen, daß es in ihr nur Notwendiges gibt. Selbst wenn ich nur einen Käfer mit seiner Panzerung oder auch nur einen Grashalm darstelle, soll der Betrachter begreifen, daß diese Welt Gottes in dem uns bekannten Zustand nahezu vollendet ist, wie Sonne, Mond und Sterne, und daß im ganzen Kosmos der Mensch, als ein Teil der Natur, nach Vollendung strebt...»

«Aber alles strebt doch danach», unterbrach ihn Pirckheimer.

«Und in allem auch des Menschen Auge mit seinem zunehmenden Verstand. Notwendigerweise verändert es sich wie der Mensch, der von Zeit zu Zeit die ihn umgebenden Dinge von andern Standpunkten aus betrachtet. Im Gegensatz zu früher wird sein Blick ungleich genauer, und auch die Fragen, die er stellt, werden schärfer. Dementsprechend muß auch der Künstler ständig nach Neuem Ausschau halten und den Leuten zeigen, was sie bisher nicht sahen. Aus überkommenem, bewährtem Alten erwächst im Künstler ein Sinn für das Zeitgemäße, und ein geübter Maler braucht zu seinem Bild nicht andere abzumalen. Er darf nur das auf den Malgrund bringen, was in ihm ist und was er gesehen hat. Ein guter Künstler steckt voller Figuren und voller Ideen, die er über die Welt ausgießen muß.»

Unter diesem redlichen Zwang stehend, der Welt und vornehmlich der Künstlerschaft sein Wissen mitzuteilen, korrigierte Albrecht die ersten Abzüge seines Buches.

Nachdem Dürer die längste Zeit seines Lebens nach dem Arkanum, wie die Schönheit zu schaffen wäre, gesucht, machte er sich nun daran, die Malergesellen in der Messung zu unterweisen. Er, der bis jetzt von andern gelernt, ging nun daran, selbst Lehrer zu werden, seinen Freunden das zurückzugeben, was er in seinem so bewegten Leben von ihnen empfangen hatte.

Jemand, der andere zu unterweisen vermochte, erschien ihm als Höchstes und Größtes. Zugleich mit seiner Arbeit am Buch entwarf er auch ein Bild von den seiner Meinung nach größten biblischen Lehrmeistern der Menschheit: den vier Aposteln Johannes, Markus, Paulus und Petrus. Seine Vorstellung von ihnen wuchs ins Riesenhafte. Überlebensgroß wollte er die Gestalten in bewegter Gewandung auf zwei Tafeln zeichnen. Wahrhaftige Riesen, die das Format ganz ausfüllten und keinen Platz für etwas anderes, für Neben- oder Beiwerk, ließen als für den Ernst der Stunde allein.

Wessen Züge aber, wenn er die großen Lehrer der Menschheit wirklich malen würde, sollte Albrecht den Aposteln verleihen? Wer war würdig genug? O ja, Dürer wußte schon einen, er hatte ihn auch schon öfter gezeichnet und abkonterfeit, wenn dieser Nürnberg und den Ratsherrn Caspar Nützel besuchte. Melanchthon besaß den hageren Kopf eines Gelehrten, die übergroßen Augen quollen aus seinem mageren Gesicht und gaben ihm ein geistiges, asketisches Aussehn.

Eigentlich hieß er Philipp Schwarzerde. Melanchthon war nur die griechische Übersetzung seines Namens.

Der Wunderknabe Philipp sprach mit zwölf schon fließend

1526

VIVENTIS·POTVIT·DVRERIVS·ORA·PHILIPPI
MENTEM·NON·POTVIT·PINGERE·DOCTA
MANVS

Philipp
Melanchthon
Kupferstich
1526

griechisch, wurde mit achtzehn Doktor und Magister, mit zwanzig nahm er eine Professur in Wittenberg an und war kaum älter
als seine Studenten. Unter den führenden Reformatoren hob sich

206

der junge, schlanke Gelehrte von dem dicken, bullbeißigen und bäurischen Luther deutlich ab. Auch charakterlich, denn Melanchthon zeichnete sich vor allem durch Toleranz und Großzügigkeit aus. Der Ruhm seiner Klugheit überstrahlte zeitweise sogar den Ruf Luthers.

So, selbst Reformator, aber den Humanisten sehr nahestehend, versuchte er eine Verbindung zwischen Erasmus und Luther herzustellen, was ihm trotz seines besonderen Geschicks nicht gelang.

Die akademische Jugend verlieh Melanchthon den Ehrennamen «Praeceptor Germaniae» — Lehrmeister Deutschlands, weil er sich an Schulen und Ausbildungsstätten besondere Verdienste erworben hatte. Einen Würdigeren für die Figur seines Johannes gab es für Dürer nicht. Jedoch veränderte er ein wenig die ihm bekannten Züge, denn Melanchthon sollte mehr als Vorbild für den Charakter eines Mannes dienen, der noch unentdeckt oder noch nicht geboren war. Aber so wie der Gelehrte sollte er sein.

Eine zweite große Figur, die des Apostels Lukas, sollte die Züge einer ihm schon lange bekannten und verehrten Persönlichkeit tragen: die des Kaisers Sigismund.

Dürer kannte ihn als den Urheber einer Schrift, der «Reformatio Sigismundi», zur Reform von Kirche und Staat. In ihr wurde, und das war das erstaunliche, fast hundert Jahre früher vieles von dem gefordert, was die Bauern sich gerade eben erkämpfen wollten.

Damit hatte Albrecht schon zwei würdige Männer gefunden. Sie hatten Gedanken zur Neuordnung sowohl des Reiches als auch der Kirche entwickelt. Beides war in den letzten Jahren versucht worden; aber es war ein grausam unterdrückter Wunsch geblieben.

Draußen vor der Stadtmauer hinter dem Tiergärtnertor wurde es wieder einmal Frühling. Frau Agnes war der Winter diesmal schlecht bekommen. Sie hatte sich erkältet. Nun saß sie im Mai noch auf der Ofenbank und wärmte ihr vom Reißen geplagtes Kreuz. In Decken und Kissen gehüllt, gab sie von der Ofenbank her der Magd Anweisungen, die in der Küche für die Malerknaben und das übrige Gesinde kochte. Von der angegriffenen Gesundheit abgesehen, konnte Frau Dürer nicht klagen. Die Geschäfte ihres Mannes gingen gut, der Verdienst, den sie an dem Grafikgeschäft machte, stand dem andern nicht nach, und Nürnbergs Weiber brachten der Meisterin den gebührenden Respekt entgegen, seitdem die Dürers zusätzlich noch die Zinsen ihres Kapitals bekamen, welches ihr Mann in die Kasse der Stadtkämmerei eingezahlt hatte.

Was nützte der Frau aber die Ehre, wenn Albrecht keinen Gebrauch von seiner Berühmtheit machte und er seine Gemahlin nie auf ein Stiftungs- oder ein Ordensfest begleitete, wie es die andern Notabeln der Stadt auch taten, wenn die Gildevorstände oder sogar der Hohe Rat der Stadt gewisse bevorzugte Bürger zum Festschmaus oder zum Tanz einluden.

Nie dachte Albrecht da an seine Frau. Jedesmal lehnte er diese ehrenvollen Anträge ab. Er vergrub sich in seine Werkstatt und war von dem Manuskript, wofür er außerdem noch einige Kupferplatten bearbeitete, nicht wegzubringen.

Darüber hinaus strapazierte er ohne Auftrag, ohne Not seine Gesundheit bei der Arbeit an den großen Aposteltafeln. Auch er war längst nicht mehr der Gesündeste. Seit seiner Reise in die Niederlande kränkelte er. Oft befiel ihn ein Fieber, und das Stechen in der linken Seite hatte zugenommen. Mit seinen vierundfünfzig Jahren hätte Albrecht mit den Seinen, auch ohne daß er arbeitete, sein Auskommen gehabt.

Einer der regelmäßigsten Besucher im Haus an der Stadtmauer blieb Willibald, der öfter die steile Gasse zum Burgberg hinaufschnaufte und dann arg pustend und schwitzend die Treppe erstieg, vorbei an der ewig maulenden und schlechtgelaunten Agnes.

Wenn er am Abend zu Besuch kam, waren die Stunden angefüllt mit Gesprächen. Um seine Gesundheit zu schonen, trank Albrecht mäßig und auch nur warmen, mit Nelken gewürzten Wein. Wenn Willibald allerdings seinen Freund Eobamus Hesse mitbrachte, wurde mehr getrunken, manchmal sogar gezecht, denn der Dichter trank mehr als die beiden zusammen, wenn er seine Nachdichtungen der Verwandlungen des Ovid zitierte oder die Herren über die Vergangenheit, die Liebe und ihre eignen Jugendstreiche sprachen.

An manchen Abenden wurde zu günstiger Stunde auch über die Kunst gesprochen, über die Malerei vor allem und im besonderen über Albrechts Bilder.

Eobamus Hesse Zeichnung 1526

«Man rühmt Eure Tafeln mit den Aposteln sehr», sagte Eobam Hesse, «viele allerdings verstehen sie nicht.»

«Reden wir doch offen, wir sind ja unter uns. Einige unserer Reformatoren werfen dir vor, daß du wieder römische Götzenbilder gemalt hättest.» Willibald berichtete nur, was er selber gehört hatte. «Gerade unsere Kathederprediger werden aus den Tafeln nicht schlau. Und wenn ich ehrlich sein soll, mein Freund, so ganz verstehe ich sie auch nicht.»

«Zunächst einmal habe ich auf den Tafeln ganze Kerle gemalt, Männer des Wortes und der Tat, die uns aus unserer Bedrängnis führen könnten, was wir bitter nötig hätten. Und weiter empfehle ich sie meinen Nachfahren als die großen Lehrmeister, welche die Menschen zu Sittlichkeit und Tugend führen sollen.»

«Das ist ein großer Gedanke, und so hast du ihn auch dargestellt», bestätigte Willibald. «Diese herrlichen Figuren auf den Tafeln, so stark und kräftig habe ich von dir noch nie etwas gesehn! Nur — welches wären aber wohl die besten Lehrer gewesen, würdig solcher Bildnisse?»

210

«Also ich wüßte es auch nicht», sagte Eobam nachdenklich.

«Luther vielleicht? Sollte ich ihn gewählt haben, weil über ihn am meisten geredet und geschrieben wird?» fragte Dürer.

«Was, diesen Madensack!» rief Eobam aufgebracht, und es sah so aus, als wollte er sich auf Albrecht stürzen. «Er ist ein Heuchler, der viel von der Freiheit eines Christenmenschen geschrieben und gepredigt, sie aber hinterrücks nach der Fürstenwillkür zurechtgebogen hat. Nichts anderes ist dieser Wittenberger als ein schamloser Betrüger.»

«Deswegen habe ich mich ja auch mehr an seinen Freund, den Philippus gehalten, und auch nicht ihn direkt habe ich darstellen wollen, sondern einen, der vielleicht so ähnlich ist.»

«Dann hast du, wenn ich dich recht verstehe, Albrecht, Männer gemalt, die es eigentlich gar nicht gibt, die es aber geben könnte und wie wir sie auch nötig haben?» fragte Willibald.

Albrecht nickte. «Mit meinen eignen Augen habe ich noch keinen Apostel gesehn, also versuchte ich, sie mir vorzustellen», sagte er. «Melanchthon schien mir dieser Vorstellung zu entsprechen. Ebenso Kaiser Sigismund, wie ihr wißt. Wer wäre denn besser gewesen, uns von den Irrtümern zu befreien?» Albrecht hatte unter die beiden Tafeln eine Schrift gesetzt, in der er vor falschen Propheten warnt, aber welches waren die richtigen?

«Das ungebildete Volk schwört auf den Müntzer», fuhr er fort, «der wollte auch Gerechtigkeit und soll dabei grausamer gewesen sein als jeder Türke.»

«Als jeder Skythe», verbesserte ihn Eobam Hesse.

«Alles Geschwätz», sagte Pirckheimer verächtlich, «kaum einer hat sich so redlich und rechtschaffen verhalten wie er. Er hat keine Reichtümer zusammengerafft, sondern immer nur gegeben, zuletzt noch sein Leben.»

«Das sagen die Fuhrknechte vor dem Tor auch, wenn sie sich nicht belauscht fühlen», sagte Albrecht.

«Und wovon reden sie noch?» wollte Hesse wissen.

«Davon, daß, solange Müntzer in Mühlhausen sein geistliches Regiment führte, kein Blut geflossen ist; das geschah erst, als die Fürsten kamen und das große Abschlachten begann. Sie reden weiter davon, daß der Pfarrer aus Allstedt ein besonner Mann und ein wahrer Erneuerer seiner Gemeinde war. Seine Tatkraft und Klugheit hat niemand übertroffen, denn wie keiner kannte er die Verhältnisse an den Höfen und in den Städten. Ja, er führte Mühlhausen wie ein Staatsmann, und er wollte das Reich Gottes hier auf Erden schon errichten.»

Eobam hob darauf sein Glas. «Auf, dann laßt uns seiner in Andacht gedenken», fügte er hinzu und ließ seinen Trinkspruch vernehmen. «Wiewohl wir uns umsehn und wie weiland einst Diogenes einen Messias am hellichten Tag mit der Laterne suchen mußte und nicht finden konnte, müssen wir uns Erlöser malen, wie es uns Meister Albrecht vorgemacht hat. Der eine tut's mit der Feder, der andere zeichnet seine Gedanken mit dem Pinsel. Aber machen wir uns über die Gesichter der Apostel keine Gedanken, ob sie nun dem ähnlich und dem andern unähnlich sehen, es ist doch gleichgültig, ob mit römischem Gewand oder mit Heiligenschein oder ohne. Fest steht, daß wir neue Apostel brauchen. Ich trinke jetzt auf den Mann, der noch kommen wird!» rief Eobam aus und forderte die andern auf mitzutrinken.

Wortlos stießen die Freunde miteinander an.

«Auf die Riesen», ließ sich Pirckheimer endlich vernehmen, nachdem er sein Glas ausgetrunken hatte, «denn Größe ist die innere Eigenschaft deiner Figuren. Zu jedem deiner Männer gehört auch die Hand, eine Hand, die das Buch umfängt oder das Schwert sicher hält. Hände deuten immer auf Taten. Wahrscheinlich nicht nur auf deinen Tafeln, auch von uns forderst du eine Entscheidung. Habe ich recht?»

Natürlich hatte Willibald recht. Wie immer.

Albrecht übergab sein Gemälde von den Lehrmeistern der Menschheit dem Nürnberger Rat als Geschenk.

Nun hatte er wieder Zeit für seine Schriften. Nach der «Unterweisung der Messung mit Zirkel und Richtscheit» konnte er sich jetzt einer Schrift über die Proportionen widmen. Die Frage, aus welchem Maß der Mensch gemacht sei, war für Dürer immer entscheidend gewesen. Sie zu beantworten, war er lange Zeit seines Lebens bestrebt. Deshalb sollte dieses Buch auch sein wichtigstes werden.

Alles, was er zur Malerei gelernt und erfahren hatte, wollte er darin aufzeichnen. Aber nicht nur diese Erläuterungen, die Dar-

stellung der Proportionen, ihre Berechnung sollten die Seiten *Dürers Wappen* füllen. Albrecht schrieb auch einige Grundsätze seiner Kunst für *Holzschnitt* die kommenden Künstler nieder. *1523*

Es war ihm in seinem Streben nach Schönheit und Wahrheit nicht um das einfache Abzeichnen der Natur gegangen, er hatte erkannt, wirkliche Wiedergabe schloß die Erkennung und Anwendung von Gesetzen sowohl des abzubildenden Gegenstands als auch der Kunst selbst ein.

Das Manuskript wird sehr lang. Albrecht muß es teilen — in vier Bücher — und übergibt es den Erben Kobergers zum Druck.

Da sie sich nicht mit der Herausgabe seiner Schriften beeilten, nahm er ihnen das umfangreiche Manuskript wieder ab. In mühevoller Kleinarbeit sah er mit Willibald die Hefte noch einmal durch. Neu bearbeitet übergab er dann alles einem ehrgeizigen Drucker, Hubertus Andreae, unter dem Titel: «Vier Bücher von der menschlichen Proportion.»

Wiewohl Albrecht vor seiner Proportionslehre nie auf den Gedanken gekommen war, ein Buch zu schreiben, packte ihn nunmehr die Lust zum Selbstlehren und Unterweisen, denn er sah, daß es von Lateinern, Philosophen und Theologen nur so wimmelte, aber dennoch Mangel an guten Lehrmeistern bestand.

Wenn er mit dem Gänsekiel schrieb, stellte er Lichte neben das Papier und eine Sanduhr, mit welcher er die Zeit maß, die er zum Schreiben brauchte. Nie vergaß er bei den Manuskripten seinen Freund Pirckheimer, den hochgelehrten Magister und Senator. Gottlob, Albrecht hatte immer kluge und redliche Freunde gehabt. Mit ihnen hoffte und litt er. Aus ihnen sprach der Zeitgeist, er nahm ihn auf und brachte ihn mit seiner Kunst zum Ausdruck.

Das Licht verbrannte, und der Sand im Stundenglas verrann. Die Seiten, die der Meister beschrieb, häuften sich. Er hörte mit dem Arbeiten nicht auf, obwohl es immer einsamer um ihn wurde. Sein Bruder hatte die Werkstatt aufgelöst und war nach Kraków gezogen. In seiner Phantasie unterhielt Dürer sich nur noch mit Abwesenden. Agnes, seine Frau, die er nie sonderlich geliebt hatte, kam jeden Tag. Sie brachte Essen oder machte einen Umschlag für seine entzündete linke Seite. Der Drucker brachte ihm die Andrucke seiner Proportionslehre.

Es war das letzte, was er an Freude erfuhr. Er starb am 6. April 1528.

An Albrechts Grab hielt Pirckheimer eine Rede, und Eobam
Hesse prosete zum letzten Mal seinem Freund im Hades zu.
Willibald ließ eine schlichte Tafel gießen mit der Aufschrift:

«Was von Albrecht Dürer sterblich war,
birgt dieser Hügel.»

WORTERKLÄRUNGEN

Abendmahl Ritus zum überlieferten letzten Mahl Jesu mit seinen Jüngern vor der Kreuzigung

ägyptische Finsternis sprichwörtliche Bezeichnung für tiefe Dunkelheit, nach Begebenheit aus der Bibel

Apokalypse Bezeichnung für prophetische Schriften, das Weltende verkündend

Apostel verkünden eine Lehre; die Jünger Jesu wirkten nach dessen Kreuzigung als Apostel

apostolischer Segen ein vom Papst oder mit seiner Ermächtigung auch von Bischöfen oder Priestern gespendeter Segen, verbunden mit vollkommenem Ablaß

Arkanum Geheimnis, Geheimmittel

Arkebusiere Soldaten mit Gewehren

Balusterbeine aus Holz gedrehte, säulenartige Tischbeine

Barfüßerkloster Kloster eines mönchischen Bettelordens

Bekassine Sumpfschnepfe

Doge Staatsoberhaupt der Republik Venedig

Eidgenosse Bürger der Schweizer Eidgenossenschaft (Bund der Schweizer Kantone)

en face (franz.) von vorn

Epistel beati Hieronymi (lat.) Briefe des heiligen Hieronymus

Exerzitien geistliche Übungen

Fayence feine Töpferware, nach der italienischen Stadt Faenza

Foliant großformatiges umfangreiches Buch

Fresko Wandgemälde mit Wasserfarben auf frischem Kalkputz

Gürzenich Pracht- und Festsaal des Rates von Köln

216

Heilige im katholischen Glauben vom Papst heiliggesprochene Verstorbene, die von den Gläubigen um Fürbitte angerufen werden können

Hostie das Brot des Abendmahls (siehe dort) symbolisierende Oblate

illuminieren hier: bunt ausmalen

Impressum (lat.) Druckvermerk mit Angaben über Satz, Druck und Einband

Insiegel dichterisch für Siegel

Kanonikus Mitglied einer Körperschaft von Geistlichen an einer Kirche oder an einem Dom

Kanonisation/kanonisieren Heiligsprechung eines verstorbenen Kirchenmitglieds durch den Papst

Kapuziner Angehöriger eines Mönchsordens

Karavelle ein Segelschiff im Mittelalter

Kaseinfarben enthalten als Hauptbindemittel Kasein, ein Eiweißbestandteil der Milch

Kyrieeleison (griech.) «Herr, erbarme dich!»

Levantiner Bewohner der Küsten des östlichen Mittelmeeres

Lukas Figur der christlichen Legende; Schutzherr der Maler

maturum Reifeprüfung

Mäzen Kunstfreund, -gönner

Memento mori (lat.) «Gedenke des Todes!»

Menage Verpflegung

Messias der im Alten Testament verheißene Erlöser

Missale Meßbuch, enthält die bei der katholischen Messe vorgeschriebenen Gebete, Lesungen und Gesänge

Musketier Infanterist

Nobili Mitglieder des Adels

Nomen est omen (lat.) «Name ist (zugleich) Vorbedeutung»

Notabeln führende Persönlichkeiten

Nuntius diplomatischer Vertreter des Papstes bei Staatsregierungen

Offizin Werkstätte; für Apotheken und Buchdruckereien gebräuchlich

Offizium Amt; Gericht gegen religiös Andersdenkende

Orkus Reich der Toten, nach dem römischen Gott des Todes

Partisane hellebardenähnlicher Spieß

Piazza Platz, Marktplatz

Prinzipal Geschäftsinhaber

Prokura einem Angestellten erteilte Vollmacht

Propstei Amtsgebiet eines Klostervorstehers

Psalm christliches Lied

purgieren den Darm reinigen

Quart altes deutsches Flüssigkeitsmaß

Reisige berittene Krieger

Säkulum Jahrhundert

Scharbock frühere Bezeichnung für Skorbut

Sermon Rede, Predigt

Signoria höchste Behörde der italienischen Stadtstaaten im Mittelalter

summa cum laude (lat.) «mit höchstem Lob»

Tempera Farbenbindemittel

Terpentin Balsam verschiedener Nadelhölzer

Tiara hohe, spitz zulaufende Kopfbedeckung des Papstes, zu festlichen Anlässen getragen

Traktament Bewirtung

Vignetten kleine Verzierungen der Titel und Blattränder in Büchern

Vademekum Ratgeber, Leitfaden

Wesir Minister in mohammedanischen Staaten

ZEITTAFEL

1470 Willibald Pirckheimer geboren
1471 21. Mai Albrecht Dürer geboren
1472 Hans Pleydenwurf gestorben
1474 Mantegna vollendet die Wandmalereien im Schloß von Mantua
1475 Dirck Bouts gestorben
1476 Der Bauernaufstand von Niklashausen wird niedergeschlagen
Druck der «Reformatio Sigismundi»
1477 Tiziano Vecellio geboren
1478 Giorgione geboren
1482 Hugo van der Goes gestorben
1483 Raffaelo Santi geboren
1484 Päpstliche Hexenbulle löst verstärkte Hexenverfolgung aus
Dürers erstes Selbstbildnis, Silberstiftzeichnung
1486 Maximilian I. wird zum deutschen König gewählt (1493 deutscher Kaiser)
Dürer beginnt seine Lehre bei Michael Wolgemut
1488 Ulrich von Hutten geboren
1490 Dürer malt «Bildnis des Vaters» (Florenz)
Er beginnt seine Wanderschaft
1491 Martin Schongauer gestorben
Dürer arbeitet in Basel
«Erlanger Selbstbildnis»
1492 Martin Behaim schafft den ersten Erdglobus
Leonardo da Vinci zeichnet eine Flugmaschine

Dürer schafft den Titelholzschnitt zu einer Ausgabe der Briefe des heiligen Hieronymus

1493 Erste Bundschuhverschwörungen

Die in der Werkstatt Wolgemuts illustrierte «Schedelsche Weltchronik» erscheint in Nürnberg

Buchillustrationen Dürers zum Narrenschiff

Reise nach Straßburg

Selbstbildnis mit Männertreu

1494 In Nürnberg bricht die Pest aus

Dürer kehrt nach Nürnberg zurück. Er heiratet Agnes Frey und reist bald darauf nach Venedig

Landschaftsaquarelle

1495 Rückkehr aus Venedig

Kupferstich «Maria mit der Heuschrecke»

1496 Dresdener Altar

1498 Der Seeweg nach Indien durch Umschiffung Afrikas wird von Vasco da Gama entdeckt

Dürer schafft die Holzschnittfolge zur «Apokalypse» und erste Entwürfe zur «Großen Passion»

Selbstbildnis in kostbarer Tracht (Madrid)

1500 Erfindung der Taschenuhr durch Peter Henlein in Nürnberg

Dürer malt ein Selbstbildnis (München)

1501 Dürer beginnt die Holzschnittfolge des Marienlebens

1502 Amerigo Vespucci erkennt in Amerika einen selbständigen Kontinent

Dürer betreibt Pflanzen- und Tierstudien

Tod des Vaters

1504 Kupferstich «Adam und Eva»

1505 Dürer reist zum zweiten Mal nach Italien

1506 Ablaßhandel des Johann Tetzel

Bramante beginnt mit dem Neubau von St. Peter in Rom

Mantegna gestorben

Dürer malt das «Rosenkranzfest» (Prag)

1507 Dürer kehrt nach Nürnberg zurück

Er malt «Adam und Eva»

1508 Michelangelo beginnt das Deckenfresko in der Sixtinischen Kapelle

Dürer malt die «Marter der Zehntausend»
1509 Dürer beendet die Arbeit am Helleraltar
1512 Dürer erhält den Auftrag zur Ehrenpforte
1513 Neue Bundschuhverschwörung
Erster Meisterstich Dürers: «Ritter, Tod und Teufel»
1514 Beginn der Erhebung des «Armen Konrad»
Weitere Meisterstiche Dürers: «Melancholie» und «Hieronymus im Gehäus»
Tod der Mutter
1517 Luthers Anschlag der 95 Thesen: Beginn der Reformation
1518 Luther tritt vor den Reichstag in Augsburg
Dürer vollendet die Aufträge für Kaiser Maximilian I.
1519 Maximilian I. gestorben
Karl V. wird deutscher König
Dürer schafft den Kupferstich «Albrecht von Brandenburg»
1520 Luther verbrennt vor Professoren und Studenten die Bannandrohungsbulle
Dürer reist in die Niederlande
1521 Luther bekennt sich vor dem Wormser Reichstag zu seinen Schriften
Luther wird «gefangengenommen» und zu seinem Schutz auf die Wartburg gebracht
Dürer kehrt aus den Niederlanden zurück
1524 Beginn des Bauernkrieges
Dürer schafft das Kupferstichporträt von Willibald Pirckheimer
1525 Die 12 Artikel der aufständischen Bauern erscheinen im Druck
Luthers Schrift «Wider die räuberischen und mörderischen Rotten der Bauern» wird veröffentlicht
Dürers Buch «Unterweisung der Messung» erscheint mit der «Bauernsäule»
1526 Porträts der Ratsherren Holzschuher und Muffel
Die «Vier Apostel»
1528 Dürer schließt das Manuskript der Proportionslehre ab
6. April Dürer gestorben
1530 Willibald Pirckheimer gestorben

PERSONENVERZEICHNIS

Amerbach, Hans (1444—1514) Buchdrucker in Basel; arbeitete zeitweise mit Erasmus, Reuchlin und Dürer zusammen

Avicenna (980—1037) Arzt und Philosoph aus Tadshikistan

Barbari, Jacopo de' (zwischen 1440 u. 1450 — zwischen 1511 u. 1516) italienischer Maler und Kupferstecher, regte Dürer zum Studium der antiken Kunst an

Bellini, Gentile (1429—1507) italienischer Maler; schuf sehr lebendige Legendenbilder und ein getreues Bild Venedigs seiner Zeit

Bellini, Giovanni (um 1430—1516) italienischer Maler; begründete die Blüte der klassischen venezianischen Malerei des 16. Jahrhunderts. Lehrer von Tizian und Giorgione

Bouts, Dirck (zwischen 1400 u. 1420—1514) niederländischer Maler; Vorbereiter der holländischen Landschaftsmalerei des 17. Jahrhunderts

Bramante, Donato (1444—1514) italienischer Baumeister und Maler; begann 1506 mit dem Neubau der Peterskirche

Brant, Sebastian (1457—1521) Dichter und Humanist; sein bedeutendstes Werk, das «Narrenschiff», wurde von Dürer illustriert

Catull, Gaius Valerius (87—54 v. u. Z.) altrömischer Lyriker; schrieb Gedichte, Epigramme und Lieder von natürlicher Empfindung und Kraft

Celtis, Conrad (1459—1508) Dichter, Verbreiter des Humanismus

Daniel biblischer Prophet

Diogenes von Apollonia (5. Jh. v. u. Z.) griechischer Philosoph

Erasmus von Rotterdam (1466—1536) bedeutender Humanist des 16. Jahrhunderts; Schriftsteller und Kritiker

Fabriano, Gentile da (vor 1370—1427) italienischer Maler; malte empfindungsreiche, zarte Bilder

Fugger, Jakob (1459—1525) «Der Reiche»; Angehöriger des gleichnamigen Augsburger Patriziergeschlechts

Galen (130—200) berühmter Arzt; systematisierte die medizinischen Kenntnisse seiner Zeit

Geiler von Kaysersberg, Johann (1445—1510) Prediger; bemüht um Reformierung der katholischen Kirche

Giorgione (um 1478—1510) italienischer Maler; malte Landschaften und Figuren in harmonischer Einheit

Giotto di Bondone (1266 oder 1276—1337) italienischer Maler und Baumeister; seine Gemälde sind sehr wirklichkeitsnah

Goes, Hugo van der (um 1440—1482) niederländischer Maler mit sehr wirklichkeitsnahen und treffenden Charakterisierungen von Menschen

Herakles Halbgott der griechisch-römischen Sagenwelt; Ideal eines Helden

Hippokrates (460—377 v. u. Z.) Arzt; begründete die wissenschaftliche Heilkunde in Griechenland

Holzschuher, Hieronymus (1469—1529) Nürnberger Patrizier

Hus, Johannes (1369—1415) tschechischer Reformator; Agitator der hussitischen Freiheitsbewegung. Auf Befehl des Papstes zum Tode auf dem Scheiterhaufen verurteilt

Hutten, Ulrich von (1488—1523) Publizist und Dichter, Humanist; schrieb über politische Themen

Koberger, Anton (1445—1513) Buchdrucker in Nürnberg;

Lainberger, Simon (gest. 1503) Nürnberger Bildschnitzer druckte die Bibel und Schedels «Weltchronik»

Leonardo da Vinci (1452—1519) italienischer Maler, Bildhauer, Baumeister, Naturforscher und Techniker; war genialster Künstler der Renaissance

Lochner, Stephan (um 1410—1451) Maler; seine Bilder zeichnen sich durch starke Leuchtkraft der Farben aus

Leyden, Lucas van (1494—1533) niederländischer Maler, Kupferstecher und Holzschnittzeichner mit scharfer Wirklichkeitsbeobachtung

Luther, Martin (1483–1546) reformierte die katholische Kirche; seine fünfundneunzig Thesen waren der Auftakt für die frühbürgerliche Revolution in Deutschland

Mantegna, Andrea (1431–1506) italienischer Maler und Kupferstecher; Meister der Frührenaissance in der Malerei Oberitaliens; betont realistische und perspektivische Darstellung

Massys, .Quinten (1465 oder 1466–1530) niederländischer Maler; stark von Leonardo da Vinci beeinflußt

Melanchthon, Philipp (1497–1560) Humanist, Mitarbeiter Luthers

Ovid, Publius (43–17 v. u. Z.) römischer Dichter; schrieb formvollendete Liebeslieder, Verwandlungssagen und das Buch «Die Liebeskunst»

Pacioli, Fra Luca (um 1450–um 1520) italienischer Mathematiker; Franziskaner

Patinier, Joachim de (um 1485–1524) niederländischer Maler; malte biblische Vorgänge in panoramaartigen Landschaften

Pirckheimer, Willibald (1470–1560) Humanist; übersetzte griechische Schriften ins Lateinische

Pleydenwurf, Hans (1420–1472) Kunstmaler in Nürnberg; Lehrer Michael Wolgemuts

Plinius, Gaius Secundus (23 oder 24–79) römischer Schriftsteller; schrieb die erste zusammenfassende Abhandlung zur Naturgeschichte

Plutarch (um 46 – um 120) griechischer Schriftsteller, Historiker und Philosoph

Pollajuolo, Antonio del (1429–1498) italienischer Maler und Bildhauer; schuf vor allem anatomisch genau durchgebildete Bronzestatuen

Ptolemäus, Claudius (etwa 90–160) Geograph, Astronom und Mathematiker aus Alexandria; systematisierte das geozentrische Weltbild

Salomo (etwa 960–927 v. u. Z.) König von Israel; idealisierte Figur eines besonders weisen und klugen Herrschers

Schäuffelein, Hans Leonard (um 1480–1539 oder 1540) Maler und Zeichner; verarbeitete viele Einflüsse von Dürer

Schedel, Hartmann (1440–1514) Humanist und Geschichts-
schreiber, Arzt; schrieb eine Weltchronik

Schongauer, Martin (zwischen 1435 u. 1440–1491) Maler und
Kupferstecher; schuf sehr klare und überzeugende Dar-
stellungen für seine Themen

Simson mit außergewöhnlicher Kraft begabte biblische
Heldenfigur

Tizian (eigentlich Vecellio, Tiziano) (um 1477–1576) bedeutender venezianischer Maler

Vitruv (1. Jh. v. u. Z.) römischer Architekt, Techniker und
Kunsttheoretiker; seine zehn Bücher über Architektur
erlangten in der Renaissance große Bedeutung

Welser Augsburger Patriziergeschlecht; betrieben einfluß-
reiches Bank- und Handelshaus

Weyden, Rogier van der (um 1400–1464) niederländischer
Maler; vermochte besonders seelische Erlebnisse und
Haltungen auszudrücken

Wolgemut, Michael (1434–1519) Maler und Holzschnittmei-
ster; beeinflußt von der altniederländischen Malerei

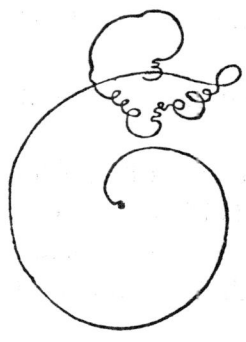

VERZEICHNIS DER ABBILDUNGEN

INHALTSVERZEICHNIS

Bildquellen:
Foto J. P. Anders (4) Blauel München (1)
Deutsche Fotothek, Dresden (30)
VEB E. A. Seemann Verlag, Leipzig (2)
Staatliche Museen zu Berlin (23)
Initialen:
aus dem Kinderalphabet von Hans Weiditz,
Schöpfer von grafischen Zyklen
und Kleingrafik, um 1500

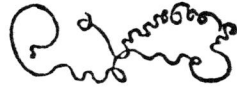

ISBN 3-358-00250-0

4. Auflage 1987
© DER KINDERBUCHVERLAG BERLIN – DDR 1976
Gesamtgestaltung: Albrecht von Bodecker
Lizenz-Nr. 304-270/507/87-(65)
Lichtsatz: INTERDRUCK
Graphischer Großbetrieb Leipzig – III/18/97
Druck und buchbinderische Verarbeitung:
Offizin Andersen Nexö Leipzig
LSV 7502
Für Leser von 12 Jahren an
Bestell-Nr. 629 066 4
01280